KB014668

베네치아에서의 죽음·토니오 크뢰거

휴머니스트 세계문학 006

베네치아에서의 죽음·토니오 크뢰거

DER TOD IN VENEDIG · TONIO KRÖGER

토마스 만 | 김인순 옮김

차례

일러두기

1. 번역 대본으로는 Thomas Mann, *Frühe Erzählungen 1893-1912: In der Fassung der Großen kommentierten Frankfurter Ausgabe*(Fischer Taschenbuch, 2012)를 사용했다.
2. 주석은 모두 옮긴이 주다.
3. 본문 중 굵은 글씨는 원서에서 이탤릭체로 강조한 부분이다.

베네치아에서의 죽음

제1장

몇 개월 전부터 유럽 대륙에 위협적인 징후를 드러낸 19×
×년●의 어느 봄날 오후, 구스타프 아셴바흐 또는 50세 생일
이래 공식적으로 구스타프 폰 아셴바흐●●라 불리는 작가는
뮌헨의 프린츠레겐텐 거리에 있는 집을 나와 홀로 상당히 멀
리까지 산책했다. 그는 오전 내내 극도의 주의력과 통찰력,
예리하고 정확한 의지를 요구하는 까다롭고 위험한 작업에
몰두한 탓에 지나치게 흥분해 있었다. 그래서 내면에서 작동
하는 창작 추진 장치, 키케로에 따르면 웅변술의 본질을 이루
는 '정신의 끊임없는 움직임'을 점심 식사 후에도 중단할 수

● 제1차 세계대전 이전 유럽 열강 사이의 정치적인 긴장을 의미한다.

●● 성(姓) 앞에 붙는 '폰'은 귀족의 작위를 받았음을 나타낸다.

없었다. 게다가 기력을 유달리 많이 소모하면 하루에 한 번은 낮잠을 자서 정신적인 부담을 덜어줘야 하는데 그날은 잠마저 도통 오지 않았다. 그래서 신선한 공기를 쏘이며 몸을 움직이면 기력을 되찾겠지 하는 기대를 품고 차를 마신 후 곧바로 집을 나섰다. 잘하면 저녁 시간을 유용하게 보낼 수 있을 터였다.

5월 초순이었다. 축축하고 추운 날씨가 몇 주 이어지더니 갑자기 계절을 잊어버린 듯 한여름처럼 무더워졌다. 영국 정원•은 이제 겨우 여린 잎이 나기 시작하는데도 8월처럼 후덥지근했고, 도시 근교는 마차와 산책객들로 붐볐다. 아우마이스터••로 이어지는 길들이 서서히 한산해졌다. 아셴바흐는 아우마이스터에 이르러 사람들로 북적거리는 정원의 야외 테이블들을 잠시 건너다보았다. 정원 가장자리에 승합마차와 호화스러운 마차가 몇 대 주차돼 있었다. 황혼 무렵, 아셴바흐는 그곳에서 집으로 돌아가려고 공원 밖의 넓은 풀밭을 가로질렀다. 몸도 피곤한 데다가 푀링••• 상공에 비바람이 몰아칠 기세여서 북부 묘지에서 전차를 기다렸다. 그러면 곧장

- 뮌헨 시내에 위치한 넓은 공원. 시민들의 휴식 공간으로 유명하며, 영국식 조경으로 인해 '영국 정원'이라는 이름을 갖게 되었다.
- •• 영국 정원 북쪽 끝에 위치한 음식점으로, 약 2500명이 들어갈 수 있고, 정원에 야외 테이블도 있다.
- ••• 뮌헨 근교의 마을.

시내로 돌아갈 수 있었다.

정류장과 그 주변에는 우연히도 사람이 아무도 없었다. 포석이 깔린 웅거러 거리에서도, 쾨링 국도에서도 마차 한 대 눈에 띄지 않았다. 슈바빙을 향해 뻗어 있는 웅거러 거리의 선로가 쓸쓸히 빛을 발했다. 팔려고 내놓은 십자가, 비석, 기념비 들이 제2의 삭막한 묘지를 이루는 석공장 울타리 너머에서도 전혀 움직임이 없었다. 장례식장 맞은편의 비잔틴 양식 건물이 석양 속에서 침묵을 지켰다. 그리스식 십자가와 밝은 색채의 근엄한 그림이 건물 정면을 장식했고, "그들은 하느님의 곁으로 가리라" 또는 "그들에게 영원한 빛을 비추소서"처럼 내세에서의 삶과 관련한 정선된 문구들이 황금빛으로 균형 있게 쓰여 있었다. 아셴바흐는 전차를 기다리는 몇 분 동안 이 구절들을 읽고 거기에 깃들어 있는 신비주의를 정신적인 눈으로 더듬으며 진지한 기분풀이에 빠져들었다. 그러다 몽상에서 깨어나 옥외 계단을 지키는 두 개의 종말론적인 동물 조각상 위쪽 주랑에서 한 남자를 발견했다. 그리 평범하다고 할 수 없는 남자의 모습이 아셴바흐의 생각을 완전히 다른 방향으로 유도했다.

남자가 청동 문을 통해 건물 안에서 나왔는지 아니면 밖에서 불쑥 나타나 계단 위로 올라갔는지는 알 수 없었다. 아셴바흐는 이 문제를 별로 깊이 생각하지 않고 건물 안에서 나왔을 것으로 추정했다. 남자는 보통 키에 말랐으며 수염이 없고 눈에 띄게 들창코였다. 머리카락이 불그스름하고 우윳빛 피부에 주근깨가 나 있었다. 바이에른주 출신은 아닌 게 분명했다. 나무속껍질로 엮은 모자를 쓰고 있었는데, 적어도 챙이 넓고 반듯한 모자는 멀리서 온 이방인이 아닐까 싶은 인상을 풍겼다. 그러나 어깨에는 그 지방에서 흔히 볼 수 있는 배낭을 메고 있었다. 허리띠가 달린 누르스름한 양복은 로덴 천으로 지은 것 같았다. 옆구리에 붙인 왼쪽 팔뚝에 회색 우의를 걸쳤고, 오른손은 뾰족한 쇠가 박힌 지팡이를 들고 있었다. 비스듬히 바닥을 짚은 지팡이의 손잡이에 허리를 기댄 채 두 다리를 꼬고 있었다. 머리를 쳐들고 있어서 헐렁한 티셔츠 위로 드러난 여윈 목의 목젖이 유난히 불거졌다. 남자는 속눈썹이 붉고 광채 없는 눈으로 먼 곳을 날카롭게 살폈다. 두 눈 사이에 수직으로 깊게 팬 주름살 두 줄이 짧은 들창코와 별나게 잘 어울렸다. 그런 자세는 왠지 위압적으로 굽어보는 듯했으며, 대담하고, 심지어 조야해 보이기까지 했다. 어쩌면 높은 위치에서 높아 보이는 자세를 취하고 있는 탓에 그런 인상이 더했는지 모른다. 석양에 눈이 부셔서 얼굴을 찌푸렸거나 늘 인상을 쓰는 사람일 수도 있었다. 입술이 무척 가늘어 보였다. 입술이 치아에 의해 완전히 말려 올라가 잇몸이 보일 정도였고, 그 사이로 허연 치아가 길게 드러났다.

아셴바흐가 반쯤 멍한 상태에서 마치 취조하듯 낯선 이를 자세히 뜯어본 게 아마 무례했던 모양이었다. 아셴바흐는 낯

선 남자가 자신의 시선에 응답하는 걸 문득 깨달았다. 그것
도 도전적인 눈빛으로 아셴바흐의 눈을 직시했다. 자신은 극
단적인 상황도 불사할 각오가 되어 있으니 어서 시선을 다른
데로 돌리라고 몰아세울 작정인 게 분명했다. 곤혹스러워진
아셴바흐는 몸을 돌려 울타리를 따라 걸었다. 그러면서 더 이
상 남자에게 신경 쓰지 않기로 얼결에 마음먹었다. 실제로 그
남자는 이내 아셴바흐의 뇌리에서 사라졌다. 하지만 방랑하
는 듯한 낯선 이의 모습이 아셴바흐의 상상력을 자극했거나
그 밖에 어떤 육체적이거나 정신적인 영향을 미쳤을 수 있었
다. 아셴바흐는 기이하게도 자신의 내면이 확장되는 걸 감지
하고 깜짝 놀랐다. 떠도는 듯한 일종의 불안감, 젊은 시절처럼
먼 곳으로 떠나고 싶은 갈망이 치밀었다. 그런 감정은 아주 새
롭고 생생한 것이거나 아주 오래전에 떨쳐버리고 잊어버린 것
이었다. 아셴바흐는 뒷짐 진 채 못 박힌 듯 서서는 땅바닥을
내려다보며 그 느낌의 본질과 목표를 알아내려 했다.

그건 어디론가 떠나고 싶다는 여행에의 욕구였다. 그뿐이
었다. 그 욕구는 발작처럼 엄습해서는 점차 열정적인 것으로,
그야말로 환각을 야기할 정도로 고조되었다. 욕망이 시각적
인 현상을 만들어냈다. 몇 시간 동안 작업에 몰두한 후로 아
직 가라앉지 않은 상상력이 지상의 온갖 기적과 공포를 불러
내서는 하나의 실례를 선보였다. 아셴바흐의 눈앞에 한 풍경
이 떠올랐다. 뿌연 하늘 아래 열대의 늪지대가 보였다. 축축

하고 무성하고 무시무시했다. 섬, 습지, 수렁, 물줄기로 이루어진 일종의 태고 시대 정글. 울창한 원시림, 기름지게 통통히 부풀어 기상천외한 꽃을 피운 식물들의 땅에서 덥수룩한 야자나무 줄기들이 여기저기 높이 솟아 있는 게 보였다. 기이하게 뒤틀린 나무들이 허공을 가로질러 땅속으로, 초록색 그늘이 어른거리는 고인 물속으로 뿌리를 늘어뜨린 게 보였다. 우윳빛의 접시만 한 꽃들이 물 위를 떠다녔으며, 부리가 이상하게 생긴 이국적인 새들이 날갯죽지를 높이 세운 채 얕은 물의 꽃들 사이에 서서 움직이지 않고 옆을 응시했다. 대나무 숲 속에서 마디진 줄기 사이에 웅크리고 있는 호랑이의 눈빛이 번득이는 게 보였다. 아셴바흐는 두려움과 불가사의한 욕망으로 심장이 뛰는 걸 느꼈다. 그러다 환영이 사라졌다. 그는 고개를 절레절레 흔들며 묘비를 만드는 석공장 울타리를 따라 산책을 계속했다.

아셴바흐는 적어도 세계를 누비는 교통수단의 이점을 자유로이 향유할 수 있는 경제적 여유가 생긴 후로는 여행을 그다지 내키지 않아도 이따금 취해야 하는 건강상의 조처 정도로 여겼다. 자신의 자아와 유럽의 영혼이 부여하는 임무에 몰두해 창작의 의무에 사로잡힌 탓에 다른 기분풀이를 꺼렸으며, 그래서 다채로운 외부 세계의 애호자가 되기에는 적합하지 않았다. 아셴바흐는 자신의 생활권에서 멀리 벗어나지 않고도 지구의 표면에서 취할 수 있는 광경에 전적으로 만족했다. 그리고 유럽을 떠나려는 시도를 결코 한 번도 해본 적이 없었다. 특히 삶이 서서히 노년을 향해가고, 예술가로서의 사명을 완수하지 못할 거라는 두려움, 자신을 완전히 내던져 임무를 다하기 전에 시간이 끝나버릴지 모른다는 우려를 단순한 기우로 떨쳐버릴 수 없게 된 후로 아셴바흐의 외적 삶은 고향으로 자리 잡은 아름다운 도시와 산간 지방에 직접 지은 조야한 별장에 거의 제한되었다. 그는 비가 많이 오는 여름철에는 별장에서 지냈다.

아셴바흐는 별안간 뒤늦게 엄습한 그것을 젊은 시절부터 익힌 극기심과 이성을 통해 금세 억제하고 바로잡았다. 지금 혼신의 힘을 다해 집필 중인 작품을 어느 정도까지 진척시킨 후에 시골로 이주할 계획이었다. 몇 개월 동안 집필 활동에서 벗어나 세상을 돌아다닌다는 생각은 계획에 어긋나는 지나치게 방종한 일이어서 그런 생각을 진지하게 고려해서는 안 될 것이었다. 그런데도 아셴바흐는 그런 유혹이 어떤 이유에서 느닷없이 휘몰아쳤는지 너무 잘 알고 있었다. 스스로 시인했듯이 그건 도망치고 싶은 충동에서 비롯되었다. 머나먼 새로운 곳을 향한 동경, 짐을 벗어던지고 잊어버리고 자유롭게 벗어나고 싶은 욕구, 경직되고 차가우면서도 열정적인 일상의 작업장으로부터, 작품으로부터 벗어나고 싶은 충동이었다. 아셴바흐는 그 충동을 사랑했으며, 또한 종종 시험대에 오르는 끈질기고 당당한 의지와 점점 커져가는 피로감 사이의 싸움도 이미 거의 사랑했다. 날마다 새롭게 시작되어 신경을 갉아먹는 그 싸움을 아무도 눈치채서는 안 되었다. 그 어떤 방식으로도, 그 어떤 실패와 무기력의 징후를 통해서도 싸움의 흔적이 작품에 드러나서는 안 되었다. 하지만 활기차게 분출하는 욕구를 고집스럽게 억누르지 않고 지나치게 극단으로 치우치지 않는 게 분별 있는 처사로 여겨졌다. 아셴바흐는 현재 집필 중인 작품을 생각했다. 어제도 오늘도 거듭 펜을 놓을 수밖에 없었던 구절을 생각했다. 그 구절을 끈기 있게 다듬어보기도 하고 기습적으로 빠르게 덤벼보기도 했지만 영 뜻대로 될 것 같지 않았다. 거듭 새롭게 시험하고, 장애물을 돌파하거나 깨부수려고 시도해봤지만 혐오감에 몸서리치며 공격을 중단하곤 했다. 그렇다고 무슨 특별한 어려움이 앞을 가로막았다기보다는 의욕 상실에서 비롯된 양심의 가책이 무력감을 몰고 왔을 뿐이다. 의욕 상실은 그 무엇으로도 더 이상 충족할 수 없는 불만으로 드러났다. 물론 불만은 청소년 시절에 이미 재능의 가장 내밀한 속성과 본성으로 이해되었다. 바로 그 때문에 아셴바흐는 감정을 냉정하게 다잡고 제어했다. 감정에는 대충대충 유쾌하게 넘어가거나 어설픈 완벽함으로 만족하는 성향이 있다는 걸 잘 알았기 때문이다. 그렇다면 그동안 억눌린 감정이 이제 그에게 등을 돌리고 복수하려는 걸까? 앞으로는 그의 예술을 지탱하고 자극하기를 거부하며 형식과 표현이 주는 모든 기쁨, 모든 환희를 앗아 가려는 걸까? 그가 조악한 작품을 만들어낸 건 아니었다. 적어도 그것만큼은 그의 나이에서 누릴 수 있는 이점이었다. 아셴바흐는 자신의 뛰어난 기량을 매 순간 침착하게 확신했다. 그런데 온 나라가 그의 뛰어난 기량을 칭송하는 동안 그 자신은 기쁘지 않았다. 자신의 작품에는 열정적으로 유희하는 변덕스러운 자질이 부족하다고 느꼈다. 그러한 자질은 기쁨의 산물로서, 그 어떤 내적인 내용보다도 더 중요한 장점을 이루었고 세계가 향유하는 기쁨을 이루었다. 아셴바흐는 식사를 준비하는 하녀와 식사를 가져오는 하인하고 외로이 시골의 작은 집에서 지낼 여름이 두려웠다. 또다시 불만스럽게 느린 작업 속도를 에워쌀 산봉우리와 가파른 산비탈의 친숙한 광경을 마주하기가 두려웠다. 그러니 뭔가 조치를 취할 필요가 있었다. 여름을 풍성하게 참아내려면 즉흥적인 삶, 빈둥거리는 생활, 낯선 공기, 새로운 피의 수혈이 필요했다. 그렇다면 여행을 떠나자. 아셴바흐는 이 생각에 만족했다. 아주 멀리까지, 호랑이가 사는 곳까지 갈 필요는 없어. 침대차에서 하룻밤을 자고, 정겨운 남쪽 나라 어딘가 평범한 휴양지에서 서너 주 낮잠을 즐겨야지…….

전차의 소음이 웅거러 거리를 향해 가까이 다가오는 동안 아셴바흐는 이렇게 생각했다. 그리고 전차에 올라타면서 오늘 저녁은 만사 제쳐두고 지도와 열차 시간표를 자세히 살펴봐야겠다고 마음먹었다. 그러다 전차 승강대에 올라섰을 때나무속껍질로 엮은 모자를 쓴 남자, 어쨌든 잠시 거기 머무는 사이 좋은 결론을 이끌어내게 해준 동지를 찾아봐야겠다는 생각이 떠올랐다. 하지만 그 남자가 어디에 있는지 알 길이 없었다. 좀 전에 있었던 곳에서도, 다음 정류장에서도, 전차 안에서도 그 남자는 눈에 띄지 않았다.

제2장

프로이센의 프리드리히 대왕의 생애를 명쾌하고 웅장하게
풀어낸 산문 서사시의 작가. 오랜 시간 각고의 노력 끝에 수
많은 인물의 다양한 운명을 이념의 음영에 모아 《마야》라는
소설로 정교하게 엮어낸 집요한 예술가. '어느 비참한 남자'
라는 제목의 강렬한 소설을 집필한 저자. 심오한 인식 너머에
서 도덕적 결단이 가능하다는 걸 보여준 이 소설에 많은 젊
은이가 고마움을 표했다. 끝으로 〈정신과 예술〉이라는 열정
적인 논문의 필자. (그가 원숙기에 집필한 작품들을 이 정도로 간
단히 거론할 수 있다.) 진중한 평론가들은 이 논문의 체계화하
는 힘 및 반대 명제를 통한 논리 전개가 실러의 논문 〈소박
문학과 성찰 문학〉•에 비견된다고 평가했다. 구스타프 아셴
바흐는 슐레지엔 지방의 군청 소재지인 L에서 고위 법관의
아들로 태어났다. 조상 대대로 장교, 판사, 행정 관료로서 엄

격하고 예의 바르고 검소한 삶을 살았으며 왕과 국가를 위해 헌신했다. 그중에는 내적인 정신성이 성직자의 모습으로 구현된 적도 한 번 있었다. 그러다 보헤미아 지방의 악단 지휘자의 딸이었던 시인의 어머니를 통해 성급하고 감각적인 기질이 아셴바흐 가문에 유입되었다. 구스타프 아셴바흐의 외모에서 보이는 낯선 종족의 특징들은 어머니에게서 물려받은 것이었다. 냉철하게 직분을 다하는 성실성과 모호하고 열정적인 충동의 결합은 예술가, 이 특별한 예술가를 낳았다.

구스타프 아셴바흐의 전반적인 성향은 명성을 지향했다. 그래서 사실은 조숙하지 않았는데도 단호하고 간결한 개성적인 어조에 힘입어 일찍부터 대중에게 성숙하고 능란하다는 인상을 심어주었다. 그는 고등학교를 졸업하기도 전에 이미 널리 이름을 알렸다. 그리고 10년 후에는, 책상에 앉아서 자신을 드러내고 명성을 관리하고 짧은 편지글을 통해(성공을 거둔 작가, 신뢰할 만한 작가에게는 갖가지 요청이 쇄도하기 때문이다) 선량하고 중요한 인물이 되는 법을 터득했다. 마흔 살에 접어들어서는, 날이면 날마다 세계 각국의 우표가 붙은 우편물을 처리해야 했다. 하지만 실은 변화무쌍하고 고단한 집필 활동으로 인해 심신이 지쳐 있었다.

아셴바흐의 재능은 진부한 것이나 기괴한 것과는 거리가

● 독일의 위대한 문호인 프리드리히 실러(1759~1805)의 미학 이론 논문(1795).

멀어서 일반 대중의 신뢰를 얻었을 뿐만 아니라 까다로운 독자들의 관심 어린 감탄과 요구도 충족시켰다. 청소년 시절부터 이미 사방에서 업적, 그것도 뛰어난 업적을 쌓으라는 압박을 받은 탓에 한 번도 게으름을 피운 적이 없었고 한 번도 태평하게 젊음의 여유를 누린 적도 없었다. 서른다섯 살이 되던 해에 빈에서 병에 걸렸을 때 그를 유심히 지켜본 한 남자가 어느 모임에서 말했다. "자, 보십시오. 예전부터 아셴바흐는 오로지 **이런 식으로** 살아왔지요." 그러면서 왼손을 단단히 주먹 쥐어 보였다. "**이런 식으로는** 한 번도 살아본 적이 없어요." 그 남자는 느긋하게 손을 펼쳐서 의자 팔걸이 아래로 늘어뜨렸다. 그건 맞는 말이었다. 구스타프 아셴바흐가 결코 강건한 체질이 아니었으며 다만 끊임없이 긴장하라는 소명을 부여받았다는 점에서 용감하고 윤리적이었다고 말할 수 있었다. 그는 결코 강건한 체질을 타고나지 않았다.

　의사의 진단에 따라 소년은 학교를 다니지 못했으며 집에서 교육받을 수밖에 없었다. 소년은 친구 없이 혼자 자랐다. 하지만 자신은 재능이 아니라 재능을 실현시키는 데 필요한 기초 체력이 부족한 부류에 속한다는 걸 일찍부터 깨닫지 않을 수 없었다. 초년부터 최선을 다하곤 하지만 그 능력이 노년까지 지속되기 어려운 부류였다. 하지만 구스타프 아셴바흐는 '끝까지 버티다'라는 말을 좋아했다. 그에게 이 말은 고통을 견디며 일하는 미덕의 총체로 여겨졌으며, 프리드리히 대왕에 대한 소설은 다름 아닌 이런 명령의 찬양이었다. 또한 그는 나이가 들기를 간절히 바랐다. 인간적인 것의 모든 단계에서 특유의 결실을 맺을 수 있는 운명을 타고난 예술가의 기질만이 진실로 위대하고 포용력 있다고, 진실로 영예롭다고 예전부터 믿어왔기 때문이다.

그러므로 구스타프 아셴바흐는 재능과 함께 부여받은 임무를 가녀린 어깨에 짊어지고 계속 나아가려 했으며, 그 때문에 극도로 엄격한 규율이 필요했다. 다행히도 규율은 선천적으로 아버지 쪽에서 물려받았다. 사람들은 흔히 마흔 살, 쉰 살이 되면 흥청망청 살며 커다란 계획들을 느긋하게 뒤로 미룬다. 그런데 아셴바흐는 이 나이에 이르러, 아침 일찍 가슴과 등에 찬물을 끼얹는 것으로 하루를 시작했다. 그러고는 원고 머리맡에 은촛대 한 쌍의 촛불을 높이 밝히고, 자면서 축적한 힘을 두세 시간 열성적으로 성심껏 예술에 쏟아부었다. 잘 모르는 이들이 《마야》의 세계나 프리드리히 대왕의 영웅적인 삶이 펼쳐지는 웅장한 서사시를 손쉽게 압축적으로 발휘한 힘의 산물로 여긴다 해도 얼마든지 관대하게 넘어갈 수 있었다. 아니, 그건 실제로 구스타프 아셴바흐의 도덕성의 승리를 뜻했다. 하지만 사실 그 작품들은 수많은 낱낱의 영감을 날마다 조금씩 다듬어 높이 쌓아 올린 것이었다. 그 작품들이 단연코 모든 면에서 뛰어날 수 있었던 것은 오로지 그 창조자가 그의 고향 슐레지엔을 점령한 프리드리히 대왕처럼 불굴의 의지로 몇 년 동안 긴장을 참아내며 하나의 작품에 매달렸고, 그 작품을 만들어내는 데 자신의 가장 힘차고 가치 있는 시간을 오롯이 바쳤기 때문이었다.

정신의 중요한 산물이 지체 없이 널리 깊은 효과를 발휘하려면, 창작자의 개인적인 운명과 그 작품을 함께 체험하는 사람들의 보편적인 운명 사이에 은밀한 유사성이, 아니 일치점이 있어야 한다. 사람들은 자신들이 왜 예술 작품에 명성을 안겨주는지 모른다. 사람들은 전문적인 지식 없이, 자신들이 느끼는 관심을 합리화하기 위해 거기에서 수많은 이점을 발견한다고 믿는다. 그러나 그들이 찬사를 보내는 진짜 이유는 측정할 수 없는 것, 공감이다. 언젠가 사람들 눈에 별로 띄지 않는 자리에서 아셴바흐는 존재하는 거의 모든 위대한 것은 '그럼에도 불구하고' 존재한다고 직접 말한 적이 있었다. 수심과 고통, 빈곤, 외로움, 나약한 신체, 악덕, 열정, 수많은 장애물에도 불구하고 존재한다는 것이다. 그 말은 단순한 의사 표현 이상이었다. 그것은 경험이었고, 그야말로 그의 삶과 명성의 공식이었으며, 그의 작품을 이해하는 열쇠였다. 그러니 그것이 그의 작품에 등장하는 독특한 인물들의 도덕적인 품성과 외적인 몸짓이라면 무슨 놀랄 일이겠는가?

이 작가가 선호하는 새로운 유형의 주인공은 여러 가지 모습으로 반복해서 등장했다. 이에 대해 어느 현명한 분석가가 일찍이 이렇게 논평했다. 그의 작품의 전형적인 주인공은 "지성적이고 젊은이다운 남성상"을 보여준다. 이런 남성상은 "칼과 창이 몸을 뚫는 순간에도 이를 악물고서 당당하게 수치스러움을 견디며 평정을 잃지 않는다". 이 말은 얼핏 지나치게 수동적인 면을 강조하는 듯 보였지만, 근사하고 재치 있고 정확했다. 운명에 휘둘리면서도 침착함을 유지하며 우아하게 고통을 감내한다는 것은 단순히 참는 일만 의미하지 않기 때문이다. 그것은 능동적인 업적이고 적극적인 승리다. 세바스티아누스●라는 인물은 모든 예술 분야는 아닐지라도 지금 이야기하는 예술 분야에서만큼은 확실히 최고의 아름다운 상징이다. 여기에서 묘사되는 세계를 들여다보면, 내적으로 침식되어서 생물학적으로 파멸해가는 과정을 세상 사람들에게 최후의 순간까지 숨기는 우아한 극기심을 볼 수 있다. 그것은 은근히 타오르는 격정을 순수한 불꽃으로 불붙일 수 있으며, 심지어는 아름다움의 영역에서 지배자로 도약할 수 있는 창백하고 감각적으로 불리한 추함이자 뜨겁게 달아오르는 정신의 심연으로부터 힘을 얻어서 모든 방종한 무리들을 십자가 발치에, **자신의** 발치에 내던지는 해쓱한 무력함이다. 공허하고 엄격하게 형식에 봉사하는 사랑스러운 자세이

● 기독교의 순교 성인. 전설에 의하면, 로마 황제 디오클레티아누스의 근위 장교였으며 궁수들에 의해 처형되었다. 기독교 예술에서 세바스티아누스는 활에 맞은 젊은이의 모습으로 묘사된다.

자 위험하고 잘못된 삶이며 순식간에 심신을 소진시키는 갈망과 타고난 사기꾼의 기교다. 이 모든 운명과 그 밖에 비슷한 많은 것들을 보게 되면, 과연 이 나약함의 영웅주의 말고 또 다른 영웅주의가 존재할지 의심이 들 수 있다. 어쨌든 이런 영웅 정신보다 더 시대에 적합한 영웅 정신이 있을까? 기진맥진한 몸을 애써 가누며 일하는 이들, 과도한 부담에 시달려 이미 녹초가 되었는데도 꿋꿋이 버티는 이들, 몸집이 빈약하고 가진 건 없어도 현명하게 의지력으로 스스로를 다스려 적어도 한동안 위대한 영향을 미치는 모든 도덕주의자들, 구스타프 아셴바흐는 이런 모든 사람들을 위한 시인이었다. 이런 사람들은 많이 있고, 이런 사람들이야말로 시대의 영웅이다. 이들은 모두 구스타프 아셴바흐의 작품 속에서 자신의 모습을 보았으며, 자신들의 존재가 인정받고 높이 평가되고 칭송받는다고 여겼다. 이들은 구스타프 아셴바흐에게 고마워했으며, 그의 이름을 널리 알렸다.

구스타프 아셴바흐는 젊었고 시대에 능숙하게 대처하지 못했다. 시대의 그릇된 조언을 받아 공적으로 좌절하고 실수를 범하고 웃음거리가 되고, 말이나 작품에서 예의에 어긋나는 무분별한 모습을 보이기도 했다. 하지만 그는 품위를 잃지 않았는데, 그의 주장대로라면 모든 위대한 재능에는 품위를 좇는 충동과 고통이 천부적으로 따르기 마련이다. 그렇다. 그의 전체적인 발전 과정은 의심과 조롱의 모든 장애를 넘어서서 품위를 향한 의식적이고 반항적인 상승이라고 말할 수 있을 것이다.

정신적으로 구애받지 않고 활기차고 명료하게 작품을 구성하면 일반 대중들을 즐겁게 만들 수 있다. 그러나 열정적으로 무조건 뭔가를 추구하는 젊은이들의 관심은 오로지 의문스러운 것을 통해서만 사로잡을 수 있다. 그리고 아셴바흐는 의문스러웠고, 여느 젊은이들이 그렇듯이 무조건적이었다. 그는 정신의 노예가 되어 인식을 남용하고 종자식물을 가루로 빻고 비밀을 누설하고 재능을 의심했다. 실제로 그의 조형예술이 경건하게 향유하는 사람들을 즐겁게 하고, 고양시키고, 활기차게 만드는 동안 스물한 살의 젊은 예술가 아셴바흐는 예술과 예술가 기질의 의문스러운 본성에 대한 냉소를 통해 20대의 젊은이들을 긴장시키고 흥분시켰다.

하지만 고귀하고 유능한 정신은 그 어떤 것보다도 인식의 예리하고 씁쓸한 자극에 보다 빨리, 보다 철저하게 무뎌지는 듯 보인다. 우울할 정도로 성실한 젊은이의 철저함은 거장이 된 남자의 깊은 결심과 비교해 피상적인 건 확실하다. 지식이 의지나 행위, 감정, 심지어는 정열을 조금이라도 마비시키고 기죽이고 욕보이려 하는 경우, 거장은 고개를 꼿꼿이 세우고서 지식을 부정하고 거부하고 무시하기로 단호하게 결심한다. 그 유명한《어느 비참한 남자》라는 소설을 상스러운 심리주의 시대•에 대한 혐오감의 표출이 아니라면 달리 어떻게 해석할 수 있겠는가? 상스러운 심리주의는 약하고 우둔하고 어설픈 건달의 모습으로 형상화되어 있다. 건달은 무기력과 악덕, 도덕적인 무능에 빠져 자신의 아내를 어린 애송이의 품에 밀어 넣는다. 그리고 심오한 정신에서 우러나오면 비열한 짓을 저질러도 된다고 믿으며 은근슬쩍 운명을 가로챈다. 여기에서 비난받을 짓을 비난하는 말의 무게는 모든 도덕적인 회의와 타락에의 동조를 거부한다고 선언했으며, 모든 걸 이해한다는 말은 모든 걸 용서한다는 의미라고 주장하는 나태한 연민과의 결별을 선포했다. 그리고 '부활한 거침없음의 기적'이 여기에서 예고되었다. 아니, 이미 실현되었다. 얼마 후 작가와의 대화에서 이 점은 명백히 언급되고 은근히 강조되었다. 이 얼마나 기묘한 관계들인가! 바로 이 시기에 그의 미적 감각이 과도할 정도로 강화되고 귀족적으로 순수하고 단순하고 균형 있는 형식을 갖추게 된 것은 이 '부활', 이 새로운 품위와 근엄함의 결과였을까? 그 후로 이러한 형식은 뛰어난 기량과 고전적 모범이라는 매우 뚜렷하고 거의 의도적인 특성을 그의 작품에 부여했다. 그러나 지식 너머, 해체하고 제지하는 인식 너머의 도덕적인 단호함, 이것은 다른 한편으로 단순화, 세계와 영혼의 도덕적인 획일화, 그러므로 또한 사악한 것과 금지된 것, 윤리적으로 불가능한 것의 강화를 의

● 모든 행위를 심리학적으로 이해하려는 시대.

미하지 않을까? 그리고 형식은 두 개의 얼굴을 가진 게 아닐까? 형식은 윤리적인 동시에 비윤리적이 아닐까? 규율의 산물이고 규율의 표현이라는 점에서는 윤리적이지만, 본디 도덕적인 무관심을 내포한다는 점에서는, 나아가 도덕적인 것을 근본적으로 자신의 거만하고 절대적인 왕홀 아래 굴복시키려 노력한다는 점에서는 비윤리적이고, 심지어는 반윤리적인 게 아닐까?

아무려면 어떠랴! 발전하는 것은 운명이다. 많은 대중의 관심과 집단적인 신뢰를 동반하는 발전이 명성의 호의와 광휘 없이 이루어지는 발전과 어찌 다르게 진행되지 않겠는가? 위대한 재능의 소유자가 자유분방한 번데기 상태에서 벗어나 정신의 품위를 명확하게 인지하는 데 익숙해지면, 의논할 상대 하나 없이 혹독하게 온갖 고통과 투쟁을 감내하며 사람들 사이에서 권력과 명예를 가져다주는 고독의 궁중 예법을 받아들이면, 영원한 집시 기질의 소유자만이 이를 따분하게 여기고 조롱하려 들 것이다. 아울러 혼자 힘으로 재능을 형성하는 데에는 얼마나 많은 유희와 반항과 즐거움이 깃들어 있는가! 시간이 흐르면서 서서히 근엄하고 교육적인 면이 구스타프 아셴바흐의 묘사에 등장했으며, 연륜이 쌓이면서 거침없는 대담함과 미묘하고 신선한 음영이 그의 문체에서 사라졌다. 그의 문체는 모범적으로 고정된 것, 세련되고 관습적인 것, 지속적인 것, 형식적인 것, 심지어는 상투적인 것으로 변모했다. 루이 14세●가 그랬다고 전해 내려오는데, 구스타프 아셴바흐도 나이 들어가면서 자신의 어투에서 모든 저속한 표현을 제거했다. 당시 교육청은 그의 작품에서 몇 페이지를 발췌해 국정교과서에 싣기도 했다. 아셴바흐는 내심 당연한 일로 여겼다. 그리고 때마침 제위에 오른 어느 독일 제후가 50세 생일을 맞이한 '프리드리히 대왕' 소설의 작가에게 개인적으로 귀족의 작위를 수여했을 때 거절하지 않았다.

구스타프 폰 아셴바흐는 몇 년 동안 일정한 거처 없이 여기저기 옮겨 다니며 살다가 일찌감치 뮌헨을 항구적인 거주지로 선택했다. 그리고 아주 특별한 경우에만 정신의 소유자에게 주어지는 명예시민의 신분으로 그곳에서 살았다. 젊음이 가기 진에 학지 집안 출신익 아가씨와 결혼해 잠시 행복한 시간을 보냈지만, 아내가 세상을 떠난 후로는 결혼과 담을 쌓고 살았다. 하나 있는 딸은 벌써 결혼했고, 아들은 원래 없었다.

구스타프 폰 아셴바흐는 평균보다 조금 작은 키였으며 피부는 갈색이고 수염은 기르지 않았다. 아담한 체격에 비해 머리가 지나치게 컸다. 마치 흉터처럼 우둘투둘하게 깊이 주름 살 진 넓은 이마를 뒤쪽으로 빗어 넘긴 머리카락이 에워싸고 있었다. 정수리 부분의 머리카락은 듬성듬성하고, 숱이 무척 많은 관자놀이 주위는 벌써 희끗희끗했다. 안경알에 테두리

● '태양왕'이라 불린 프랑스의 대표적인 전제군주.

가 없는 금테 안경의 코 받침이 고상하게 휘어진 뭉툭한 코의 잘록한 부분을 파고들었다. 커다란 입은 때로는 축 늘어지기도 했고, 때로는 갑자기 팽팽하게 꼭 다물어지기도 했다. 볼은 홀쭉하고 주름졌으며 잘생긴 턱은 부드럽게 갈라졌다. 중대한 운명들이 대개는 고뇌에 잠겨 갸웃 숙인 머리 위를 스쳐 지나간 듯했다. 보통은 파란만장하고 고된 삶이 사람의 인상을 결정짓지만, 아셴바흐의 경우에는 예술이 그 역할을 떠맡았다. 볼테르와 프리드리히 대왕이 전쟁에 대해 나눈 번뜩이는 문답이 그 이마 뒤에서 생겨났다. 피곤해 보이면서도 안경알을 뚫고 깊이 파고드는 두 눈으로는 7년전쟁● 당시 야전병원의 피비린내 나는 생지옥을 보았다. 개인적인 관점에서도 예술은 고양된 삶이다. 예술은 더 깊이 행복하게 하고, 더 빠르게 심신을 갉아먹는다. 예술은 자신에게 헌신하는 사람의 얼굴에 상상을 통한 정신적인 모험의 흔적을 아로새긴다. 예술은 외적으로 수도원 같은 정적에 감싸여 있을 때조차, 방탕한 정열과 향락으로 가득 찬 삶은 만들어내기 어려운 까다로운 취향과 지나친 섬세함, 피로, 호기심을 지속적으로 만들어낸다.

● 독일 슐레지엔 지방의 소유권을 두고 유럽의 대국들이 1756년부터 1763년까지 7년 동안 양편으로 갈라져 싸운 전쟁.

제3장

세상이나 문학과 관련한 여러 가지 일들이 그날의 산책 후
로 여행 욕구에 사로잡힌 아셴바흐를 이 주 정도 더 뮌헨에
붙잡아두었다. 마침내 아셴바흐는 사 주 후에 머무를 수 있도
록 별장을 준비하라고 이르고는 5월 중하순 어느 날, 야간열
차를 타고 트리에스테●를 향해 출발했다. 트리에스테에서는
스물네 시간만 머물렀으며, 이튿날 아침 풀라●●행 배에 올라
탔다.

아셴바흐는 쉽게 도달할 수 있으면서도 자신과 아무 관계
없는 낯선 곳을 찾았다. 그래서 몇 년 전부터 유명해진 아드
리아해의 한 섬에 숙소를 정했다. 그 섬은 이스트라반도에서

● 이탈리아 북동부 아드리아해 연안의 항구도시.
●● 크로아티아 남서부 아드리아해 연안의 항구도시.

멀지 않았으며, 다채로운 색깔의 남루한 옷을 걸치고 완전히 생소한 음운으로 말하는 농민들이 살고 있었다. 그리고 드넓은 바다로 이어지는 곳에서는 멋지게 갈라진 절벽들이 절경을 이루었다. 그러나 비와 습도 높은 공기, 호텔에 묵는 오스트리아인들의 소시민적이고 폐쇄적인 분위기, 평온하고 내밀하게 바다를 즐길 수 없는 상황이 불만을 돋우었다. 오로지 부드러운 모래사장만이 바다와의 평온하고 내밀한 관계를 만들어주는 법이다. 아셴바흐는 목적지에 이르렀다는 생각이 들지 않았다. 마음이 불안하고 뒤숭숭했다. 하지만 어디로 가야 하는지는 아직 분명하지 않았다. 그는 배편을 자세히 알아보고 주변을 탐색했다. 그러다 갑자기 너무 자명하게 목적지가 눈앞에 보여서 깜짝 놀랐다. 이루 비길 데 없는 곳, 동화적으로 색다른 곳에 하룻밤 만에 이르기를 원한다면, 어디로 갈 것인가? 그건 너무나 분명했다. 여기서 내가 뭘 하랴? 아셴바흐는 길을 잘못 들었다. 그곳으로 갔어야 했다. 그는 잘못 선택한 체류지에 미련 없이 작별을 고했다. 섬에 도착한 지 열흘 정도 지난 어느 안개 낀 새벽에 날렵한 모터보트가 아셴바흐와 그의 짐을 바다 건너 군항•으로 도로 데려다주었다. 아셴바흐는 군항에 잠깐 발을 디뎠을 뿐 곧장 잔교를 건너

• 풀라를 가리킨다. 풀라는 1850년부터 오스트리아·헝가리 제국의 주요 군항이었으며, 현재는 크로아티아 영토다.

베네치아로 출항할 준비를 갖춘 배의 축축한 갑판 위로 올라섰다.

이탈리아 국적의 낡은 배였다. 허름하고 연기에 그을리고 우중충했다. 아셴바흐가 배에 오르자마자 등이 굽고 꼬질꼬질한 선원이 비죽이 웃으며 정중하게 선실에 들어갈 것을 권했다. 등불을 밝힌 선실은 동굴 속 같았으며, 이마에 모자를 삐딱하게 걸치고 입가에 담배꽁초를 문 남자가 테이블 너머에 앉아 있었다. 턱수염을 기른 모습이 옛날 서커스단의 단장 같은 인상을 풍겼으며, 얼굴을 찌푸린 채 약간 사무적인 태도로 승객들의 신상 명세를 기록하고 승차권을 발부했다. "베네치아!" 그 남자는 팔을 뻗어 비스듬히 기운 잉크통 속의 걸쭉한 잉크에 펜을 적시며 아셴바흐의 요구 사항을 반복했다. "베네치아, 일등실! 손님, 됐습니다." 그러고는 몇 글자 큼지막하게 휘갈기고는 작은 통에서 푸른색 모래를 꺼내 글자 위에 뿌렸다. 종이에 묻은 모래를 도자기 그릇에 털고는 누르스름하고 뼈마디 굵은 손가락으로 종이를 접어 다시 뭐라고 썼다. "여행지를 잘 선택하셨습니다." 그러면서 남자는 말했다. "아, 베네치아! 멋진 도시죠! 역사가 오래된 데다가 오늘날에도 매력을 듬뿍 안고 있어서 교양을 갖춘 사람들에게는 뿌리칠 수 없는 매력을 발산하는 도시라니까요!" 남자가 빠르고 유연하게 몸을 놀리며 객쩍은 이야기를 늘어놓는 바람에 아셴바흐는 정신이 산만해지면서 순간 멍해졌다. 남자는 베네치아에 가려는 여행객의 결심이 흔들릴까봐 걱정하는 듯했다. 그는 서둘러 돈을 받고는 거스름돈을 도박장의 직원처럼 능숙하게 얼룩진 테이블보 위에 떨어뜨렸다. "손님, 즐거운 여행이 되시길 바랍니다!" 남자가 배우처럼 허리를 숙이며 말했다. "여러분을 배에 모시게 되어 영광입니다……." 배표를 사려는 사람이 더 이상 없는데도 마치 사업이 아주 잘되는 양 즉시 한 팔을 높이 올리며 외쳤다. 아셴바흐는 갑판으로 돌아갔다.

그는 난간에 한 팔을 기댄 채 출항하는 배를 보려고 부두에서 한가로이 빈둥거리는 사람들과 배 위의 승객들을 둘러보았다. 이등실 승객들은 남자고 여자고 할 것 없이 앞쪽 갑판에서 상자와 보따리를 깔개 삼아 웅크리고 앉아 있었다. 젊은이들 한 무리가 단체 여행을 가는지 1층 갑판에 모여 있었다. 풀라의 상점 점원들인 것 같았는데, 이탈리아로 여행을 가게 되어 한껏 들뜬 모양이었다. 그런 모험을 벌인 자신들이 못내 자랑스러운지 큰 소리로 떠벌리고 깔깔 웃고 으스대는 몸짓을 주고받았다. 그리고 난간 너머로 몸을 내밀고서 서류 가방을 팔에 낀 채 항구 거리를 따라 가게로 출근하는 다른 동료들에게 익숙한 조롱의 말을 외쳤다. 동료들은 놀러 가는 사람들을 향해 위협적으로 막대기를 흔들었다. 지나치게 유행을 따른 연노란색 여름 양복에 빨간 넥타이를 매고 대담하게 휘어진 파나마모자를 쓴 젊은이가 누구보다도 신이 나서 목청껏 소리치는 모습이 두드러지게 눈길을 끌었다. 아셴바흐는 그 젊은이를 좀 더 유심히 살펴본 즉시 자신이 잘못 보았다는 걸 깨닫고 깜짝 놀랐다. 노인이었다. 의심의 여지가 없었다. 눈가와 입가에 주름살이 자글자글했으며, 양 볼의 흐릿한 홍조는 화장 덕분이었다. 화려한 테를 두른 밀짚모자 아래의 갈색 머리는 가발이었다. 늘어진 목덜미의 힘줄이 튀어나왔고, 콧수염과 턱수염은 염색한 것이었다. 웃을 때 드러나는 누런 치아는 빠진 데는 없었지만 값싼 의치였다. 양쪽 집게손가락에 인장 반지를 끼고 있는 손은 영락없이 노인의 것이었다. 아셴바흐는 친구들과 어울리는 노인의 모습을 보고 있자니 섬뜩한 느낌이 들었다. 친구들은 노인이 늙었다는 걸 모를까? 어울리지 않게 화려한 옷차림으로 멋을 부리고 어울리지 않게 친구인 척한다는 걸 알아채지 못하는 걸까? 젊은이들은 노인이 함께 어울리는 걸 당연한 듯 자연스럽게 용인하는 것 같았다. 노인을 자신들과 같은 패거리로 대했으며, 노인이 장난삼아 옆구리를 찔러도 전혀 싫은 기색을 보이지 않았다. 어떻게 저럴 수 있지? 아셴바흐는 한 손으로 이마를 가리고, 충분히 자지 못한 탓에 따끔거리는 눈을 감았다. 모든 것이 평범하지 않아 보였다. 세상이 마치 꿈처럼 멀어지고 전체적으로 야릇하게 왜곡되기 시작하는 것 같았다. 시야를 조금 어둡게 해서 다시 주위를 둘러보면 그런 느낌을 억제할 수 있을 것 같았다. 하지만 그 순간에 몸이 두둥실 뜨는 듯한 기분이

들었다. 소스라치게 놀라 눈길을 들자 육중하고 우중충한 선체가 성벽으로 에워싸인 해변에서 서서히 멀어지고 있는 게 보였다. 배의 기관이 앞뒤로 움직이는 가운데 부두와 뱃전 사이의 물띠가 혼탁하게 어른거리며 조금씩 퍼져나갔다. 배가 느릿느릿 방향을 틀었고 뱃머리의 돛대가 넓은 바다를 향했다. 아셴바흐가 오른쪽 뱃전으로 건너가자 등이 굽은 남자는 접의자를 펼쳐주었고, 얼룩진 연미복 차림의 승무원은 필요한 게 없냐고 물었다.

하늘은 흐리고 바람은 습기를 머금고 있었다. 항구와 섬들이 뒤로 멀어져갔다. 육지가 흐릿한 시야에서 빠르게 사라졌다. 습기에 부푼 석탄 부스러기가 물청소한 갑판 위로 눈처럼 내려앉았다. 갑판의 물기가 영 마를 것 같지 않았다. 비가 내리기 시작하는 바람에 한 시간 후에는 벌써 차일을 쳤다.

여행객은 외투로 몸을 감싸고서 무릎에 책을 올려놓은 채 휴식을 취했다. 어느새 몇 시간이 지나갔다. 그사이 비가 그쳤고 아마포 차일을 걷었다. 수평선이 완벽하게 자태를 드러냈다. 흐릿하고 둥근 하늘 아래에서 삭막한 바다가 사방으로 거대하게 펼쳐졌다. 정돈되지 않은 텅 빈 공간 속에서는 우리의 감각이 시간의 척도마저 상실하기 마련이다. 우리는 가늠할 수 없는 상황 속에서 몽롱한 상태에 빠져든다. 그림자처럼 야릇한 형상들, 잔뜩 멋 부린 노인, 선실 안의 턱수염이 흐릿한 몸짓과 꿈결 같은 혼란스러운 말로 휴식을 취하는 여행객의 정신을 파고들었다. 그는 잠이 들었다.

정오 무렵, 여행객은 복도처럼 길쭉한 식당에 내려가 간단한 식사를 하라는 안내를 받았다. 침실로 사용하는 작은 선실의 문들이 식당으로 통했다. 아셴바흐는 기다란 식탁 머리에 앉아 식사를 했다. 식탁 다른 쪽 끝에서는 노인을 포함한 점원들이 쾌활한 선장과 함께 10시부터 거나하게 술을 들이켜고 있었다. 음식은 보잘것없었고, 아셴바흐는 빠르게 식사를 마쳤다. 그리고 하늘을 보려고 식당을 나왔다. 베네치아에 이르면 하늘이 맑아질지 궁금했다.

아셴바흐는 베네치아의 하늘이 맑지 않을 거라는 생각은 해본 적이 없었다. 그 도시는 항상 빛나는 모습으로 그를 맞이했기 때문이다. 하지만 바다와 하늘은 여전히 납빛으로 우중충했고, 이따금 안개비가 내렸다. 그래서 물길로 가면 육로로 도착할 때와는 다른 베네치아에 이르나보다고 생각했다. 아셴바흐는 뱃머리의 돛대 옆에 서서 육지가 나타나길 기다리며 멀리 바라보았다. 꿈에 그리던 둥근 지붕과 종탑 들이 언젠가 이 물속에서 솟아올랐다고 썼던 우울하면서도 열광적인 시인•을 생각했다. 아셴바흐는 경외심, 행복과 슬픔을 당시 장중한 노래로 읊어낸 그 시의 몇 구절을 조용히 되

● 독일의 시인 아우구스트 폰 플라텐(1796~1835)을 말한다. 1824년 베네치아를 찬미하는 소네트를 발표했다.

뇌었다. 그리고 이미 언어로 형상화된 감정에 쉽게 취해 새로운 열광과 혼란, 뒤늦은 감정의 모험이 한가로이 배를 타고 여행하는 사람에게 혹시 또 주어질 것인지 진지하고 피곤한 마음으로 헤아려보았다.

그때 오른쪽에서 평평한 해안이 모습을 드러내고, 바다가 고깃배들로 활기를 띠고, 해수욕장이 있는 섬이 나타났다. 배는 섬을 왼쪽에 끼고 나아가다 서서히 속도를 늦추고는 섬의 이름을 딴 비좁은 항구로 미끄러져 들어갔다. 그러다 석호에 이르러 다채로운 색깔의 누추한 집들 앞에서 완전히 멈추었다. 보건 당국의 작은 배가 그곳에 도착할 예정이었기 때문이다.

보건 당국의 배는 한 시간이 지나서야 모습을 나타냈다. 목적지에 도착했는데도 도착한 게 아니었다. 급한 일은 없었지만 초조한 마음이 들었다. 공원 쪽에서 물을 건너 울려 퍼지는 군대의 호각 소리에 애국심이 고취되었는지 풀라의 젊은이들이 갑판 위로 올라왔다. 아스티 포도주에 취해 건너편에서 훈련하는 저격병들을 향해 만세를 외쳤다. 하지만 멋을 잔뜩 부린 노인이 분별없이 젊은이들과 어울리는 광경은 혐오스러웠다. 늙은 뇌는 건장한 젊은이들의 뇌와는 달리 포도주를 이겨내지 못했다. 노인은 가련하게 취해 있었다. 눈에 초점이 없었으며 떨리는 손가락으로 담배를 쥐고 비틀거렸다. 간신히 몸의 균형을 잡으며 술에 취해 앞뒤로 흔들거렸다. 한 걸음이라도 떼면 넘어질까봐 그 자리에서 움직일 엄두도 내지 못했다. 하지만 보기 딱할 정도로 들뜨고 흥겨워했다. 가까이 다가오는 사람 아무나 옷 단추를 꼭 붙잡고 혀 꼬부라진 소리로 웅얼거리고 눈을 찡긋하고 낄낄거렸다. 반지를 낀 주름진 집게손가락을 치켜세우고서 유치한 농담을 던졌으며, 소름 끼칠 정도로 외설스럽게 혀끝으로 입가를 핥았다. 아셴바흐는 음울하게 눈썹을 찌푸린 채 노인을 바라보았다. 그러자 또다시 몽롱한 기분에 사로잡히면서 마치 세상이 그 무엇으로도 제어할 수 없이 기괴하게 스르르 일그러질 것만 같았다. 하지만 그때 마침 엔진이 다시 쿵쿵거리기 시작하면서 그 감정에 깊이 침잠하는 걸 막아주었다. 목적지 가까이에서 멈췄던 배가 다시 움직이기 시작해 산 마르코 운하를 지났다.

그래서 아셴바흐는 그 감탄스러운 선착장을 다시 보았다. 배를 타고 다가가는 사람들의 경외심 어린 눈길에 공화국●이 보여주는 환상적인 건축물의 눈부신 조합이 다시 들어왔다. 산뜻하고 수려한 궁전, 탄식의 다리, 사자와 성인의 조각상이 있는 물가의 석주들, 동화 속처럼 신비롭고 아름다운 사원의 화려하게 튀어나온 옆면, 성문에 이르는 길과 거대한 시계. 아셴바흐는 이러한 광경들을 둘러보며 기차를 타고 베네

● 중세부터 18세기 말까지 베네치아를 중심으로 이탈리아 북부 아드리아 해안에 존속했던 도시국가. 한때 유럽의 강국이었으며, 베네치아의 유명한 건축물들은 대부분 당시 축조된 것이다.

치아역에 도착하는 육로는 뒷문으로 궁궐에 들어가는 것과 같다고 생각했다. 이 도시의 비현실적인 광경을 접하려면 지금 자신처럼 배를 타고 넓은 바다를 건너와야 할 것 같았다.

엔진이 멈추자 곤돌라들이 우르르 몰려들었다. 발판이 내려지고, 세관원들이 승선해 임무를 대충 수행했다. 이제 하선이 시작되었다. 아셴바흐는 도시와 리도 섬 사이를 왕래하는 소형 기선들의 선착장까지 자신과 짐을 실어다줄 곤돌라가 필요하다고 알렸다. 거기 바닷가에 숙소를 잡을 생각이었기 때문이다. 승무원들이 아셴바흐의 계획을 알아듣고, 곤돌라 사공들이 사투리로 티격태격 싸우고 있는 수면을 향해 그의 뜻을 전달했다. 아셴바흐는 쉽게 배에서 내리지 못했다. 사다리 모양의 계단 아래로 여행 가방을 힘들게 잡아끌고 당기다 보니 가방이 걸림돌이 되어 길을 가로막았다. 그래서 아셴바흐는 그 끔찍한 노인이 치근거리는 것을 몇 분 동안 꼼짝없이 더 지켜봐야 했다. 낯선 사람에게 정중히 작별 인사를 하라며 술기운이 노인을 충동적으로 몰아세웠다. "더없이 행복한 여행이 되길 바랍니다." 노인이 한 발을 살짝 뒤로 빼고 정중하게 절하며 쇳소리 나는 목소리로 말했다. "즐거운 추억은 좋은 것이지요! 안녕히 가십시오. 실례 많았습니다. 좋은 하루 보내십시오, 나리!" 노인은 입에서 침을 질질 흘렸고 두 눈을 감으며 혀로 입가를 핥았다. 입술 아래의 염색한 턱수염이 뻣뻣이 곤두섰다. "우리의 찬사를" 하며 노인은 두 손가락 끝을 입에 대고 혀 꼬부라진 소리로 웅얼거렸다. "우리의 찬사를 사랑하는 사람에게, 가장 사랑하는 사람에게, 가장 아름다운 사랑하는 사람에게……." 그때 갑자기 노인의 위쪽 틀니가 아랫입술로 떨어졌다. 아셴바흐는 그 자리를 벗어날 수 있었다. "사랑하는 사람에게, 어여쁜 사랑하는 사람에게." 아셴바흐가 밧줄 난간을 붙잡고서 계단을 내려가는 동안 횡설수설 공허하게 아부하는 소리가 등 뒤에서 들렸다.

처음으로 베네치아의 곤돌라를 타보거나 오랜만에 곤돌라에 오르면서 가벼운 전율, 은밀한 두려움과 두근거림을 느끼지 않을 사람이 어디 있으랴? 발라드가 유행하던 시대부터 변함없이 전해 내려온 그 기묘한 탈것은 특이하게 까만색이었다. 모든 사물 중에서 오로지 관만이 그처럼 까만색이다. 까만 곤돌라는 물결이 찰랑이는 밤에 소리 없이 범죄를 저지르는 모험을 연상시킨다. 아니, 그보다는 죽음 자체, 관대(棺臺)와 음울한 장례, 침묵의 마지막 항해를 더욱 연상시킨다. 그러한 작은 배의 좌석, 관처럼 검은색 래커를 칠하고 흐릿한 검은색 천을 입힌 팔걸이의자가 이 세상 그 어느 좌석보다도 부드럽고 사치스럽고 푹신하다는 걸 사람들이 알까? 아셴바흐는 곤돌라 사공의 발치에 앉아 그걸 깨달았다. 그의 짐은 맞은편 뱃머리 쪽에 정갈하게 놓여 있었다. 곤돌라 사공들은 여전히 티격태격하고 있었다. 무슨 일인지는 이해할 수 없었지만 서로 위협적인 몸짓을 하며 거칠게 다투었다. 하지만 수상도시의 특이한 적막이 사공들의 목소리를 부드럽게 받아들이고 용해해 물살 위로 뿌리는 듯했다. 베네치아 항구는 따사했다. 여행객은 시로코●의 숨결을 기분 좋게 즐기며 푹신한 쿠션에 몸을 기대고 눈을 감은 채 낯설면서도 달콤한 느긋함에 빠져들었다. 곤돌라 항해는 곧 끝이 나겠지. 아셴바흐는 생각했다. 이대로 영원히 계속되면 좋으련만! 배가 살며시 흔들리며 뒤엉킨 목소리들, 웅성거림에서 벗어나는 게 느껴졌다.

주위가 얼마나 고요했고, 또 시간이 흐를수록 얼마나 더 고요해졌던가! 노에 부딪쳐 일렁이는 물소리, 뱃머리를 스치며 솟구치는 물결 소리 말고는 아무 소리도 들리지 않았다. 작은 배는 미늘창처럼 방어하듯 뾰족한 끝이 물 위로 가파르고 검게 솟구쳐 있었다. 그리고 세 번째 소리, 말소리, 속삭이는 말소리가 있었다. 곤돌라 사공이 팔을 움직일 때마다 잇새로 쥐어짜듯 혼자 헉헉 웅얼거리는 소리였다. 아셴바흐는 눈길을 들었다. 주변의 석호가 점점 넓어지면서 배가 넓은 바다를 향해 나아간다는 걸 깨닫고 좀 의아한 생각이 들었다. 그래서 너무 가만있지 말고 조금 신경을 써서 원하는 바를 관철시켜야 할 것 같았다.

"선착장으로 가자고요." 아셴바흐는 몸을 반쯤 뒤로 돌려

● 아프리카의 사막지대에서 지중해 유역으로 불어오는 온난 습윤한 바람.

채 말했다. 웅얼거리는 소리가 멈추었다. 아셴바흐는 아무런 대답도 듣지 못했다.

"선착장으로 가자니까요!" 이번에는 몸을 완전히 뒤로 돌리고 사공의 얼굴을 올려다보며 한 번 더 말했다. 사공은 아셴바흐 뒤편의 높이 솟은 뱃전에서 흐린 하늘을 배경으로 우뚝 서 있었다. 인상이 험상궂고 무뚝뚝했으며, 뱃사람 특유의 푸른색 옷에 노란색 어깨띠를 두르고 있었다. 그리고 올이 풀어져서 원래 형태를 알아보기 어려운 밀짚모자를 대담하게 비스듬히 쓰고 있었다. 얼굴 생김새나 살짝 위로 들린 코 아래의 곱슬한 금발 콧수염은 전혀 이탈리아 사람 같지 않았다. 몸집이 빈약해서 사공 일을 하기에는 그다지 적합하지 않다는 생각이 들었는데도 온몸을 던져서 힘차게 노를 저었다. 힘에 부치는지 몇 번 입술을 말아 올리고 허연 치아를 드러냈다. 사공은 거의 무례한 어조로 단호하게 말하면서 불그스름한 눈썹을 찌푸리고 손님을 건너다보았다.

"리도에 가신다고 하셨잖습니까!"

아셴바흐는 대답했다.

"물론 그렇지요. 하지만 나는 다만 산 마르코로 건너가려고 곤돌라를 탔을 뿐이오. 바포레토●를 이용할 생각이었소."

"손님은 바포레토를 이용할 수 없습니다."

● 베네치아에서 교통수단으로 이용되는 수상 버스.

"왜요?"

"바포레토는 짐을 실어주지 않기 때문이죠."

그 말이 맞았다. 기억이 났다. 아셴바흐는 입을 다물었다. 하지만 베네치아 사람답지 않게 이방인을 퉁명스럽고 불손하게 대하는 사공의 태도가 신경에 거슬렸다. 아셴바흐는 말했다.

"그건 내가 알아서 할 일이오. 어딘가 짐을 맡길 수 있을 거요. 배를 돌립시다."

주변이 조용했다. 노가 찰싹찰싹 물살을 갈랐고, 물이 둔탁한 소리를 내며 뱃전에 부딪쳤다. 다시 웅얼거리고 속삭이는 소리가 시작되었다. 곤돌라 사공은 잇새로 혼잣말했다.

이제 어떡하지? 별나게 완고하고 스산할 정도로 단호한 사람과 단둘이 물 위에 있다보니 여행객으로서는 자신의 뜻을 관철시킬 방법이 없었다. 화만 나지 않았다면, 편안히 휴식을 취할 수 있었을 텐데! 오래오래 언제까지나 곤돌라를 타고 가길 바라지 않았던가? 일이 흘러가는 대로 내버려두는 게 상책이었고 무엇보다도 가장 편안했다. 고집스러운 사공이 등 뒤에서 젓는 노의 흔들림에 부드럽게 실려 나른함의 마력이 아셴바흐가 앉아 있는 좌석, 낮고 푹신한 검은 팔걸이 의자에서 퍼져나가는 듯했다. 범죄자의 손아귀에 빠져들었다는 생각이 꿈결처럼 아셴바흐의 감각을 스쳤다. 그런데도 이런 생각이 실제로 방어 태세를 취하도록 그를 일으켜 세우지는 못했다. 이 모든 게 오로지 바가지를 씌우려는 데 목적이 있을지 모른다고 생각하자 더욱 짜증이 났다. 아셴바흐는 일종의 의무감 아니면 자긍심, 말하자면 예방 조치를 취해야 한다는 경각심에서 한 번 더 정신을 바짝 차리고 물었다.

"뱃삯이 얼마요?"

사공이 아셴바흐를 건너다보며 대답했다.

"나중에 내십시오."

이 말에 어떻게 응수해야 할지는 확실했다. 아셴바흐는 기계적으로 말했다.

"내가 원하는 곳으로 데려다주지 않으면 한 푼도, 절대로 한 푼도 내지 않겠소."

"리도에 가실 생각이잖습니까."

"하지만 댁하고 갈 생각은 없소."

"잘 모셔다드리지요."

이 말이 사실일 거라고 생각하고 아셴바흐는 긴장을 풀었다. 이 말이 사실이겠지. 너는 날 잘 태워다주겠지. 네가 내 현금을 노리고 등 뒤에서 노를 내리쳐 나를 저세상에 보내버리면, 잘 태워다주는 셈이겠지.

하지만 그런 일은 일어나지 않았다. 게다가 흥을 돋우려는 무리까지 나타났다. 음악을 이용해 돈을 뜯어가는 노상강도들을 태운 배가 곤돌라 뱃전에 뻔뻔하게 바싹 붙었다. 돈을 노린 남녀 악사가 기타와 만돌린에 맞춰 노래를 부르며 이국적인 시구로 물 위의 정적을 채웠다. 그들이 내민 모자에 아셴바흐는 돈을 던져 넣었다. 그러자 그들은 입을 다물고 멀어져갔다. 곤돌라 사공이 이따금 뜬금없이 혼자 주절거리는 소리가 다시 귀에 들렸다.

도시로 가는 기선이 일으키는 물보라에 이리저리 흔들리며 곤돌라가 목적지에 도착했다. 시청 소속의 공무원 두 명이 뒷짐을 진 채 석호 쪽을 바라보며 물가를 이리저리 오갔다. 베네치아의 모든 선착장에는 쇠갈고리를 들고 대기하는 노인이 있다. 아셴바흐는 잔교에 이르러 그런 노인의 부축을 받으며 곤돌라에서 내렸다. 마침 수중에 잔돈이 없었던 탓에 적절한 뱃삯을 사공에게 지불할 요량으로 부두 다리 옆에 위치한 호텔에 돈을 바꾸러 갔다. 아셴바흐가 호텔 로비에서 돈을 바꿔 돌아오자 짐은 이미 부둣가의 수레에 실려 있고 곤돌라와 사공은 사라지고 없었다.

"달아나버렸어요." 쇠갈고리를 든 노인이 말했다. "나쁜 녀석이죠. 면허증이 없는 사람입니다. 이곳에서 면허증을 소지하지 않은 유일한 사공이지요. 다른 사공들이 이곳에 전화를 걸었어요. 그래서 자신이 붙잡힐 줄 알고 그대로 도망쳤답니다."

아셴바흐는 어깨를 으쓱했다.

"손님께서는 공짜로 곤돌라를 타고 오셨습니다." 노인이 모자를 내밀며 말했다. 아셴바흐는 모자에 동전을 던져 넣었다. 그리고 해변 호텔로 짐을 가져가라고 이르고는 수레 뒤를 따라 하얀 꽃이 만발한 가로수 길을 걸었다. 가로수 길은 섬을 가로질러 해변까지 이어지고, 음식점과 상점, 숙박업소들이 양편으로 줄줄이 늘어서 있었다.

아셴바흐는 정원 테라스를 지나 뒤쪽에서 커다란 호텔에 들어섰다. 널찍한 홀과 로비를 가로질러 사무실을 찾아갔다. 예약을 해둔 덕분에 이미 그를 맞을 준비가 되어 있었다. 키가 작은 지배인은 까만 콧수염을 기르고 프랑스풍의 프록코트를 입고 있었다. 조용조용하고 아부하듯 정중했다. 지배인이 엘리베이터로 3층까지 동행해서 아셴바흐에게 묵을 방을 안내했다. 벗나무 가구로 꾸민 방은 아늑했고 향기가 진한 꽃으로 장식되어 있었다. 높직한 창문 너머로 넓은 바다가 환히 보였다. 지배인이 방을 나간 후 아셴바흐는 창가에 다가섰다. 등 뒤에서 짐이 부려지는 동안 인적이 드문 오후의 해변과 해가 비치지 않는 바다를 바라보았다. 밀물 때였고, 낮은 파도가 길게 이어지며 조용히 박자를 맞추어 해변으로 밀려왔다.

사교적인 사람보다는 외로이 말 없는 자가 지켜보는 광경과 사건들이 더 몽롱하고 더 강렬하게 감각을 파고드는 법이다. 그런 사람의 생각들은 더 무겁고 더 기이하며 언제나 슬픈 분위기를 띠고 있다. 그런 사람은 한 번의 눈길, 한 번의 웃음, 한 번의 의견 교환으로 쉽게 떨쳐버릴 수 있는 이미지와 형상들에도 과도하게 매달린다. 이미지와 형상들이 침묵 속에 깊이 가라앉아 의미심장해져서 체험과 모험과 감정이 된다. 외로움이 독창적인 것, 과감하면서도 낯선 아름다운 것, 시를 만들어낸다. 하지만 외로움은 불합리한 것, 균형 잡히지 않은 것, 용인되지 않는 부조리한 것도 만들어낸다. 이곳에 오면서 보았던 현상들, 멋을 잔뜩 부리고 사랑하는 사람에 대해 주절거리던 끔찍한 노인, 불법적으로 뱃삯을 우려내려던 사공이 계속 여행객의 마음을 불안하게 휘저었다. 이것들은 이성에 곤란을 야기하지 않고 사실 깊이 생각할 거리를 제공하지 않았는데도 근본적으로 아주 기이한 면이 있었고, 이런 모순 탓에 불안을 몰고 왔다. 그러는 사이 아셴바흐는 바다에 눈인사를 보냈고, 베네치아가 언제든 발길이 닿는 지척에 있다는 사실에 기쁨을 느꼈다. 이윽고 그는 몸을 돌려 얼굴을 씻었으며, 되도록 편안하게 지내기 위해 객실 담당 청소원에게 몇 가지 사항을 일렀다. 그러고는 초록색 옷차림으로 엘리베이터를 조작하는 스위스인 남자의 안내를 받아 1층으로 내려갔다.

아셴바흐는 바다가 보이는 테라스에서 차를 마시고 호텔을 나섰다. 해변의 산책로를 따라 엑셀시오르 호텔 방향으로 상당히 많이 걸었다. 호텔에 돌아왔을 때는 벌써 저녁 식사를 하기 위해 옷을 갈아입을 시간이 된 듯싶었다. 그는 옷을 입으면서 일을 하는 데 익숙했기 때문에 자신만의 방식으로 천천히 꼼꼼하게 옷을 갈아입었다. 그런데도 홀에 조금 일찍 왔다는 생각이 들었다. 호텔 손님들은 짐짓 서로 관심 없는 척 굴며 서먹하게 모여 있었다. 하지만 모두들 식사에 대한 기대를 품고 있는 기미가 역력했다. 아셴바흐는 테이블에서 신문을 집어 들고는 가죽 의자에 앉아 사람들을 자세히 살펴보았다. 그들은 이번 여행의 처음 체류지에서 만난 사람들과는 달리 편안한 인상을 주었다.

너그럽게 많은 걸 품는 수평선이 드넓게 펼쳐졌다. 많이 사용되는 언어들이 나지막이 뒤섞여 들렸다. 전 세계적으로 통용되는 야회복, 문명사회의 유니폼이 인간적인 것의 다양한 형식들을 외적인 면에서 하나의 예절 바른 집단으로 통합시켰다. 실망한 듯 시큰둥한 표정의 미국인, 러시아인 대가족, 영국 숙녀들, 프랑스인 보모와 함께 있는 독일 아이들. 슬라브계가 단연 우위를 차지하는 듯 보였다. 바로 옆에서 폴란드 말이 들렸다.

아직 성인이라 할 수 없는 청소년들 몇 명이 가정교사인지 안내원인지 모를 사람의 인솔 아래 등나무 테이블 주변에 모여 있었다. 열다섯 살에서 열일곱 살 사이의 소녀 세 명과 열네 살가량의 긴 머리 소년 한 명이었다. 아셴바흐는 완벽하게 잘생긴 소년의 모습에 감탄했다. 우아하게 내성적이고 창백한 얼굴이 벌꿀빛의 머리카락에 에워싸여 있었다. 오뚝한 코, 사랑스러운 입, 기품 있으면서도 더없이 아름답고 진지한 표정은 가장 고귀한 시대의 그리스 조각상을 연상시켰다. 한

없이 순수하게 완벽한 모습은 유일무이하게 개성적인 매력을 발산해 자연에서도, 조각 예술에서도 그에 버금가는 성공을 본 적이 없다는 생각이 들었다. 더욱이 남매들을 보살피고 옷을 입히는 관점이 명백히 대립되는 게 눈에 띄었다. 세 여자아이 중 맏이는 이미 어른이 다 된 것 같았는데, 다들 하나같이 보기 민망할 정도로 옷차림이 근엄하고 정숙했다. 소녀들은 수녀복처럼 아무런 장식 없이 밋밋하고 무릎까지 내려오는 회청색 옷을 입고 있었다. 일부러 몸에 맞지 않게 재단한 듯싶었으며 흰 옷깃만이 유일하게 밝은색이었다. 이런 복장은 어떤 식으로든 몸매에 대한 호감을 일깨우지 못하도록 차단하고 방해했다. 머리에 매끄럽게 꼭 달라붙은 머리카락은 얼굴을 더욱 수녀처럼 공허하고 무표정하게 보이도록 했다. 어머니가 소녀들을 그런 식으로 꾸민 게 분명했다. 그런데 소녀들에게는 바람직하다고 여긴 듯한 교육적인 엄격함을 소년에게는 적용할 생각조차 하지 않았다. 다정다감한 애정만이 소년의 존재를 결정지은 게 분명해 보였다. 감히 소년의 아름다운 머리카락에 가위를 댈 엄두가 나지 않은 모양이었다. 가시를 빼는 소년●처럼 곱슬머리가 이마 위로 넘실거리고 귀를 덮고 목까지 깊이 늘어졌다. 영국식 세일러복의 불

● 바위 위에 앉아서 오른쪽 허벅지 위에 왼쪽 발을 올린 채 발바닥에 박힌 가시를 빼내는 모습의 소년상. 조각 예술의 고전적 모티프다.

룩한 소매가 아래로 내려가면서 좁아졌고, 아직 어린애 티를 벗지 못한 길쭉한 손의 가녀린 손목을 꼭 감싸고 있었다. 끈과 리본이 달리고 수가 놓인 세일러복은 소년의 연약해 보이는 몸매에 돈 많은 집안의 응석받이라는 인상을 심어주었다. 소년은 검은색 에나멜가죽 구두를 신고 있었는데, 한 발을 다른 발 앞에 놓고 아셴바흐에게 옆얼굴이 반쯤 보이도록 앉아 있었다. 한쪽 팔꿈치로 등나무 의자의 팔걸이를 받치고 주먹 쥔 손을 뺨에 댄 채 편하고 자연스러운 태도를 취하고 있었다. 여자 형제들은 거의 순종적인 뻣뻣함이 몸에 뺐는데, 소년에게는 그런 뻣뻣함이 전혀 눈에 띄지 않았다. 어디가 아픈 걸까? 상아처럼 하얀 안색이 얼굴을 에워싼 곱슬머리의 매혹적인 섬은색과 뚜렷이 대조를 이루었기 때문이다. 아니면 단순히 변덕스러운 편애에 길들여진 유약한 응석받이 아이일까? 아셴바흐는 후자가 맞지 않을까 생각했다. 거의 모든 예술가 기질은 아름다움을 창조하는 불공정을 인정하고, 그 고귀한 특별 대우에 관심과 경의를 표하는 반역적인 성향을 선천적으로 풍성하게 타고난다.

종업원이 홀을 돌아다니며 식사가 준비되었다고 영어로 알렸다. 사람들이 하나둘 유리문을 지나 식당 안으로 사라졌다. 뒤늦게 로비와 엘리베이터에서 나타난 사람들이 홀을 지나갔다. 식당에서는 이미 식사가 시작되었지만, 어린 폴란드 남매의 가족은 여전히 등나무 테이블에 둘러앉아 있었다. 아셴바흐는 깊숙한 안락의자에 편안히 앉아 눈앞의 아름다움을 음미하며 그들과 함께 기다렸다.

　마침내 얼굴이 불그스름한 가정교사, 키가 작고 뚱뚱하고 어딘지 모르게 촌스러운 여인이 자리에서 일어나라는 신호를 주었다. 가정교사는 눈썹을 치켜올리고 의자를 테이블 아래로 밀어 넣고는 키가 큰 부인이 홀에 들어서자 허리 굽혀 절했다. 부인은 회백색 옷차림에 진주로 풍성하게 장식하고 있었으며, 몸가짐이 침착하고 위엄 있었다. 살짝 분을 바른 머리와 옷매무새가 수수했다. 경건함을 고귀함의 구성 요소로 간주하는 어디에서나 이러한 수수함이 취향을 결정짓는다. 언뜻 독일 고위 관리의 부인이 아닌가 싶은 생각이 들 수도 있었다. 부인의 외모에서 유일하게 장신구를 통해서만 사치스러운 면모가 드러났다. 장신구는 크기가 버찌만 하고 은은한 빛을 발하는 진주를 세 겹으로 엮은 목걸이와 귀걸이로 이루어졌는데, 값어치를 가늠할 수 없을 정도로 귀중해 보였다.

　아이들이 서둘러 의자에서 일어나 어머니의 손에 입 맞추려고 고개를 숙였다. 어머니는 코가 뾰족한 얼굴에 살며시 미소를 머금고 아이들 머리 너머로 가정교사를 바라보며 프랑스어로 몇 마디 말을 건넸다. 곱게 화장했지만 조금 피곤해 보이는 얼굴이었다. 어머니가 유리문을 향해 걸음을 옮기고, 아이들이 그 뒤를 따랐다. 딸들이 나이 순서대로 어머니를 따르고, 그 뒤를 가정교사가 따르고, 소년이 맨 뒤에서 걸음을 옮겼다. 무슨 이유에서인지는 모르지만 소년은 문지방을 넘기 전에 뒤를 돌아보았다. 홀에는 아셴바흐 말고 아무도 남아 있지 않은 탓에 소년의 특이하게 어스름한 눈과 아셴바흐의 눈이 마주쳤다. 아셴바흐는 무릎 위에 신문을 올려놓은 채 명상에 잠겨 폴란드인 가족의 뒷모습을 바라보고 있었다.

아셴바흐가 본 것 중에는 사실 주의를 끌 만한 게 하나도 없었다. 아이들은 먼저 식사하러 가지 않고 어머니를 기다렸다. 그러다 어머니에게 공손하게 인사했으며, 일반적인 관례를 지키며 식당으로 들어갔다. 하지만 그 모든 게 너무나 분명하게 규율, 의무, 자긍심을 강조하는 듯 보여서 아셴바흐는 꽤 충격을 받았다. 그는 좀 더 지체하다가 곧 식당으로 자리를 옮겼다. 그리고 폴란드인 가족으로부터 상당히 멀리 떨어진 자리로 안내받았음을 확인하고는 잠시 아쉬워했다.

지루한 식사 시간 동안에 아셴바흐는 몸은 피곤한데도 정신적으로는 흥분해서 추상적인, 심지어는 초월적인 일들에 골몰했으며, 인간적인 아름다움이 생겨나기 위해 규칙적인 것이 개인적인 것과 맺는 비밀스러운 연관 관계에 대해 깊이 생각했다. 여기에서 형식과 예술의 일반적인 문제로 생각이 넘어갔으며, 결국 자신의 생각과 발견이 언뜻 행복해 보이는 꿈속의 속삭임과 비슷하다는 결론에 이르렀다. 냉정한 정신 상태에서 그런 꿈속의 속삭임은 완전히 공허하고 쓸모없는 것으로 여겨진다. 식사를 마친 아셴바흐는 담배를 피우기도 하고 앉아 있기도 하고 향긋한 내음이 풍기는 저녁의 공원을 거닐기도 했다. 그리고 일찍 잠자리에 들어 밤새도록 곤히 잤지만, 여러 형상들이 생생하게 등장하는 꿈을 꾸었다.

이튿날에도 날씨는 좋아질 기미가 보이지 않았다. 육지 쪽에서 바람이 불어왔다. 우중충하게 구름 낀 하늘 아래 바다가 칙칙하게 휴식을 취하고 있었다. 마치 바다가 쪼그라든 듯 수평선이 덩그러니 가깝게 느껴졌다. 바다가 해변으로부터 멀찌감치 뒤로 물러나서 기다란 모래톱이 몇 줄 드러났다. 아셴바흐가 창문을 여는 순간 석호의 썩은 냄새가 코끝을 스치는 듯했다.

아셴바흐는 기분이 언짢아졌다. 즉시 베네치아를 떠나야겠다는 생각이 들었다. 언젠가 여러 해 전 청명한 봄날이 몇 주간 이어진 후에도 날씨 때문에 무척 고생한 적이 있었다. 건강이 몹시 나빠져 도망치듯 베네치아를 떠날 수밖에 없었다. 그때처럼 다시 마음이 조급하게 불안해지고 관자놀이가 지끈거리고 눈꺼풀이 무거워지는 걸까? 다른 곳으로 또다시 이동하는 건 번거로울 것이다. 하지만 바람의 방향이 바뀌지 않는다면 베네치아에 머무를 수 없었다. 만일의 경우를 대비해 아셴바흐는 짐을 다 풀지 않았다. 그리고 9시쯤 호텔 측에서 홀과 식낭 사이에 준비한 뷔페 식당에서 아침 식사를 했다.

커다란 호텔의 명성에 어울리는 장중한 정적이 뷔페 식당에 감돌았다. 시중을 드는 종업원들이 발소리를 죽이고 식당 안을 돌아다녔다. 찻잔 달그락거리는 소리와 나지막이 속삭이는 소리만이 들려왔다. 아셴바흐는 출입문 비스듬히 맞은편, 두 테이블 건너 한쪽 구석에서 가정교사와 함께 있는 폴란드인 소녀들을 발견했다. 잿빛이 도는 금발을 매끄럽게 빗은 소녀들은 똑바로 앉아 있었다. 눈이 붉게 충혈되었고, 작은 흰색 옷깃과 소맷부리가 달린 푸른색의 뻣뻣한 리넨 원피스를 입고 있었다. 소녀들은 잼이 든 병을 서로 주고받았다. 식사가 거의 끝나가는 중이었다. 소년은 보이지 않았다.

아셴바흐는 미소 지었다. 이런, 파이아케스족● 꼬마 같으니라고! 그는 생각했다. 너는 누나들과는 달리 실컷 잘 수 있는 특권을 누리는 모양이구나. 아셴바흐는 갑자기 즐거워져서 혼자 시구를 암송했다.

"장신구와 따뜻한 목욕물과 휴식이 자주 바뀌었다."●●

그는 서두르지 않고 느긋하게 아침 식사를 했으며, 모자에 장식용 수술이 달린 도어맨의 손에서 추송된 우편물을 받아들었다. 그리고 담배를 피우며 편지를 몇 통 읽었다. 그래서 건너편 테이블 사람들이 기다리고 있던 늦잠꾸러기 소년이

● 그리스 신화에 나오는 종족으로, 풍요로운 섬에서 근심 걱정 없는 삶을 살았다고 전해진다. 특히 호메로스의 《오디세이아》에서는 난파한 오디세우스를 구해 무사히 고향으로 돌아갈 수 있도록 도와준다.

●● 호메로스의 《오디세이아》 제8권 249행.

식당에 들어오는 모습을 볼 수 있었다.

소년은 유리문을 지나 식당을 대각선으로 가로질러 조용히 누나들이 있는 테이블로 향했다. 걸음을 내딛는 상체의 자세, 무릎의 움직임, 흰색 구두를 신은 발의 동작이 무척 우아하고 경쾌했으며 유연하면서도 당당했다. 테이블로 가는 길에 두 번 고개를 돌려 홀 안을 둘러보고는 어린애답게 수줍어하며 눈을 치켜떴다가 내리뜨는 모습이 더욱 아름다웠다. 소년은 부드럽게 녹아드는 말투로 나지막이 한마디 웅얼거리며 자리에 앉았다. 이제 아셴바흐의 시선에 소년의 옆얼굴이 정확히 보였고, 아셴바흐는 진실로 신적인 인간의 아름다움에 새삼 경탄하지 않을 수 없었다. 실로 깜짝 놀랐다. 그날 소년은 블라우스 스타일의 흰색과 파란색 줄무늬 상의를 입고 있었다. 물세탁이 가능한 가벼운 옷감으로 지은 것이었다. 빨간색 비단 리본이 가슴에 달려 있었고 흰색의 수수한 스탠드칼라가 목을 감쌌다. 블라우스 스타일에 그다지 우아하게 어울리는 것 같지 않은 스탠드칼라 위로 이루 말할 데 없이 매력적인 소년의 머리가 활짝 꽃피어 있었다. 마치 파로스 섬●의 대리석을 누르스름하게 녹여 빚은 사랑의 신 에로스의 두상 같았다. 눈썹은 섬세하고 진지해 보였으며, 직각으로 도르르 말

● 그리스 에게해의 키클라데스 제도에 있는 섬. 양질의 하얀 대리석 산출지로 유
    명하다.

려드는 검은 머리카락이 부드럽게 관자놀이와 귀를 덮고 있었다.

좋아, 좋아! 이따금 예술가가 빼어난 걸작 앞에서 열광과 황홀함을 표현하듯 아셴바흐 역시 전문가답게 냉정하게 인정했다. 그리고 계속 생각을 이어갔다. 이곳에서 나를 기다린 건 분명 바다와 해변이 아니었어. 네가 이곳에 있는 한 나도 여기 있겠어! 하지만 아셴바흐는 종업원이 지켜보는 가운데 홀을 가로질러 넓은 테라스를 내려갔다. 그리고 곧장 잔교를 건너 호텔 손님들을 위한 전용 해변으로 향했다. 거기서 해변 관리인으로 일하는 맨발의 노인에게 이미 빌려놓은 작은 해변 오두막을 안내받았다. 노인은 아마포 바지와 세일러복 상의 차림에 밀짚모자를 쓰고 있었다. 아셴바흐는 모래로 뒤덮인 널빤지 바닥에 탁자와 의자를 내놓게 하고, 접의자를 바다 쪽으로 좀 더 가깝도록 밀랍빛의 누르스름한 모래사장까지 끌고 갔다. 그러고는 접의자에 편안하게 자리 잡았다.

자연 언저리에서 근심 걱정 없이 감각적으로 즐기는 문화의 광경, 즉 해변의 풍광은 예와 다름없이 아셴바흐를 즐겁게 하고 기쁘게 했다. 잿빛의 얕은 바다는 물속을 자박자박 걷는 아이들과 수영하는 사람들, 머리 아래로 두 팔을 깍지 끼고 모래톱에 누워 있는 다양한 인물들로 벌써 활기를 띠었다. 용골●이 없고 빨간색과 파란색이 칠해진 작은 배를 타고 노를 젓다가 배가 뒤집히는 바람에 깔깔 웃는 이들도 있었다. 사람들은 길게 늘어선 해변 오두막 앞의 널빤지 바닥이 마치 작은 베란다나 되듯이 앉아 있었다. 오두막 앞에서 놀이를 하거나 하릴없이 누워 휴식을 취하거나 서로 방문해서 수다를 떨거나 아침의 정취를 조심스럽게 음미하거나 알몸으로 대담하고 편안하게 자유를 즐겼다. 앞쪽의 축축하고 단단한 모래밭에서 하얀 모닝 가운이나 강렬한 색채의 헐렁한 셔츠 차림으로 혼자 거니는 사람들도 눈에 띄었다. 그 오른쪽에는 아이들이 들쭉날쭉 복잡하게 쌓은 모래성이 있었다. 모래성 주위로 세계 각국을 상징하는 다양한 색채의 작은 깃발들이 꽂혀 있었다. 조개나 케이크, 과일을 파는 상인들이 무릎을 꿇고서 상품을 진열했다. 나머지 오두막들과 바다와 직각을 이루는 오두막들이 해변의 왼쪽 끝을 이루었다. 그중 한 오두막 앞에서 러시아인 가족이 진을 치고 있었다. 치아가 크고 수염을 기른 남자들, 활기 없이 축 처진 여자들, 이젤 앞에 앉아서 절망적으로 한탄하며 바다를 그리는 발트해 연안 출신의 아가씨, 예쁘지는 않지만 착해 보이는 어린애 두 명, 머리에 두건을 두르고 노예처럼 순종적인 태도가 몸에 밴 싹싹하고 늙은 하녀였다. 그들은 그곳에서 감사한 마음으로 삶을 즐기며, 제멋대로 이리저리 뛰어노는 아이들의 이름을 끊임없이 불러댔다. 사탕을 파는 유머러스한 노인과 짧은 이탈리아어 몇 마디

● 선수에서 선미까지 선박 바닥의 중앙을 받치는 길고 튼튼한 재목.

로 농담을 주고받았으며, 서로 볼에 입을 맞추었고, 누가 자신들의 인간적인 공동체를 지켜보든 전혀 신경 쓰지 않았다.

그러니까 여기 머물러야겠어. 아셴바흐는 생각했다. 여기보다 더 나은 데가 어디 있겠어? 그는 무릎 사이로 손을 포개고서 끝없이 펼쳐지는 바다로 시선을 돌렸다. 눈길이 아련해지고 몽롱해지면서 삭막한 공간의 단조롭고 뿌연 대기에 부딪혔다. 아셴바흐가 바다를 사랑하는 데는 몇 가지 깊은 이유가 있었다. 힘들게 일하는 예술가, 까다롭고 변화무쌍한 현상들 앞에서 거대하고 단순한 것의 품속에 숨기를 갈망하는 예술가의 쉬고 싶다는 욕구가 그중 하나였다. 또 정돈되지 않은 것, 무절제한 것, 영원한 것, 무(無)에 대한 금지된 애착도 있었다. 이 애착은 예술가로서의 임무에 정면으로 대치되었으며, 바로 그래서 유혹적인 힘을 발휘했다. 빼어난 것을 이루고자 노력하는 사람은 완벽한 것에서 쉬고 싶다는 욕구를 느끼기 마련이다. 그리고 무란 완벽함의 한 형식이 아니던가? 아셴바흐가 꿈꾸듯 허공 속으로 깊이 빠져드는데, 갑자기 해안 끝자락의 수평선을 가르고 사람의 형체가 나타났다. 무한한 바다로부터 시선을 거두어 정신을 집중하자 그 아름다운 소년이 왼쪽에서 다가와 아셴바흐 앞의 모래사장을 지나갔다. 소년은 물속에 들어갈 생각인지 늘씬한 다리를 무릎까지 드러낸 채 맨발로 걷고 있었다. 느릿느릿 걸었지만, 신발을 신지 않고 걷는 게 익숙한지 경쾌하고 당당한 걸음걸이였다.

소년은 바다와 직각을 이루는 오두막들을 돌아보았다. 하지만 감사하는 마음으로 사이좋게 즐기는 러시아인 가족을 보자마자 짜증스러운 경멸의 먹구름이 소년의 얼굴을 뒤덮었다. 이마가 침울하게 흐려지고 입이 삐쭉 올라가고 분노로 입술이 일그러지면서 볼까지 이지러졌다. 눈썹이 심하게 주름지는 바람에 눈이 움푹 들어간 듯 보이고, 그 아래에서 증오의 표현이 심술궂고 음울하게 뿜어져 나왔다. 소년은 바닥을 내려다보았다. 그러다 한 번 더 위협적으로 뒤돌아보고는 격렬하게 뿌리치듯 어깨를 돌려 적들을 등졌다.

일종의 배려하는 마음에서였는지 아니면 깜짝 놀라서였는지는 몰라도 존중심과 수치심 같은 것이 아셴바흐로 하여금 아무것도 보지 못한 양 고개를 돌리게 만들었다. 흥분하는 모습을 우연히 진지하게 지켜보게 되었지만, 자신이 눈으로 본 걸 이용하고 싶지 않았기 때문이다. 하지만 아셴바흐는 기분 좋게 충격받았다. 다시 말해 행복했다. 삶의 극히 선량한 일부분에 대한 어린애다운 거부감, 이 거부감은 신적으로 공허한 것을 인간적인 관계로 변화시켰으며, 오로지 눈요깃감에 지나지 않는 자연의 귀중한 조각품을 더 깊은 관심을 기울일 가치가 있는 것으로 만들어주었다. 또 그렇지 않아도 아름다움을 통해 중요해진 소년의 형상에 실제 나이보다 더 소년을 진지하게 받아들이게 하는 배경을 더해주었다.

아셴바흐는 여전히 고개를 다른 쪽으로 돌린 채 소년의 목소리에 귀를 기울였다. 낭랑하지만 조금 힘없는 목소리였다. 소년은 멀리서부터 모래성을 쌓고 있는 친구들에게 인사말을 건네며 자신이 왔음을 알리려 했다. 친구들은 소년의 이름 아니면 애칭을 여러 번 외치면서 소년에게 응답했다. 아센바흐는 호기심을 가지고 귀를 기울였지만 정확한 이름은 알아내기 어려웠다. 다만 '아지오', 아니 그보다는 '아지우' 같은 리드미컬한 세 음절만 겨우 알아들었을 뿐이다. 아이들은 마지막 음절 '우'를 길게 늘여 발음했다. 아센바흐는 그 울림을 즐겼으며, 그 아름다운 소리가 지칭하는 대상에 잘 어울린다고 생각했다. 혼자 조용히 그 소리를 따라 말하고는 흐뭇한 마음으로 편지와 종이로 시선을 돌렸다.

아센바흐는 직은 여행용 서류 가방을 무릎 위에 올려놓고 만년필로 이런저런 서신을 처리하기 시작했다. 하지만 십오 분쯤 지났을 즈음 자신이 향유할 수 있는 가장 가치 있는 상황을 마음속으로 외면하고 중요하지 않은 일들로 허비하는 게 애석하다는 생각이 들었다. 그래서 필기도구를 옆으로 제쳐놓고 다시 시선을 바다로 향했다. 그리고 얼마 지나지 않아 모래놀이를 하는 아이들의 목소리에 이끌려 의자 등받이에 편안히 기대고 있던 머리를 오른쪽으로 돌렸으며, 빼어나게 잘생긴 아지오가 어디서 뭘 하는지 둘러보았다.

아센바흐의 눈은 단숨에 소년을 찾아냈다. 가슴의 붉은색 리본이 금방 눈에 띄었다. 소년은 다른 아이들과 함께 낡은 널빤지로 모래성의 축축한 해자 위에 다리를 놓는 데 열중해 있었다. 소년은 크게 외치고 고갯짓을 하며 다른 아이들에게 이런저런 지시를 했다. 소년 주변에는 열 명 정도의 친구들, 소년 소녀가 있었다. 소년과 같은 나이거나 두세 살 어려 보였는데, 폴란드어와 프랑스어, 심지어는 발칸반도의 언어까지 뒤섞여 들렸다. 하지만 소년의 이름이 가장 자주 들렸다. 다들 소년의 마음을 사려 하고 친해지고 싶어 하고 소년에게 감탄하는 게 분명했다. 특히 같은 폴란드인으로 몸집이 건장하고 '야슈' 비슷한 이름을 가진 소년이 아지오에게 가장 충성하는 친구인 것 같았다. 그 폴란드인 소년은 검은 머리에 포마드를 바르고 허리띠가 달린 리넨 옷을 입고 있었다. 아이들은 모래성 쌓는 일이 끝나자 해변을 죽 에워쌌다. '야슈'라고 불리는 소년이 미소년에게 입맞춤했다.

아셴바흐는 그 폴란드인 소년을 손가락으로 위협하고 싶은 충동을 느꼈다. '크리토불로스, 내가 충고하는데 1년 동안 여행을 떠나도록 하라!'● 그는 미소 지으며 생각했다. '네가 치유되려면 적어도 그 정도의 시간이 필요하기 때문이다.' 그런 다음 아셴바흐는 한 상인에게 크고 먹음직스러운 딸기를 사

● 그리스의 역사가 크세노폰의 《소크라테스 회상록》에 나오는 구절. 이 책에서 소크라테스는 크세노폰에게 감각적인 아름다움의 위험에 대해 경고한다. 그리고 알키비아데스의 아들에게 입을 맞춘 크리토불로스에게 마음의 상처를 치유하기 위해 1년 동안 여행을 떠나라고 충고한다.

서 아침 간식으로 먹었다. 해가 하늘의 안개 층을 뚫고 비칠 수 없었는데도 날씨가 무척 따뜻했다. 바다의 정적이 주는 엄청난 즐거움을 감각이 멍하니 즐기는 동안 나른함이 정신을 덮쳤다. '아지오' 비슷하게 들리는 이름이 정확히 어떤 이름인지 알아내고 탐구하는 것이 이 진중한 남자에게는 완벽하게 수행해야 하는 적절한 임무이자 과업으로 생각되었다. 아셴바흐는 약간의 폴란드어 지식을 더듬어 그건 '타지오'가 틀림없다고 결론지었다. '타지오'는 '타데우시'를 줄인 것으로, 큰 소리로 부르면 '타지우'라고 들렸다.

타지오는 수영을 했다. 아셴바흐는 시야에서 사라진 타지오의 머리와 노를 젓듯이 마구 휘두르는 팔을 바다 저 멀리에서 찾아냈다. 바다는 저 멀리까지 얕은 것 같았다. 하지만 벌써 소년의 안위를 걱정하는 듯 오두막 안에서 소년을 부르는 여자들의 목소리가 들려왔다. 여자들은 구호처럼 해변 가득히 울려 퍼지는 그 이름을 거듭 불렀다. 부드러운 자음과 끝부분의 길게 늘어지는 '우' 소리는 달콤하면서도 야성적인 느낌을 자아냈다. "타지우! 타지우!" 소년은 해변으로 돌아왔다. 고개를 뒤로 젖힌 채 물살을 가르며 달려왔다. 저항하는 물을 두 발로 첨벙첨벙 내젓자 거품이 일었다. 남성이 되려는 문턱에 있는 사랑스러우면서도 냉담하고 생기 넘치는 형체가 곱슬머리에서 물을 뚝뚝 떨어뜨리며 가녀린 신처럼 아름다운 모습으로 저 깊은 하늘과 바닷속에서 나타났다. 자연으로부터 솟아나서 자연을 벗어났다. 그 광경은 신비적인 상상을 일깨웠다. 형식이 생겨나고 신들이 탄생한 태초의 시학과도 같았다. 아셴바흐는 눈을 감은 채 마음속에서 울려 퍼지는 그 노래에 귀 기울였다. 그리고 여기가 참 좋아서 여기 머물러야겠다고 재차 마음먹었다.

나중에 타지오는 수영으로 지친 몸의 원기를 회복하려고 흰색 타월로 몸을 감싸고서 모래사장에 누워 있었다. 타월이 오른쪽 어깨 아래를 지났고, 소년은 맨살이 드러난 팔을 베고 누워 있었다. 아셴바흐는 소년을 쳐다보지 않고 책을 몇 쪽 읽었지만, 소년이 거기 누워 있으며 고개만 살짝 오른쪽으로 돌리면 그 경탄스러운 모습을 볼 수 있다는 걸 거의 한순간도 잊지 않았다. 마치 휴식을 취하는 소년을 보호하기 위해 거기 앉아 있다는 생각이 들 정도였다. 자신의 일에 열중하면서도 거기 오른쪽 멀지 않은 곳에 있는 고귀한 인간의 형상에 줄곧 주의를 기울였다. 스스로를 희생하며 정신 속에서 아름다움을 낳는 사람이 아름다움을 소유한 자에게 느끼는 감동적인 애정, 아버지처럼 자애로운 애정이 아셴바흐의 마음을 가득 채우고 뭉클하게 했다.

정오가 지나 아셴바흐는 해변을 떠나 호텔로 돌아갔다. 엘리베이터를 타고 방으로 올라가 상당히 오랫동안 거울 앞에 머물렀다. 허옇게 센 머리카락과 지치고 날카로운 얼굴을 바라보았다. 그 순간 자신의 명성을 생각했고, 많은 이들이 길거리에서 자신을 알아본다는 걸 생각했다. 정곡을 확실하게 찔러서 우아하게 마무리 짓는 언어 때문에 많은 이들이 아셴바흐를 존경 어린 눈빛으로 바라보았다. 아셴바흐는 자신의 재능이 낳은 모든 외적인 성공, 어떻게든 뇌리에 떠오르는 성공을 상기하고, 심지어는 귀족의 작위를 받은 것도 되돌아보았다. 그러고는 점심을 먹으러 홀에 내려가 자신의 좌석에 앉아 식사를 했다. 식사를 마치고 엘리베이터를 탔는데, 마찬가지로 식사를 마친 청소년들이 위로 올라가는 탈것 안으로 우르르 몰려들었다. 타지오도 엘리베이터를 탔다. 그리고 아셴바흐 아주 가까이에 섰다. 처음으로 지척에 서 있어서 아셴바흐는 소년을 그림처럼 거리를 두고 바라보지 않고 그 인간적인 면모를 세세하고 정확하게 지각하고 인지했다. 누군가가 소년에게 말을 걸었다. 소년은 이루 말할 수 없이 사랑스러운 미소로 대답하면서 엘리베이터에서 내렸다. 눈을 내리뜨고 뒷걸음치면서 2층에서 내렸다. 아름다움은 사람을 수줍게 만드는군. 아셴바흐는 생각했다. 그리고 이유가 무엇일지 깊이 숙고했다. 그런데 타지오의 치아 상태가 그다지 좋지 않은 게 눈에 띄었다. 조금 들쑥날쑥하고 희끄무레했으며 건강한 치아의 광택이 보이지 않았다. 빈혈 환자가 종종 그렇듯이 금방이라도 깨질 것처럼 특이하게 투명했다. 아주 여리고 병약하군. 아셴바흐는 생각했다. 오래 살지 못할 수도 있어. 그리고 이런 생각을 하는데 왜 만족감이나 안도감이 드는지 굳이 해명하려고 하지 않았다.

아셴바흐는 방에서 두 시간가량을 보냈으며, 오후에 바포레토를 타고 썩은 냄새 나는 석호를 건너 베네치아로 갔다. 산 마르코에서 내려 광장에서 차를 한잔 마시고는 그곳에서는 누구나 그러듯 거리를 산책했다. 하지만 그 산책은 아셴바흐의 기분과 결심을 완전히 뒤바꾸어놓았다.

골목마다 불쾌할 정도로 후덥지근했다. 가정집과 가게, 음식점에서 새어 나오는 냄새들, 기름에 찌든 증기, 짙은 향수 냄새를 비롯한 많은 것들이 흩어지지 않고 고여 있어서 대기가 너무 혼탁했다. 담배 연기도 제자리를 맴돌다가 아주 느리게 사라졌다. 북적거리는 인파가 산책객을 즐겁게 하기보다는 피곤하게 했다. 오래 걸을수록 바다 공기가 시로코와 어우러져 만들어내는 혐오스러운 상태가 고통스럽게 느껴졌다. 그런 상태는 아셴바흐를 흥분시키는 동시에 지치게 만들었다. 곤혹스럽게도 땀이 줄줄 흘렀다. 눈이 침침해지고 가슴이 답답했다. 몸이 후끈 달아오르고 피가 머리끝까지 치솟았다. 아셴바흐는 북적거리는 상가 골목을 피해 다리를 건너 가난한 사람들이 사는 길로 접어들었다. 그곳에서는 걸인들이 괴로울 정도로 달라붙었으며, 운하의 역겨운 냄새가 숨 막혔다. 베네치아의 안쪽에는 사람들에게 잊혀서 마법에 걸린 듯한 분위기의 장소들이 있다. 그런 곳들 가운데 하나인 조용한 광장에 이르러 아셴바흐는 이마의 땀을 훔치며 이곳을 떠나야

한다고 깨달았다.

이런 날씨에는 이 도시가 그에게 극히 해롭다고 두 번째로, 그것도 결정적으로 판명되었다. 고집스럽게 이 도시에 머무는 건 분별없는 짓 같았고, 바람의 방향이 바뀔 가능성도 별로 없어 보였다. 서둘러 결정할 필요가 있었다. 당연히 지금 집으로 돌아갈 수는 없었다. 여름 거처도 겨울 거처도 그를 맞이할 준비가 되어 있지 않았다. 하지만 바다와 해변은 이곳에만 있는 게 아니었다. 고약한 석호와 후끈거리는 열기가 없는 바다와 해변은 다른 곳에 얼마든지 있었다. 아셴바흐는 트리에스테로부터 멀지 않은 곳의 작은 해변 휴양지를 떠올렸다. 사람들 말로는 멋진 곳이라고 했다. 그곳으로 가지 말란 법이 어디 있겠는가? 체류지를 한 번 더 옮기는 의미를 살리려면 즉각 움직여야 했다. 아셴바흐는 체류지를 옮기기로 결정하고는 몸을 일으켰다. 가까운 곤돌라 선착장에서 곤돌라를 타고 미로처럼 엉킨 칙칙한 운하를 따라갔다. 사자 조각상이 양쪽에서 엄호하는 운치 있는 대리석 발코니 아래를 통과하고, 미끌미끌한 성벽 모퉁이를 돌고, 슬퍼하는 듯한 궁전의 정면을 지났다. 궁전 정면은 산 마르코로 이어졌으며, 쓰레기가 둥둥 떠다니는 물에 커다란 회사의 간판들을 비추었다. 아셴바흐는 산 마르코까지 도착하는 데 애를 먹었다. 레이스 공장이나 유리 가공 공장과 결탁한 곤돌라 사공이 곳곳에서 배를 멈추고는 물건을 구경하고 사라며 부추겼기 때문이다. 곤돌라를 타고 베네치아를 지나는 기이한 여행이 마법을 부리기 시작하려는 찰나, 사기를 치려는 몰락한 여왕의 상술이 기승을 부리는 바람에 아셴바흐는 짜증스럽게도 다시 정신이 번쩍 들었다.

그는 호텔로 돌아와 저녁을 먹기 전 예기치 못한 상황 탓에 내일 아침 일찍 떠날 수밖에 없게 되었다고 사무실에 알렸다. 사무실에서는 유감을 표하며 숙박비를 계산했다. 아셴바흐는 저녁을 먹고, 호텔 뒤편의 테라스에서 흔들의자에 앉아 잡지를 읽으며 온화한 저녁 시간을 보냈다. 잠자리에 들기 전에는 짐을 꾸려 떠날 채비를 완벽하게 마쳤다.

아셴바흐는 다시 길을 떠날 생각을 하니 마음이 심란해져 잠을 설쳤다. 아침에 창문을 열자 하늘은 여전히 흐렸지만 공기는 좀 더 상큼해진 듯했다. 그러자 벌써 후회하는 마음이 들기 시작했다. 호텔을 떠나겠다고 알린 것은 몸이 조금 불편한 상태에서 내린 너무 성급하고 잘못된 결정이 아니었을까? 그 결정을 잠시 보류했더라면, 그렇게 금방 낙담하지 않고 베네치아의 공기에 적응하려 시도했거나 날씨가 좋아지길 기다렸더라면, 지금 부담스럽게 서두르는 대신 어제처럼 해변에서 오전을 보낼 수 있을 텐데. 이제 너무 늦었어. 어제 원했던 걸 실행에 옮기기 위해 떠날 수밖에 없어. 아셴바흐는 옷을 입고 8시쯤 아침 식사를 하러 1층으로 내려갔다.

뷔페 식당에는 아직 손님들이 별로 없었다. 아셴바흐가 자리에 앉아 주문한 음식을 기다리는 동안 손님들이 하나둘씩 나타났다. 찻잔을 입에 대고 차를 마시는데, 폴란드인 소녀들이 가정교사와 함께 식당에 들어서는 게 보였다. 그들은 아침이라 더 활기차고 근엄해 보였으며, 충혈된 눈으로 창가의 지정된 테이블을 향해 걸음을 옮겼다. 곧이어 도어맨이 모자를 벗어 들고 다가와 출발할 시간이 되었다고 알렸다. 아셴바흐와 다른 여행객들을 엑셀시오르 호텔로 데려갈 자동차가 대기하고 있다고 말했다. 거기서부터 모터보트가 호텔 전용 운하를 통해 손님들을 역까지 태워다줄 예정이라는 것이었다. 도어맨은 시간이 촉박하다고 말했다. 아셴바흐는 결코 그럴 리 없다고 생각했다. 기차가 출발하기까지는 한 시간 이상이나 남아 있었다. 그는 퇴실하는 손님을 서둘러 내보내려는 숙박업계의 관행에 화가 치밀었다. 그래서 차분히 아침 식사를 하길 바란다는 뜻을 도어맨에게 알렸다. 그는 주춤주춤 물러났지만 오 분 후에 다시 나타났다. 자동차가 더는 기다릴 수 없다는 것이었다. 그러면 내 짐을 싣고 그냥 출발하라고 하시오. 아셴바흐는 짜증스럽게 대답했다. 나는 시간 맞춰 수상버스를 타고 가겠소. 그러니 내가 떠나는 일은 나한테 맡겨두시오. 호텔 직원은 허리 숙여 절했다. 아셴바흐는 그 귀찮은 남자를 떨쳐버려서 기뻤으며, 느긋하게 식사를 마쳤다. 심지어는 종업원에게 신문을 가져다달라고 부탁하기까지 했다. 마침내 아셴바흐가 자리에서 일어났을 때는 시간이 빠듯했다.

공교롭게도 바로 그 순간에 타지오가 유리문으로 들어오는 일이 벌어졌다.

타지오는 가족들이 있는 테이블로 가는 길에 아셴바흐와 마주쳤다. 머리가 허옇고 이마가 훤칠한 사람 앞에서 눈을 공손하게 내리떴다가 금방 다시 특유의 사랑스러운 방식으로 부드럽게 활짝 뜨고는 아셴바흐를 쳐다보며 지나갔다. 잘 있어, 타지오! 아셴바흐는 생각했다. 내가 잠시 너를 보았구나. 그리고 마음속으로 생각한 것을 평소의 습관과는 달리 입 밖에 내어 혼잣말하고는 덧붙였다. "신의 가호를 있기를!" 그런 다음 아셴바흐는 출발했다. 종업원들에게 팁을 나누어주고, 프랑스풍의 연미복 차림에 키가 작고 조용한 지배인의 배웅을 받았다. 그는 처음 호텔에 도착했을 때처럼 걸어서 호텔을 나섰다. 손짐을 든 호텔 종업원이 뒤를 따라왔다. 아셴바흐는 하얗게 꽃이 핀 가로수 길을 지나고 섬을 가로질러 선착장으로 향했다. 선착장에 이르러 자리를 잡고 앉았다. 뒤이어 깊은 회한에 찬 괴롭고 고통스러운 항해가 시작됐다.

석호를 건너고 산 마르코를 지나고 대운하를 따라 올라가는 친숙한 항해였다. 아셴바흐는 뱃머리의 둥그런 의자에 앉아 한 팔로 난간을 짚은 채 손으로 이마를 가려 눈을 그늘지게 했다. 공원들을 뒤로하자 작은 광장이 한 번 더 장엄하고 우아하게 모습을 드러냈다가 사라졌다. 줄지어 늘어선 궁전들이 나타났고, 수로가 방향을 틀자 리알토 다리의 웅장한 대리석 아치가 자태를 드러냈다. 이런 광경을 바라보는 여행객의 가슴은 찢어지는 듯했다. 도시의 분위기, 그토록 벗어나고 싶었던 바다와 습지의 살짝 썩은 냄새, 이제 아셴바흐는 그 냄새를 가슴 아리게 깊이 들이마셨다. 이 모든 것에 내 마음이 얼마나 애착을 느끼는지 모르다니, 미처 그 생각을 하지 못하다니 어떻게 그럴 수 있었을까? 그날 아침에 어렴풋이 애석한 마음이 들면서 과연 잘하는 짓인지 슬며시 의심이 고개를 들었다면, 이제는 비통했으며 실제로 가슴 저미게 슬프고 고통스러웠다. 너무 혹독하게 고통스러워서 자꾸만 눈물이 치솟았으며, 이럴 줄 전혀 예상하지 못했다고 혼잣말했다. 아셴바흐가 그토록 참기 어렵고, 심지어는 도저히 견딜수 없다고 느낀 것은 베네치아와는 이걸로 영영 이별이며 베네치아를 다시는 보지 못할 거라는 생각이 들었기 때문인 것 같았다. 이 도시가 벌써 두 번째로 그를 병들게 했고, 벌써 두 번째로 허둥지둥 떠날 수밖에 없게 만들었기 때문이다. 그는 이 도시를 감당할 수 없을 것이고, 다시 방문하는 건 부질없는 짓일 터였다. 그러니 앞으로는 이 도시에 머무를 수 없을 테고 머물러서도 안 될 것이었다. 그렇다. 아셴바흐는 지금 이곳을 떠나면, 두 번이나 육체적으로 감당하지 못한 이 사랑하는 도시를 수치심과 반항심 때문에라도 다시는 보지 못할 것이라고 느꼈다. 나이 들어가는 사람에게 정신적인 애정과 신체적인 능력 사이의 이러한 갈등은 갑자기 너무 힘들고 중요하게 느껴졌다. 육체적인 패배가 너무 굴욕적이어서 어떤 대가를 치르더라도 반드시 막아야 할 것 같은 생각이 들었다. 어제는 진지하게 싸워보지도 않고서 어떻게 그렇듯 경솔하게 굴복하고 패배를 인정하고 받아들이기로 결심할 수 있었는지 이해가 가지 않았다.

그러는 동안 수상버스가 기차역에 가까이 다가갔고, 고통과 당혹감이 혼란스러울 정도로 고조되었다. 이대로 떠날 수도 없을 것 같고, 그렇다고 다시 돌아갈 수도 없어서 너무 괴로웠다. 아셴바흐는 이렇듯 완전히 착잡한 심정으로 역에 들어섰다. 너무 늦게 도착한 탓에 기차를 타려면 단 한순간도 지체해서는 안 되었다. 한편으로는 기차를 타고 싶었고, 다른 한편으로는 타고 싶지 않았다. 하지만 촉박한 시간이 어서 걸음을 옮기라고 채찍질했다. 아셴바흐는 서둘러 기차표를 구입하고, 혼잡한 대합실에 상주하는 호텔 직원을 찾았다. 호텔 직원이 나타나서 커다란 여행 가방을 벌써 발송했다고 알렸다. 여행 가방을 벌써 발송했다고요? 네, 아주 안전하게 코모•로 보냈습니다. 코모로 보냈다고요? 화가 난 질문과 당황한 답변을 옥신각신 주고받은 결과, 엑셀시오르 호텔의 수화물 운송팀이 아셴바흐의 여행 가방을 이미 다른 사람들의 화물과 함께 전혀 엉뚱한 방향으로 발송했음이 밝혀졌다.

● 스위스와의 국경 인근에 위치한 이탈리아의 호반 도시.

아셴바흐는 이런 상황에서도 납득할 만한 표정을 유지하려고 애썼다. 내면에서 솟구치는 모험적인 기쁨과 믿기지 않는 명랑함이 거의 발작적으로 가슴을 뒤흔들어놓았다. 호텔 직원이 혹시라도 가방을 붙잡을 수 있을까 해서 뛰쳐나갔지만, 예상대로 허탕을 치고 돌아왔다. 그러자 아셴바흐는 짐 없이 여행하길 바라지 않으며 차라리 해변 호텔로 돌아가 짐이 돌아올 때까지 기다리겠다는 의사를 밝혔다. 그러고는 호텔 소유의 모터보트가 역에 있냐고 물었다. 직원은 배가 문앞에 대기하고 있다고 단언했다. 그리고 이미 구입한 기차표를 반환해야 하는 상황을 매표구 직원에게 이탈리아어로 장황하게 설명했다. 호텔 직원은 당장 전보를 칠 생각이며 빠른 시간 안에 여행 가방을 돌려받도록 비용을 아끼지 않고 모든 수단을 동원하겠다고 굳게 약속했다. 그래서 여행객이 역에 도착한 지 이십 분 만에 다시 대운하를 따라 리도로 되돌아가는 어처구니없는 사태가 벌어졌다.

믿기 어려울 정도로 기이하고 부끄럽고 희극적이고 몽환적인 모험이었다. 운명이 방향을 바꾸어서 원래대로 되돌려놓는 바람에 방금 가슴 아린 애수에 젖어 영원히 작별을 고한 장소들을 한 시간도 채 지나지 않아 다시 보게 될 줄이야! 물거품이 뱃머리를 스쳤고, 작고 날렵한 모터보트는 곤돌라들과 기선들 사이를 익살스러우면서도 민첩하게 요리조리 뚫고 나가며 목적지를 향해 빠르게 돌진했다. 그러는 동안 유일한 승객은 화가 치밀지만 어쩔 수 없다는 듯한 표정을 지으며 집 나온 소년처럼 두려우면서도 들뜬 흥분을 애써 감추었다. 이처럼 일이 꼬인 것에 대해 이따금 가슴속에서 웃음이 치밀었다. 아셴바흐는 어떤 행운도 이보다 더 호의적인 불운을 만날 수 없을 거라고 혼잣말했다. 놀란 얼굴들을 대면하고 이런저런 설명을 해야 할 것이었다. 그러면 모든 게 다시 좋아지겠지. 그는 혼잣말했다. 그러면 불운을 막고 중대한 실수를 바로잡을 수 있겠지. 이미 두고 떠나왔다고 믿었던 모든 것이 다시 눈앞에 펼쳐지고 언제든 마음대로 즐길 수 있겠지……. 그런데 배의 속도가 너무 빨라서 착각한 걸까? 아니면 이제 굳이 그럴 필요 없는데도 실제로 바람마저 바다 쪽에서 불어오는 걸까?

섬을 관통해 엑셀시오르 호텔로 이어지는 좁은 운하의 콘크리트 벽에 파도가 부딪쳤다. 그곳에서 돌아오는 사람을 기다리던 버스가 반듯하게 난 길을 달려 찰랑거리는 바다 위쪽의 해변 호텔까지 태워다주었다. 키가 작고 콧수염을 기른 지배인이 돌아오는 사람을 맞이하러 옷깃을 둥글게 재단한 프록코트 차림으로 옥외 계단을 내려왔다.

지배인은 사근사근한 목소리로 아부하며 예상치 못한 돌발 사건에 대해 유감을 표했다. 자신과 호텔 측으로서는 무척 곤혹스러운 일이지만, 호텔에서 짐을 기다리기로 한 아셴바흐의 결정에는 확신을 가지고 찬성했다. 그리고 아셴바흐가 묵던 방에는 물론 다른 손님이 들었지만, 그 방 못지않은 다른 방을 즉시 준비하겠다고 말했다. "손님, 운이 없으시군요." 엘리베이터가 위로 올라가는 동안 스위스 출신의 엘리베이터 안내원이 미소 지으며 말했다. 그래서 도주하려던 자는 위치와 시설이 먼젓번 방과 거의 똑같은 방에 묵게 되었다.

아셴바흐는 그 기이한 오전의 여러 가지 혼란스러운 일들로 인해 지치고 거의 마비되어 손가방 안의 내용물을 방 안에 꺼내놓고는 열린 창가의 팔걸이의자에 앉았다. 그사이 바다는 연한 초록빛을 띠었으며, 공기는 더 가벼워지고 더 깨끗해졌다. 하늘은 여전히 잿빛으로 흐렸는데도 오두막과 보트가 있는 해변의 색채는 더욱 선명해진 것 같았다. 아셴바흐는 두 손을 무릎 위로 깍지 낀 채 창밖을 내다보았다. 다시 이곳에 있다는 게 만족스러웠으며, 스스로 원하는 바를 알지 못하고 갈팡질팡한 게 불만스러워 고개를 절레절레 흔들었다. 그렇게 한 시간가량 아무 생각 없이 휴식을 취하고 꿈꾸듯 앉아 있었다. 정오 무렵, 빨간 리본이 달린 줄무늬 리넨 옷차림으로 바다 쪽에서 걸어오는 타지오의 모습이 보였다. 타지오는 해변의 차단 시설을 통과해 널빤지 길을 따라 호텔로 돌아왔다. 아셴바흐는 타지오를 실제로 눈으로 보기 전에 이미 자신의 방에서 금방 알아보았다. 이런, 타지오, 너도 이곳에 있구나! 그리고 이런 비슷한 생각을 했다. 하지만 같은 순간에 아셴바흐는 이런 느긋한 인사말이 자신의 진실한 마음 앞에서 사르르 스러지는 걸 느꼈다. 자신의 피가 들끓고 자신의 영혼이 기뻐하고 고통스러워하는 걸 느꼈다. 이곳을 떠나는 게 타지오 때문에 그토록 힘들었다는 걸 깨달았다.

아셴바흐는 사람들 눈에 띄지 않는 그 높은 곳에 조용히 앉아서 자신의 내면을 들여다보았다. 표정이 생기를 띠고 눈썹이 위로 올라갔다. 호기심에 넘쳐 재치 있고 주의 깊은 미소가 입가를 팽팽하게 만들었다. 아셴바흐는 고개를 들고서 의자 팔걸이 아래로 축 늘어져 있던 두 팔을 천천히 돌리며 들어 올렸다. 마치 두 팔을 활짝 벌리려는 것처럼 손바닥을 위로 향했다. 기꺼이 환영하며 침착하게 받아들이겠다는 몸짓이었다.

제4장

이제 양 볼이 이글거리는 신●은 날마다 벌거벗은 몸으로 뜨거운 열기를 뿜어내는 사두마차를 천공을 가로질러 몰았다. 때마침 휘몰아치는 동풍에 신의 노란 곱슬머리가 휘날렸다. 나른하게 일렁이는 바다 저 멀리에서 비단결처럼 매끄럽고 희끄무레한 광채가 번득였다. 모래가 뜨겁게 달아올랐다. 은빛으로 아른거리는 창공 아래 해변의 오두막들 앞에 녹빛깔의 천막이 쳐졌다. 천막이 제공하는 그늘은 주변과 선명하게 경계를 이루었고, 사람들은 그 그늘에서 오전 시간을 보냈다. 하지만 공원의 식물들이 향긋한 내음을 풍기고 저 위에서 성좌들이 원무를 추고, 어둠에 싸인 바다의 속삭임이 살그머니 몰려와 영혼에 말을 거는 저녁도 근사했다. 그런 저녁은

● 그리스 신화의 태양신 헬리오스를 가리킨다.

내일 또 새롭게 태양이 빛나는 화창한 날이 이어질 거라고 즐거이 약속했다. 경쾌하고 차분하게 한가로움을 누릴 수 있고 수없이 많은 사랑스러운 우연들로 촘촘하게 수놓아지는 날이.

그렇듯 반가운 불운 덕분에 이곳에 꼼짝없이 붙잡히게 된 손님은 짐이 되돌아오더라도 다시 떠날 생각이 전혀 없었다. 아셴바흐는 이틀 동안 불편을 감수해야 했으며, 식사 시간이면 커다란 식당에 여행복 차림으로 나타날 수밖에 없었다. 그러다 길을 잃었던 짐이 마침내 다시 방에 놓였을 때 남김없이 전부 풀어서 옷장과 서랍을 가득 채웠다. 일단은 기간을 정하지 않고 이곳에 머무르기로 결정했으며, 실크 옷차림으로 해변에서 시간을 보내고, 다시 멋진 야회복 차림으로 저녁 식사에 참석할 수 있어서 흡족했다.

아셴바흐는 이미 이런 편안하고 규칙적인 삶에 사로잡혔으며, 이런 생활 방식의 부드럽게 빛나는 온유함에 빠르게 매혹되었다. 남쪽 나라 바닷가의 해수욕장에서 즐길 수 있는 세련된 삶의 매력과 기이하고 신비로운 도시를 가까이에서 느낄 수 있는 친밀감이 어우러지는 곳에서 실제로 머무르다니! 아셴바흐는 사실 이런 즐거움을 좋아하지 않았다. 언제 어디서든 흥겹게 놀고 휴식을 취하고 즐거운 시간을 보내게 되면, 금세 불안과 반감을 느꼈으며 숭고하고 고된 작업, 경건하고 냉철한 일상의 일로 돌아가고 싶은 욕구가 치밀었다. 특히 젊은 시절에 더 그랬다. 그런데 이곳만은 아셴바흐를 매혹시키고 긴장을 풀게 만들고 행복하게 해주었다. 아셴바흐는 오전에 이따금 해변 오두막의 천막 그늘 아래에서 푸르른 남쪽 바다를 바라보며 몽상에 젖기도 하고, 온화한 밤이면 광장에서 오래 머물기도 했다. 그러다가 세레나데의 애잔한 선율과 화려한 불빛을 뒤로하고 별이 총총한 하늘 아래 곤돌라의 쿠션에 기대앉아 리도로 돌아갔다. 그럴 때면 산속의 별장, 여름철에 고군분투하던 장소가 뇌리에 떠올랐다. 그곳에서는 구름이 정원까지 깊숙이 드리웠으며, 저녁에는 사나운 날씨가 집 안의 불을 꺼버렸고, 그가 먹이를 주는 까마귀들은 가문비나무 우듬지 사이로 날아다녔다. 그런 생각이 떠오르면 지금은 극락의 땅에, 더없이 가벼운 삶을 누릴 수 있는 세상 끝에 있는 듯한 기분이 들었다. 눈도 겨울도 없고 폭풍도 휘몰아치는 비도 없으며 항상 부드럽게 상쾌함을 불어넣어주는 오케아노스*의 숨결이 피어오르는 곳, 하루하루가 복되고 여유롭게 흘러가는 곳, 힘든 일도 싸울 일도 없이 태양과 태양의 축제에 오롯이 바쳐진 곳.

아셴바흐는 타지오를 자주, 거의 끊임없이 보았다. 공간이 한정되어 있는 데다가 모두들 정해진 틀에 따라 생활하다보니 그 아름다운 소년은 잠깐잠깐 시야에서 멀어질 때를 빼고

● 그리스 신화에 나오는 대양(大洋)의 신.

는 온종일 아셴바흐 가까이에 있었다. 아셴바흐는 어디에서나 소년을 보고 어디에서나 소년과 마주쳤다. 호텔 아래층 공간에서, 시원하게 배를 타고 시내에 갈 때나 시내에서 돌아올 때, 화려한 광장에서, 그리고 운이 좋으면 중도에 길이나 다리에서도 자주 마주쳤다. 하지만 해변에서 보내는 오전 시간이 주로, 게다가 더없이 다행히도 규칙적으로 그 어여쁜 모습을 집중해서 자세히 살펴볼 기회를 충분히 제공했다. 그렇다. 이러한 행운, 매일 어김없이 다시 시작되는 이러한 유리한 상황은 아셴바흐를 만족감과 삶의 기쁨으로 채우기에 적절했다. 이곳에서의 체류를 소중하게 만들어주었고, 행복한 나날이 기분 좋게 꼬리에 꼬리를 물고 이어지게 해주었다.

아셴바흐는 평소 일에 매진하고 싶다는 격렬한 열망에 쫓기면 일찍 일어나곤 했다. 지금도 그때처럼 일찍 일어나서는 햇살이 아직 온화하고 바다가 눈부시게 흰빛을 발하며 아침의 꿈에 젖어 있을 무렵 다른 사람들에 앞서 해변으로 나갔다. 그는 해변의 차단 시설을 지키는 사람에게 친절하게 인사했으며, 자신에게 자리를 마련해주고 갈색의 그늘막을 쳐주는 사람에게도 친근하게 인사했다. 허연 수염을 기른 그 남자는 맨발로 돌아다녔는데 오두막 안의 집기를 바깥의 널빤지 바닥으로 옮겨주었다. 아셴바흐는 거기에 자리를 잡고 앉았다. 해가 높이 떠올라 무서운 위력을 발휘하고 바다가 점점 더 푸르러지는 서너 시간 동안 그곳에서 타지오를 볼 수 있었다.

아셴바흐는 타지오가 왼쪽 바닷가 언저리에서 다가오는 걸 보았고, 뒤편의 오두막들 사이에서 나타나는 걸 보았다. 어떤 때는 타지오가 오는 순간을 놓쳐서 벌써 해변에 와 있는 걸 갑자기 발견하고는 깜짝 놀라며 즐거워하기도 했다. 소년은 해변에서 언제나 입고 다니는 푸른색과 흰색이 어우러진 수영복 차림으로 해가 내리쬐는 모래사장에서 익숙한 활동을 시작했다. 이 사랑스럽게 공허하고 한가로이 떠도는 삶은 놀이였고 휴식이었다. 소년은 어슬렁거리며 돌아다니고 기다리고 모래를 파고 술래잡기를 하고 편안히 누워 있다가 수영을 했다. 그러는 동안 오두막 앞의 널빤지 위에서 여자들은 소년을 감독하며 가느다랗고 높은 목소리로 소년의 이름을 불렀다. "타지우! 타지우!" 소년은 열정적인 몸짓을 하며 달려와 무슨 일이 있었는지 여자들에게 이야기하고 무엇을 발견하고 잡았는지 보여주었다. 조개, 해마, 해파리, 옆으로 기어가는 게. 아셴바흐는 소년이 하는 말을 한마디도 이해하지 못했다. 아주 일상적인 말이었을 테지만, 아련하게 듣기 좋은 여운을 귀에 남겼다. 그래서 소년이 하는 낯선 말은 음악이 되었고, 도도한 태양은 소년에게 풍성한 햇살을 맘껏 쏟아부었다. 바다의 숭고하고 깊은 광경이 언제나 소년을 돋보이게 하는 배경이 되어주었다.

소년을 지켜보는 자는 자신을 그토록 기품 있게, 그토록 자

유롭게 드러내는 몸의 모든 선과 자세를 머지않아 잘 알게
되었다. 이미 친숙해진 모든 아름다움을 매번 새로이 반갑게
맞이했으며, 감각의 부드러운 환희를 한없이 음미하고 경탄
했다. 여자들이 오두막으로 찾아온 손님에게 인사하라고 소
년을 불렀다. 소년이 달려왔다. 물속에서 나왔는지 젖은 몸으
로 달려왔다. 곱슬머리가 나부꼈다. 소년은 한쪽 다리로 몸
을 받친 채 다른 쪽 발끝을 바닥에 대고 한 손을 내밀며 매혹
적으로 몸을 돌렸다. 우아한 긴장감이 넘쳤으며, 잘 보이려
는 마음에서 수줍어했고, 귀족적인 의무감에서 상대방의 마
음에 들려고 애썼다. 소년은 가슴에 타월을 두른 채 몸을 쭉
펴고 누워 있었다. 부드럽게 빗은 듯한 한 팔로 모래를 짚고
한 손으로 턱을 감싸고 있었다. '야슈'라고 불리는 소년이 옆
에 쪼그리고 앉아 알랑거렸다. 빼어난 자가 자신보다 열등
한 자, 자신을 섬기는 자를 바라볼 때의 눈과 입술의 미소보
다 더 매혹적인 건 없을 것이다. 소년은 바닷가 끝에 홀로 서
있었다. 가족들과 떨어져서 아셴바흐 아주 가까이에. 두 손으
로 목덜미를 감싼 채 엄지발가락 아래 볼록한 부분을 바닥에
딛고 똑바로 서서는 천천히 몸을 흔들었다. 파도가 찰랑찰랑
몰려와 발가락을 적시는 동안 푸른 바다를 보며 몽상에 젖어
들었다. 벌꿀빛 머리카락이 곱슬거리며 관자놀이와 목덜미로
늘어졌다. 해가 척추 윗부분의 솜털을 비추었고, 몸통을 에워
싼 얇은 피부 아래로 갈비뼈의 섬세한 윤곽과 균형 잡힌 가

슴이 보였다. 겨드랑이가 동상의 겨드랑이처럼 아직 매끄러
웠고, 무릎의 오목한 안쪽 부분이 빛났다. 푸르스름한 혈관으
로 인해 마치 몸이 투명한 물질로 만들어진 듯 보였다. 곧게
뻗은 저 완벽하고 젊은 몸 속에 어떤 규율이, 어떤 정밀한 사
유가 표현되어 있을까! 하지만 눈에 보이지 않게 활동하면서
이 신적인 조각품을 밖으로 드러내는 의지, 이 엄격하고 순수
한 의지는 예술가인 그도 잘 알고 있는 친숙한 것이 아니던
가? 냉정한 열정에 넘쳐, 언어라는 대리석 덩어리를 깎아 정
신적으로 관조한 매끄러운 형상, 인간을 정신적인 아름다움
의 입상과 거울로 묘사하는 형상을 만들어낼 때면, 그의 내면
에서도 그 의지가 작용하지 않았던가?

　입상과 거울! 아셴바흐의 눈은 거기 푸른 바다 가장자리
에 서 있는 고귀한 형체를 감싸 안았다. 그는 열광적인 환희
에 사로잡혀 아름다움 자체, 신의 생각이 표출된 형태, 정신
속에 살아 있는 유일하고 순수한 완벽함을 그 눈빛만으로 이
해한다고 믿었다. 그 완벽함의 인간적인 모상과 비유가 숭배
받기 위해 여기 경쾌하고 사랑스럽게 제시되어 있었다. 그것
은 도취였다. 노년에 접어든 예술가는 서슴없이, 그야말로 탐
욕스럽게 그 도취를 반가이 맞이했다. 그의 정신은 산고를 겪
었고, 그의 교양은 격앙되었으며, 그의 기억은 젊은 시절에
받아들였지만 한 번도 스스로 불길을 살린 적이 없는 태고의
생각들을 일깨웠다. 태양은 우리의 관심을 지성적인 것에서

감각적인 것으로 유도한다고 쓰여 있지 않았던가?[•] 영혼이 즐거움에 취해 자신의 실제 상황을 완전히 망각할 정도로 태양은 이성과 기억을 마비시키고 현혹시킨다고 했다. 영혼은 명랑한 대상들 중에서도 가장 아름다운 대상에 감탄하고 경탄하며 집착한다는 것이었다. 그렇다. 영혼은 오로지 육체의 도움을 받아서만 더 높은 고찰로 상승할 수 있다고 쓰여 있었다. 진실로 사랑의 신 아모르는 미성숙한 아이들에게 순수한 형태의 명료한 이미지들을 보여준다는 점에서 수학자들 못지않았다. 또한 신은 우리에게 정신적인 것을 보여주기 위해 기꺼이 인간적인 젊음의 형상과 색채를 이용했다. 젊음을 회상의 도구로 삼기 위해 아름다움의 모든 후광으로 장식했고, 우리는 그 광경을 보며 고통과 희망으로 불타올랐다.

열광에 사로잡힌 자는 이렇게 생각했다. 그는 이렇게 느낄 수 있었다. 바다에 대한 도취와 강렬한 햇빛이 매혹적인 광경을 펼쳐냈다. 아테네 성벽에서 멀지 않은 곳에 늙은 플라타너스나무가 있었다. 그곳은 그늘진 성스러운 곳이었으며, 이탈리아목형[••]의 꽃향내가 가득했다. 그리고 요정들과 아켈

[•] 토마스 만이 〈베네치아에서의 죽음〉과 관해 남긴 메모에 의하면, 고대 로마의 철학자이자 시인이었던 플루타르코스의 《에로티쿠스》에 나오는 구절을 변용한 것이다.

[••] 성욕을 억제하는 효능이 있다고 해서 '순결 나무'라고 불리기도 한다.

로스●를 기리기 위한 성스러운 그림과 경건한 제물로 장식되어 있었다. 넓게 가지를 드리운 나무의 발치에서 맑디맑은 시냇물이 반들반들한 조약돌 위로 흘러내렸다. 귀뚜라미들이 노래했다. 그런데 누우면 고개가 저절로 위로 올라갈 정도로 완만하게 경사진 잔디밭에서 두 사람이 한낮의 열기를 피해 쉬고 있었다. 초로의 남자와 어린 소년, 못생긴 사람과 잘생긴 사람, 사랑스러운 소년을 데리고 있는 현자였다. 소크라테스는 점잖은 태도로 재치 있게 마음을 사려는 농담을 하며 파이드로스●●에게 갈망과 미덕에 대해 가르쳤다. 그는 자신의 눈이 영원한 아름다움의 비유를 보는 순간 느끼는 격렬한 공포에 대해 말했다. 아름다움의 모상을 보아도 아름다움을 생각하지 못하고 경외심을 느끼지 못하는 불경하고 사악한 사람의 욕망에 대해 말했다. 고귀한 사람이 신과 같은 용모, 완벽한 신체를 보게 되면 사로잡히는 성스러운 두려움에 대해 말했다. 그러면 어떻게 전율하고 넋이 나가고 감히 바라볼 용기를 내지 못하고 아름다움을 소유한 자를 숭배하고 그를 위해 헌신하는지 말했다. 얼빠진 사람처럼 보일지 모른다는 두려움에서 벗어나면 마치 입상에 헌신하듯 헌신한다

● 그리스 신화에 나오는 강의 신으로, 대양의 신 오케아노스와 바다의 여신 테티스의 아들이다.

●● 플라톤의 《파이드로스》에 등장하는 인물. 이 작품은 소크라테스와 파이드로스가 사랑과 아름다움 등에 관해 나누는 대화로 이루어져 있다.

고 말했다. 아름다움, 이보게 파이드로스, 오로지 아름다움만이 사랑할 가치가 있으면서 눈에 보이기 때문일세. 내 말 명심하게! 아름다움은 우리가 감각적으로 받아들이고 감각적으로 견딜 수 있는 정신적인 것의 유일한 형식이네. 만일 그렇지 않고 신적인 것이, 이성과 미덕과 진실이 우리에게 감각적으로 보인다면 어떻게 되겠는가? 일찍이 세멜레●가 제우스의 모습을 보고 그랬듯이 우리는 사랑에 눈이 멀어 사랑의 불꽃에 타버리지 않겠는가? 그래서 아름다움은 감각으로 느끼는 자가 정신에 이르는 길일세. 오로지 길이고 수단일 뿐일세, 파이드로스……. 그런 다음 노회하게 구애하는 자는 극히 미묘한 일에 대해 말했다. 사랑하는 사람이 사랑받는 사람보다 더 신적일세. 사랑하는 사람의 마음속에는 신이 있지만, 사랑받는 사람의 마음속에는 신이 없기 때문이지. 아마 이보다 더 애정 어리고 더 조롱 섞인 생각은 없을지도 모른다. 갈망의 모든 교활함과 극히 내밀한 환락은 이러한 생각에서 비롯된다.

작가의 행복은 온전히 감정이 되는 생각에 있고 온전히 생각이 될 수 있는 감정에 있다. 당시 그처럼 약동하는 생각, 그

● 그리스 신화에 나오는 테베의 왕 카드모스의 딸. 제우스와의 사이에서 디오니소스를 낳지만, 이를 시샘한 헤라의 유혹에 빠져 제우스에게 본모습을 보여달라고 했다가 그 강렬한 빛에 불타 죽었다.

처럼 정확한 감정은 그 고독한 자의 것이었으며, 그 고독한 자에 순응했다. 정신이 아름다움 앞에서 몸을 굽혀 경배하면, 자연은 환희에 취해 전율하기 때문이다. 불현듯 아셴바흐는 글을 쓰고 싶다는 욕구를 느꼈다. 에로스는 무위도식을 사랑하고 오로지 무위도식을 위해 창조되었다고 한다. 하지만 시련을 겪는 자의 흥분은 그 위기의 순간에 창작 활동을 향했다. 동기가 무엇이든 별로 상관없었다. 중대하고 절실한 문화와 취향의 문제에 대해 솔직히 의견을 말하라는 요구와 제안이 정신적인 세계에 선포되어서 여행 중인 사람에게 이르렀다. 아셴바흐에게 이 주제는 친숙한 것이었고 실제로 체험한 것이었다. 그는 언어의 빛을 빌려 이 주제를 빛나게 하고 싶은 충동을 별안간 억누를 수 없었다. 게다가 그의 욕망은 타지오를 눈으로 보면서 글을 쓰려는 방향으로 흘러갔다. 소년의 몸매를 본보기 삼아 글을 쓰고, 신적으로 보이는 그 몸의 선을 따라 문체를 다듬고, 일찍이 독수리가 트로이의 목동•을 창공으로 데려갔듯이 소년의 아름다움을 정신적인 것으로 옮겨놓고 싶었다. 아셴바흐는 그늘막 아래의 투박한 테이블에 앉아 자신의 우상을 눈으로 보고 음악 같은 우상의 목

• 그리스 신화에 나오는 젊은 목동 가니메데스. 필멸의 인간들 중 가장 아름다운 남자로 꼽혔으며, 그에게 반한 제우스가 독수리로 변신해 하늘로 납치했다. 천상에 가서는 신들의 술 시중을 들었다.

소리를 귀로 듣는 아슬아슬하게 소중한 몇 시간 동안 타지오의 아름다움을 좇아 짧은 에세이, 한 쪽 반 분량의 뛰어난 산문을 완성했다. 그때처럼 언어의 쾌감을 달콤하게 느낀 적이 없었고, 에로스가 언어 속에 깃들어 있다는 걸 분명하게 깨달은 적이 없었다. 그 에세이의 순수함과 고귀함, 날아오르는 감정의 긴장은 머지않아 많은 사람의 감탄을 자아낼 것이었다. 세상이 아름다운 작품 자체만을 알 뿐 그 기원이나 탄생 조건에 대해 모른다는 건 확실히 좋은 일이다. 세상이 예술가에게 영감을 불어넣은 근원을 알게 된다면, 종종 당황하고 흠칫 놀라 뒤로 물러서는 바람에 뛰어난 작품의 효과는 사라질 것이다. 이 얼마나 야릇한 시간들인가! 이 얼마나 야릇하게도 심신을 갉아먹는 노력인가! 이 얼마나 기이하게도 정신과 육체의 교류가 창조의 힘을 발휘하는가! 작품을 잘 간수해 해변을 떠나는 아셴바흐는 기진맥진해서 그야말로 몸을 가누지도 못할 지경이었다. 마치 방탕한 생활 끝에 양심이 한탄하는 것만 같았다.

다음 날 아침 아셴바흐가 옥외 계단으로 호텔을 나서려는데, 벌써 바다로 가는 타지오가 보였다. 그것도 혼자서 해변의 차단 시설 쪽으로 가고 있었다. 아셴바흐는 이 기회를 이용해 자신에게 그토록 많은 격랑과 흥분을 안겨준 소년과 가볍고 명랑하게 친분을 쌓고 싶은 욕구를 느꼈다. 소년에게 말을 걸고 소년의 답변과 눈길을 즐기고 싶다는 욕구를 떨칠 수 없었다. 미소년은 슬렁슬렁 걸음을 옮겼고, 소년을 충분히 따라잡을 수 있었다. 아셴바흐는 걸음을 빨리했다. 그러다 오두막들 뒤편의 널빤지 길에서 소년을 따라잡는다. 소년의 머리에, 어깨에 손을 얹고 말을 걸려 한다. 다정한 프랑스어 문장이 입안을 맴돈다. 그러면서 가슴이 쿵쾅쿵쾅 빠르게 뛰는 걸 느낀다. 아마 빨리 걸어온 탓도 있을 것이다. 그래서 숨을 몰아쉬며 떨리는 입술로 간신히 쥐어짜듯 말하려 한다. 망설이며 마음을 다잡으려 한다. 미소년의 뒤를 너무 오랫동안 바싹 뒤쫓아 가는 게 아닐까 불현듯 걱정된다. 소년의 주의를 끌어서 소년이 무슨 일인지 싶어 뒤돌아보지 않을까 걱정된다. 다시금 용기를 내어 시도해보려고 하지만 마음대로 되지 않는다. 결국 포기하고 고개를 숙인 채 소년의 옆을 스쳐 지나간다.

이제 너무 늦었어! 그 순간에 아셴바흐는 생각했다. 너무 늦었다고! 그런데 정말 너무 늦은 걸까? 실행에 옮기지 못한 행동이 어쩌면 기분 좋고 경쾌하고 즐거운 것, 유익한 각성을 낳을 가능성이 아주 컸다. 하지만 늙어가는 작가가 각성을 원하지 않고, 도취가 너무 소중해서 실행에 옮기지 않았을 수도 있었다. 예술가 기질의 본성과 특성을 누가 해독하겠는가! 절제와 무절제의 본능적인 깊은 융합을 누가 파악하겠는가! 유익한 각성을 원하지 않는 것은 무절제이기 때문이다. 아셴바흐는 더 이상 자기비판을 하고 싶지 않았다. 미적 감각, 나이

들어가는 사람의 정신 상태, 자긍심, 성숙함과 말년의 단순함은 계획을 실행에 옮기지 않은 이유가 양심 때문인지 아니면 게으름과 나약함 때문인지 분석하고 판단하고 싶은 기분이 들게 하지 않았다. 아셴바흐는 혼란스러웠다. 자신이 달려가서 뜻을 이루지 못한 걸 해변 경비원이든 누구든 목격했을까봐 두려웠다. 사람들에게 우스갯거리가 될까봐 무척 두려웠다. 그런데도 자신의 우스꽝스러우면서도 엄숙한 두려움을 두고 혼자 농담했다. '놀랐어.' 그는 생각했다. '싸우다가 겁에 질려 날개를 축 늘어뜨린 닭처럼 놀랐다니까. 저 사랑스러운 소년을 바라보는 우리의 용기를 꺾고 자부심을 완전히 짓누르는 존재는 틀림없이 신일 게야……' 아셴바흐는 생각의 유희를 즐기고 몽상에 젖었으며, 오만함에 취해 감정을 두려워하지 않았다.

그는 스스로에게 허용한 휴식 시간이 어떻게 흘러가는지 더 이상 감독하지 않았다. 집에 돌아갈 생각은 추호도 하지 않았다. 돈은 수중에 넉넉히 확보해둔 터였다. 단 한 가지 걱정이 있다면, 그건 오로지 폴란드인 가족이 이곳을 떠나면 어떡하냐는 것이었다. 하지만 호텔 이발사에게 지나가는 말로 슬쩍 물어 아셴바흐가 도착하기 바로 직전에 폴란드인 가족이 이곳에서 묵기 시작했다는 사실을 알아냈다. 태양이 얼굴과 손을 갈색으로 그을렸고, 소금기를 머금은 자극적인 바람이 감정을 북돋웠다. 예전에는 수면이나 음식, 자연이 제공하는 모든 원기를 즉각 작품에 쏟아붓는 데 익숙해 있었다면, 이제는 태양이나 휴식, 바다 공기가 매일 선사하는 모든 생기를 마음껏 도취와 감정으로 소진했다.

밤에는 잠을 설쳤다. 소중하게 단조로운 날들이 행복한 불안에 넘치는 짧은 밤들에 의해 분할되었다. 아셴바흐는 일찌감치 자신의 방으로 물러났다. 타지오가 무대에서 사라지는 9시면 하루가 끝났다고 여겼기 때문이다. 하지만 동이 트기가 무섭게 살며시 파고드는 공포가 아셴바흐를 잠에서 깨웠다. 심장은 그가 빠져든 모험을 상기했고, 그러면 베개에 더 이상 머리를 묻고 있을 수 없었다. 아셴바흐는 침대에서 일어나 새벽의 한기를 이기기 위해 가볍게 몸을 감싸고, 열린 창문가에 앉아 해가 뜨기를 기다렸다. 경이로운 광경이 잠으로 정화된 아셴바흐의 영혼을 경건함으로 가득 채웠다. 하늘과 땅, 바다는 아직 초자연적으로 투명하고 어스름한 여명에 덮여 있었다. 빛을 잃어가는 별 하나가 공허하게 가물거렸다. 하지만 바람이 불어와 접근할 수 없는 처소에서 에오스•가 남편 곁에서 일어났다는 활기찬 소식을 알려주었다. 머나먼 하늘과 바다 끝이 맨 먼저 감미로운 붉은색으로 물들며, 천지창조를 감각적으로 인지할 수 있음을 보여주었다. 새벽의 여신, 클레이토스와 케팔로스를 납치했으며, 모든 올림포스 신

• 그리스 신화에 나오는 새벽의 여신.

들의 시샘에도 아랑곳하지 않고 아름다운 오리온*의 사랑을 즐긴 젊은이들의 유괴범이 다가왔다. 거기 세상 끝에서 장미꽃들이 흩날리기 시작했다. 장미꽃들은 이루 말할 수 없이 사랑스러운 빛을 발하며 활짝 피어났다. 순진무구한 구름들이 빛으로 가득 차 밝게 빛나며, 장밋빛과 푸르스름한 빛이 어우러진 옅은 안개 속을 시중드는 큐피드처럼 떠다녔다. 보랏빛이 바다를 물들였다. 일렁이는 바다는 보랏빛을 앞쪽으로 띄워 보내는 듯 보였고, 황금빛 창들이 하늘 높이 솟구쳤다. 광채가 소리 없이 불타올랐으며, 뜨거운 열기와 이글거리는 불길, 활활 타오르는 불꽃이 신적으로 장엄하게 높이 너울거렸다. 오라버니**의 성스러운 말들이 발굽으로 힘차게 지구를 박차고 날아올랐다. 고독한 파수꾼은 신의 찬란한 빛을 받으며 앉아 있었다. 두 눈을 감은 채 눈꺼풀에 입맞춤하는 신의 후광을 느꼈다. 예전의 감정들, 일찍이 가슴을 짓눌렀던 소중한 고뇌들이 삶의 근엄한 과업에 열중하는 사이 소멸했다가 기이하게 변화해 다시 돌아왔다. 아셴바흐는 그것들을 알아보고는 깜짝 놀라 어리둥절한 미소를 지었다. 깊은 명상에 잠겨

● 클레이토스와 케팔로스, 오리온은 모두 그리스 신화에 나오는 미남들로, 아름다운 용모에 반한 에오스에 의해 유괴된다.

●● 헬리오스를 가리킨다. 헬리오스는 에오스와 달의 여신 셀레네와 형제이며, 네 마리의 천마가 끄는 마차를 타고 매일 아침 동쪽에서 출발해 온종일 하늘을 가로지르는 여행을 한다.

꿈을 꾸었다. 입술이 천천히 움직여 소리 없이 한 이름을 불렀다. 아셴바흐는 미소를 머금고는 얼굴을 위로 향하고 두 손을 무릎 위에 포갠 채 의자에 앉아 다시 잠이 들었다.

하지만 그렇게 불타듯이 장엄하게 시작한 날은 기묘하게도 들뜬 분위기가 되어 신화적으로 변했다. 고귀한 속삭임처럼 부드럽고 의미심장하게 별안간 관자놀이와 귀를 싸고도는 이 숨결은 어디서 오는 걸까? 어디서 유래하는 걸까? 하얀 새털구름이 풀을 뜯는 신의 가축들처럼 넓게 무리 지어 하늘에 떠 있었다. 바람이 좀 더 세차게 불었다. 포세이돈의 준마들이 몸을 똑바로 세우고 달려왔다. 푸르스름한 곱슬머리의 신●이 거느리는 황소들도 울부짖으며 달려와서는 뿔을 숙였다. 멀리 떨어진 해변의 암석 사이에서는 껑충 뛰는 염소들처럼 파도가 솟구쳤다. 목신(牧神)●●이 지배하는 삶에 의해 성스럽게 왜곡된 세계가 마법에 걸린 자를 에워쌌고, 그의 심장은 사랑스러운 우화를 꿈꾸었다. 베네치아 너머로 태양이 질 때면, 그는 이따금 공원의 벤치에 앉아 타지오를 지켜보았다. 타지오는 흰옷에 색깔 있는 허리띠를 매고 작은 조약돌을 편평하게 깐 놀이터에서 공놀이를 즐겼다. 아셴바흐는 자신의 눈으

● 바다의 신 포세이돈을 가리킨다.

●● 그리스 신화에서 '판'이라 불리는 신. 반인반수의 모습을 하고 있으며, 미소년이나 요정을 쫓아다니는 호색한이다.

로 보는 소년이 히아킨토스●라고 생각했다. 히아킨토스는 두 명의 신에게 사랑을 받았기 때문에 죽을 수밖에 없었다. 그렇다. 아셴바흐도 제피로스가 연적에게 품었던 고통스러운 질투심을 느꼈다. 그 연적은 예언과 궁술과 키타라●●를 모두 제쳐두고 언제나 아름다운 소년하고 놀았다. 그는 잔인한 질투심에 조종당한 원반이 사랑스러운 머리를 맞히는 걸 보았다. 얼굴이 창백하게 질려서 쓰러지는 소년의 몸을 받아 안았다. 감미로운 피에서 피어난 꽃에 한없는 비탄의 비문이 새겨져 있었다…….

서로 눈으로만 알고 지내는 사람들의 관계보다 더 기이하고 미묘한 것은 없다. 매일, 아니 매시간 서로 마주치고 지켜보면서도 관습이나 변덕스러운 기분 탓에 인사도 말도 건네지 않고 계속 무관심하게 낯선 사람인 척할 수밖에 없는 사람들. 불안과 과민한 호기심, 충족되지 못하고 부자연스럽게 억압된 인식 욕구와 교류 욕구에서 비롯된 히스테리, 특히 일종의 긴장된 존중심이 그런 사람들 사이를 맴돈다. 인간은 상

● 태양신 아폴론과 서풍의 신 제피로스의 사랑을 받은 미소년. 아폴론과 원반 놀이를 하던 중 아폴론이 던진 원반에 맞아 목숨을 잃는다. 질투에 사로잡힌 제피로스가 세찬 바람을 일으켜 원반의 방향을 바꾸었기 때문이다. 미소년의 피로 물든 자리에서 히아신스 꽃이 피어났으며, 꽃잎에 '아, 슬프다!'를 뜻하는 글자 무늬가 있었다고 전해진다.

●● 고대 그리스의 대표적인 현악기. 아폴론은 특히 태양, 예언, 궁술, 음악을 관장하는 신이다.

대방을 판단할 수 없는 한 그를 사랑하고 존경하기 때문이다. 그리고 갈망은 결핍된 인식의 산물이다.

아셴바흐와 어린 타지오는 불가피하게 어떤 식으로든 서로 관계를 맺고 알게 될 수밖에 없었다. 나이가 더 많은 아셴바흐는 자신의 관심과 애정에 전혀 반응이 없는 건 아님을 확인하고 기쁨에 떨었다. 예를 들어 미소년은 아침에 해변에 나타날 때 왜 오두막 뒤쪽의 널빤지 길을 더는 이용하지 않을까? 왜 항상 앞쪽의 길만을 이용해 모래사장을 가로질러 아셴바흐가 있는 곳을 지나갈까? 굳이 그럴 이유가 없는데도 왜 이따금 아셴바흐 바로 앞을 지나갈까? 왜 아셴바흐의 테이블과 의자를 거의 스치듯 지나서 가족들이 있는 오두막으로 슬렁슬렁 걸어갈까? 우월한 감정이 발산하는 매력과 마력이 그 여리고 별생각 없는 대상에게 이런 식으로 영향을 미친 걸까? 아셴바흐는 날마다 타지오가 나타나길 기다렸다. 그러다 타지오가 나타나면, 때로는 일에 몰두한 척 미소년이 지나가는 것에 무관심한 듯한 태도를 취했다. 하지만 때로는 눈길을 들었고, 두 사람의 눈이 마주쳤다. 그러면 두 사람의 눈길은 무척 진지해졌다. 나이 많은 자의 교양 있고 품위 있는 표정은 조금도 내적인 동요를 드러내지 않았다. 하지만 타지오의 눈은 탐색하고 신중하게 캐물었으며, 걸음걸이는 주춤주춤 망설이는 듯했다. 타지오는 바닥을 내려다보다가 사랑스럽게 다시 눈길을 들었다. 아셴바흐 옆을 지나가고 나면,

소년이 받은 교육이 뒤돌아보지 못하도록 저지하는 기색이 역력했다.

하지만 어느 날 저녁 평소와는 다른 일이 일어났다. 폴란드 남매들이 가정교사와 함께 커다란 홀에서의 식사 시간에 나타나지 않았다. 아셴바흐는 근심스레 그걸 알아차렸다. 식사를 마친 후 폴란드 남매들이 어디 있을까 노심초사하며 야회복 차림에 밀짚모자를 쓰고서 호텔 앞의 테라스 근처로 나갔다. 그때 수녀 같은 차림의 누나들이 가정교사와 함께 갑자기 아크등 아래 모습을 나타냈고, 네 발짝 거리를 두고 타지오가 뒤따라왔다. 무슨 이유에선가 시내에서 식사를 하고, 선착장에서 오는 게 분명했다. 물 위는 서늘한 모양이었다. 타지오는 금빛 단추가 달린 군청색 세일러복 덧옷을 걸치고 거기에 딸린 모자를 쓰고 있었다. 햇빛과 바다 공기에도 소년은 그을리지 않았다. 피부가 처음처럼 여전히 노르스름한 대리석빛을 띠고 있었다. 그런데 서늘한 대기 때문이었는지 아니면 달빛 같은 희미한 불빛 때문이었는지는 몰라도 오늘은 평소보다 더 창백해 보였다. 균형 잡힌 눈썹이 더 뚜렷이 두드러졌고, 눈빛은 깊숙이 어둡게 빛났다. 소년은 이루 말할 수 없을 정도로 아름다웠다. 아셴바흐는 말이 감각적인 아름다움을 찬미할 수 있을 뿐 묘사할 수는 없다는 걸 이미 자주 고통스럽게 느꼈다. 오늘도 예외가 아니었다.

그는 그 소중한 모습이 나타날 줄 미처 예상하지 못했다.

소년은 예기치 않게 불쑥 나타났고, 아셴바흐는 평온하고 품위 있는 표정을 지을 여유가 없었다. 그의 시선이 애타게 찾던 인물에 부딪쳤을 때 기쁨과 놀람, 감탄이 거기에 고스란히 담겨 있었을 것이다. 바로 그 순간에 타지오가 미소 짓는 일이 일어났다. 타지오는 아셴바흐를 향해 말하듯이 친밀하고 사랑스럽고 솔직하게 입술로 미소 지었다. 그러면서 입술이 천천히 벌어졌다. 물 위로 몸을 굽히는 나르키소스*의 미소였다. 물에 비친 자신의 아름다움을 향해 두 팔을 뻗는 나르키소스의 미소, 매력에 사로잡히고 매혹당한 심오한 미소, 아주 살짝 이지러진 미소, 물에 비친 자신의 사랑스러운 입술에 입맞추려 하지만 뜻을 이룰 수 없어 이지러지고 요염하고 호기심 어리고 살짝 괴로움에 떨며 유혹하고 유혹당하는 미소.

이 미소를 받은 자는 숙명적인 선물인 양 그걸 가지고 급히 자리를 떴다. 너무 충격을 받아 테라스와 앞뜰의 불빛으로부터 도망칠 수밖에 없었으며 뒤쪽 공원의 어둠 속으로 서둘러 걸음을 옮겼다. 기이하게도 노기와 애정 어린 경고의 소리가 마음속에서 새어 나왔다. "너는 그렇게 미소 지어서는 안 돼! 명심해. 누구에게도 그렇게 미소 지어서는 안 돼!" 아셴바흐는 벤치에 털썩 주저앉았으며, 밤에 수목들이 내뿜는 향내를

● 그리스 신화에 나오는 미소년으로, 수많은 요정의 사랑을 받지만 모두 거절하고 결국 물에 비친 자신을 사랑하게 된다.

정신없이 들이마셨다. 벤치에 등을 기대고 두 팔을 늘어뜨린 채 감정에 압도당해 여러 차례 부르르 떨며 그리워한다는 상투적인 말을 속삭였다. 이 경우에는 온당하지 않고 터무니없고 벌받아 마땅하고 우스꽝스럽지만, 이 경우에도 신성하고 존중해야 하는 말. "너를 사랑해!"

제5장

리도에 머무른 지 사 주째, 구스타프 폰 아셴바흐는 주변에서 몇 가지 심상치 않은 사실을 인지했다. 첫째는 성수기인데도 호텔의 손님 수가 늘어나는 게 아니라 줄어드는 것 같았다. 무엇보다도 주변에서 독일어가 점점 들리지 않게 되더니 아예 자취를 감추고, 종내는 식사할 때나 해변에서 낯선 언어만이 귀에 들려왔다. 그러던 어느 날 아셴바흐는 자주 찾아가는 이발사와 대화를 나누다가 우연히 당혹스러운 말을 듣게 되었다. 이발사는 잠시 머물다가 방금 떠난 어느 독일인 가족 이야기를 하며, 이런저런 수다를 떨다가 아부하듯 덧붙였다. "손님은 여기 머무르시는 걸 보니 질병이 두렵지 않으신가보죠." 아셴바흐는 이발사를 쳐다보았다. "질병이라니요?" 그러고는 되물었다. 수다를 떨던 이발사는 입을 다물고 일에 몰두하며 아셴바흐의 질문을 못 들은 체했다. 아셴바흐가 계속 캐

묻자 자신은 아무것도 모른다며 당황한 표정으로 교묘하게 화제를 다른 데로 돌렸다.

그때는 정오 무렵이었다. 바람 한 점 불지 않고 태양이 뜨겁게 내리쬐는데도 아셴바흐는 베네치아로 향했다. 보호자와 함께 선착장으로 가는 폴란드 남매를 보고는 뒤쫓아 가려는 욕망에 내몰렸기 때문이다. 산 마르코에서 아셴바흐는 숭배하는 우상을 발견하지 못했다. 그런데 광장의 그늘진 쪽에 있는 둥근 철제 테이블에 앉아 차를 마시다가 별안간 대기에서 특이한 냄새를 맡았다. 며칠 전부터 뚜렷이 의식은 못 했지만, 그 냄새가 감각을 스쳤다는 생각이 들었다. 불행과 상처, 수상쩍은 청결을 상기시키는 불쾌한 약품 냄새였다. 아셴바흐는 그게 무슨 냄새인지 곰곰 생각했으며 결국 답을 알아냈다. 그는 간단한 식사를 끝내고 성당 맞은편의 광장을 떠났다. 비좁은 곳에 이르자 냄새가 더욱 강렬해졌다. 길모퉁이에 인쇄된 공고문이 부착되어 있었다. 이런 날씨에 흔히 발생하는 소화기 계통 질병의 위험이 있으니 굴과 조개 섭취, 운하의 물을 조심하라고 주민들에게 경고하는 시 당국의 공고문이었다. 상황을 적당히 얼버무리려는 의도가 분명했다. 사람들이 다리 위와 광장에 말없이 삼삼오오 모여 있었다. 이방인 아셴바흐는 그들 사이에 섞여서 상황을 탐색하며 골똘히 생각에 잠겼다.

한 가게 주인이 줄에 꿴 산호와 인조 자수정 장신구 사이로 아치형 문에 기대서 있었다. 아셴바흐는 가게 주인에게 이 불길한 냄새에 대해 설명해줄 것을 청했다. 가게 주인은 피곤한 눈으로 아셴바흐를 훑어보더니 서둘러 쾌활하게 말했다. "예방 조치지요!" 그는 몸짓을 섞어가며 대답했다. "경찰 규정이니 우리로서는 따를 수밖에 없습니다. 이런 날씨는 가슴을 짓누르죠. 시로코는 건강에 좋지 않아요. 이해하시겠지만, 간단히 말해서, 어쩌면 좀 지나치게 신중한 태도라고 할 수 있습니다……." 아셴바흐는 가게 주인에게 고맙다고 말하고는 걸음을 옮겼다. 이제 리도로 돌아가는 배에서도 방역 조치의 냄새를 맡을 수 있었다.

아셴바흐는 호텔에 돌아오자마자 홀의 신문 진열대로 가서 신문들을 훑어보았다. 외국어 신문들에는 특별한 내용이 없었다. 독일어 신문들은 떠도는 풍문에 대해 언급하고, 불확실한 숫자를 인용하고, 당국이 소문을 부인하지만 믿을 수 없다고 보도했다. 그렇다면 독일과 오스트리아 사람들이 떠난 게 이해되었다. 다른 나라 사람들은 아무것도 모르는 게 분명했다. 무슨 일이 있는지 눈치채지 못하고 아직은 동요하지 않았다. '말하면 안 돼!' 아셴바흐는 흥분해서 신문을 진열대에 도로 던져놓으며 생각했다. '누설하면 안 돼!' 그와 동시에 그의 마음은 주변 세계가 빠져든 모험에 대한 만족감으로 넘쳤다. 일상생활의 보장된 질서와 안녕은 범죄에 적합하지 않듯 정열에도 적합하지 않기 때문이다. 정열은 자신에게 이로운 점이 있지 않을까 막연히 기대하는 탓에 모든 시민적인 조직의 이완, 세상의 혼란과 재난을 반긴다. 그래서 아셴바흐는 시 당국이 베네치아의 지저분한 골목길에서 일어나는 사건들을 은폐하는 것에 은밀한 쾌감을 느꼈다. 베네치아의 고약한 비밀은 그 자신의 비밀과 하나로 융해되었으며, 그에게는 그 비밀을 지키는 게 중요한 문제였다. 사랑에 빠진 남자는 오로지 타지오가 떠날 것만을 염려했다. 그리고 만일 타지오가 떠난다면 더 이상 살아갈 수 없다는 걸 깨닫고 소스라치게 놀랐다.

최근 들어 아셴바흐는 정해진 하루 일정과 요행 덕분에 미소년을 보고, 미소년 가까이에 있는 것으로 만족하지 않았다. 그는 소년을 따라다니고 소년의 뒤를 쫓았다. 예를 들어 일요일이면 폴란드인 가족은 절대 해변에 나타나지 않았다. 아셴바흐는 그들이 산 마르코 성당의 미사에 갔을 것으로 추측하고 서둘러 그곳으로 달려갔다. 광장의 뜨겁게 달아오른 열기에서 벗어나 성전의 황금빛 어스름 속에 들어서면서 자신이 찾는 소년이 기도대 위로 몸을 숙이고 미사를 드리고 있는 걸 발견했다. 아셴바흐는 성당 뒤편 금이 간 모자이크 바닥에서 있었다. 무릎을 꿇고 기도문을 웅얼거리고 성호를 긋는 사람들 틈에 섞여 있었다. 오리엔트식 성전의 간결한 웅장함이 감각을 답답하게 짓눌렀다. 성당 앞쪽에서 무겁게 치장한 사제가 이리저리 오가고 분주하게 움직이고 성가를 불렀다. 향이 피어올라 제단 위의 희미한 촛불을 에워쌌다. 곰팡내가 살짝 섞인 듯 달콤한 향내 속으로 다른 냄새, 병든 도시의 냄새가 파고드는 것만 같았다. 하지만 아셴바흐는 거기 앞쪽에서 고개를 돌려 두리번거리더니 자신을 찾아내는 미소년을 연기와 반짝이는 불꽃 사이로 보았다.

사람들이 성당의 열린 정문을 지나 비둘기들이 모여 있는 밝은 광장으로 우르르 몰려 나갈 때 매혹된 자는 주랑에 몸을 숨겼다. 거기 숨어서 소년이 나오길 기다렸다. 폴란드인 가족이 성당을 나서는 걸 보았다. 남매가 정중하게 예의를 차려 어머니와 헤어지고, 어머니는 호텔로 돌아가려고 작은 광장으로 향했다. 아셴바흐는 미소년과 수녀 같은 누나들, 가정교사가 오른쪽으로 꺾여져 시계탑이 있는 성문을 지나 메르체리아 거리로 접어드는 걸 확인했다. 그는 조금 거리를 두고 뒤를 따라갔다. 베네치아를 산책하는 폴란드인 가족 뒤를 눈에 띄지 않게 쫓아갔다. 그들이 어딘가에서 지체하면 걸음을 멈추었고, 그들이 길을 돌아 나오면 지나갈 때까지 음식점이나 정원으로 피신했다. 그러다 그만 그들을 놓쳤으며, 흥분하고 기진맥진해서 그들을 찾아 다리를 건너 지저분한 막다른 골목에 이르렀다. 도저히 피할 방도가 없는 비좁은 길에서 갑자기 그들이 마주 오는 걸 보고 몇 분 동안 살인적인 고통을 감내해야 했다. 그런데도 그가 실제로 괴로워했다고는 말할 수 없다. 그의 머리와 심장은 도취해 있었고, 그의 발걸음은 인간의 이성과 품위를 짓밟는 걸 낙으로 삼는 악령의 지시를 따랐다.

타지오와 그의 가족은 어디선가 곤돌라를 탔다. 그들이 배에 올라타는 동안 아셴바흐는 튀어나온 건물과 분수 뒤에 숨어 있었다. 그리고 그들을 태운 배가 출발하자 마찬가지로 곤돌라에 올라탔다. 그는 사공에게 팁을 듬뿍 주겠다고 약속하며, 방금 모퉁이를 돌아간 곤돌라를 눈에 띄지 않도록 적당한 거리를 두고서 쫓아가라고 서둘러 소리 죽여 말했다. 사공은 교활한 뚜쟁이처럼 굽실거리며 얼마든지 원하는 대로 하겠다고 마찬가지로 서둘러 소리 죽여 대답했다. 원하는 대로 성심을 다하겠다는 것이었다. 이 말을 들은 아셴바흐는 등골이 오싹했다.

그래서 아셴바흐는 검은색의 푹신한 쿠션에 몸을 기대고서 앞쪽이 새 부리처럼 뾰족하게 튀어나온 검은색의 다른 배를 흔들거리며 미끄러지듯 따라갔다. 그 작은 배를 쫓아가는 열정에 사로잡혔다. 그 배는 이따금 시야에서 사라졌고, 그러면 근심과 불안이 덮쳤다. 하지만 사공은 그러한 임무에 익숙한 듯 능숙하게 기교를 부려 물길을 빠르게 가로지르거나 지름길을 이용해 원하는 대상을 다시 눈앞에 대령하곤 했다. 바람이 불지 않는 잔잔한 날이었고, 대기에 역한 냄새가 배어 있었다. 태양이 뿌연 연무를 가르고 뜨겁게 내리쬐며 하늘을 회청색으로 물들였다. 물살이 목재와 돌에 쿨렁거리며 부딪혔다. 경고하는 듯한, 인사하는 듯한 사공의 외침에 특이한 합의를 좇아 저 멀리 미로의 정적 속에서 응답하는 소리가 들려왔다. 높이 위치한 작은 정원에서 흰색과 자주색 꽃송이들이 아몬드 향기를 풍기며 허물어져가는 담벼락 위로 늘어져 있었다. 아랍풍의 창틀이 흐린 물에 비쳤다. 성당의 대리석 계단이 물속까지 이어졌고, 한 걸인이 계단 위에 쪼그리고 앉아 불행한 처지를 하소연하며 모자를 내밀었다. 마치 눈이 보이지 않는 양 흰자위를 드러냈다. 골동품 상인이 초라한 가게 앞에서 지나가는 사람들을 혹시 속여 넘길 수 있지 않을까 기대하며, 잠시 들렀다 가라고 비굴한 몸짓으로 붙잡았다. 그게 베네치아였다. 수상쩍게 교태를 부리는 미인 같은 이 도시는 반은 동화였고, 반은 이방인들을 유혹하는 함정이었다. 그 부패한 공기 속에서 한때 예술이 향락에 빠져 번성했으며, 요염하게 어르고 달래는 음향을 음악가들에게 불어넣었다. 모험에 취한 아셴바흐는 그 풍성함에 눈이 취한 것만 같았고, 그 멜로디에 귀가 유혹당하는 것만 같았다. 아셴바흐는 이 도시가 병들었는데, 이윤을 탐하느라 그 사실을 비밀로 하고 있다는 것도 기억했다. 그는 더욱더 자제심을 잃고 앞서가는 곤돌라를 망보았다.

혼란에 빠진 자는 오로지 자신의 감정에 불붙인 대상을 끊임없이 뒤쫓는 것만을 생각했고, 오로지 그것만을 원했다. 대상이 눈앞에 보이지 않으면 그에 대한 꿈을 꾸었고, 사랑하는 사람들이 흔히 그러듯이 대상의 공허한 허상에 정겨운 말을 걸기만을 원했다. 고독, 낯선 타향, 뒤늦게 깊이 도취한 자의 행복은 극히 당혹스러운 일조차도 낯 붉히지 말고 서슴없이 감행하라고 격려하고 설득했다. 그래서 저녁 늦게 베네치아에서 돌아와 2층에 있는 미소년의 방문 앞에서 걸음을 멈추고, 완전히 감정에 취해 경첩에 이마를 댄 채 하염없이 서 있는 일이 벌어지기도 했다. 그런 어처구니없는 상황에서 사람들에게 발각되어 곤경에 처할 위험이 있는데도 그랬다.

그렇다고 그런 행동을 멈추고 반쯤 정신을 차리는 순간이 없지는 않았다. 이게 무슨 짓이지! 그럴 때면 당혹해하며 생각했다. 선천적으로 타고난 능력 덕분에 자신의 혈통에 대해 고매한 관심을 갖게 된 모든 사람이 그렇듯이 아셴바흐는 업적을 쌓고 성공을 거두면서 선조들의 삶을 상기하는 데 익숙해 있었다. 선조들이 동의하고 흡족해하고 필시 존중해주리라고 마음속으로 확인하곤 했다. 지금 이토록 부적절한 체험에 휩말리고 야릇하게 방탕한 감정에 휩쓸린 순간에도 선조들을 떠올렸다. 선조들의 근엄한 절제력, 예절 바른 남성다움을 떠올리고 우울하게 미소 지었다. 선조들이 뭐라고 말할까? 그리고 퇴폐적일 정도로 선조들의 삶에서 벗어난 그의 모든 삶, 예술의 마력에 사로잡힌 삶에 대해 뭐라고 말했을까! 젊은 시절 한때는 그 자신도 선조들의 시민 정신에 비추어 그 삶에 조롱 어린 판단을 내리지 않았던가! 하지만 그의 삶은 근본적으로 선조들의 삶과 비슷했다. 그도 헌신했고, 그도 많은 선조들처럼 병사로서 전투에 참여했다. 예술은 전쟁이었고, 오늘날에는 특히 효용성이 오래가지 못하는 소모적인 전투였기 때문이다. 스스로를 극복하고 도전해야 하는 삶, 의연하게 버티고 절제하는 혹독한 삶, 아셴바흐는 그런 삶을 시대에 맞는 부드러운 영웅 정신의 상징으로 형상화했다. 분명 그 삶을 남성적이라고, 용감하다고 일컬을 수 있었을 것이다. 아셴바흐는 자신을 사로잡은 에로스가 그 삶에 어떤 식으로든 매우 적합하고 어울리는 것 같았다. 에로스는 더없이 용감한 민족들에게 특히 존중받지 않았던가? 그렇다. 그들의 도시에서 용감함을 통해 꽃피지 않았던가? 옛 시대의 수많은 전쟁 영웅들은 기꺼이 자신에게 주어진 멍에를 졌다. 신이 내린 굴욕은 결코 굴욕이 아니었기 때문이다. 다른 목적을 위한 것이었다면 비겁함의 표시라고 비난받았을 행위, 무릎 꿇고 맹세하고 간절하게 매달리는 비굴한 태도가 사랑하는 사람에게는 치욕이 아니었으며 오히려 칭송을 받았다.

매혹된 자의 사고방식은 이렇듯 단호했고, 이렇듯 의연하게 버티며 품위를 유지하려 했다. 하지만 그와 동시에 베네치아 시내에서 벌어지는 불순한 사건들을 예의 주시하고, 끈질기게 주의를 기울였다. 이 외부 세계의 모험은 가슴속의 모험과 비밀스럽게 하나로 녹아들었고, 규율에서 벗어난 막연한 기대로 그의 정열을 더욱 부추겼다. 베네치아에서 질병이 현재 어떤 상황이고 어떻게 진행되는지 확실하게 새로운 소식을 알아내려는 생각에 사로잡혀 아셴바흐는 시내의 커피숍들에서 독일어 신문들을 샅샅이 뒤졌다. 호텔의 독서대에서는 며칠 전부터 독일어 신문들이 사라졌기 때문이다. 신문에서는 주장과 반박 들이 설왕설래했다. 환자 및 사망자 수가 스무 명, 마흔 명, 심지어는 백 명 이상에 이른다는 주장이 있었다. 그런가 하면 전염병의 발생을 단호하게 부인할 수는 없지만, 그건 순전히 산발적으로 외부에서 유입된 경우에 한정된다는 기사가 잇따랐다. 이탈리아 당국의 위험한 술책에 대한 우려스러운 경고와 항의가 드문드문 눈에 띄었다. 도대체 확실한 내용을 알아낼 수 없었다.

그런데도 이 고독한 자는 비밀을 알아야 하는 특별한 권리가 있다고 의식했다. 그리고 비밀에 접근할 수 없었는데도 실상을 알고 있는 자들을 유도신문하고 침묵을 지키기로 동맹을 맺은 자들에게 빤한 거짓말을 강요하면서 야릇한 쾌감을 맛보았다. 그러던 어느 날 커다란 식당에서 아침 식사를 하던 아셴바흐는 키 작은 지배인에게 답변을 요구했다. 지배인은 프랑스식 프록코트 차림으로 슬그머니 나타나서는 식사하는 사람들 사이를 돌아다니며 인사하고 불편한 일이 없는지 살폈다. 아셴바흐의 테이블에도 다가와 이런저런 몇 마디 말을 나누려고 걸음을 멈추었다. 그런데 이유가 뭐냐고, 손님은 별일 아닌 듯 지나가는 말로 물었다. 도대체 며칠 전부터 베네치아를 소독하는 이유가 뭐냐고 물었다. "경찰에서 취하는 조치입니다." 조신하게 식당 안을 돌아다니던 지배인이 대답했다. "확실합니다. 지나치게 높은 이상 고온 탓에 공중보건에 해로운 사태나 장애가 발생할 수 있어요. 그런 만일의 경우를 예방하기 위한 의무를 수행하는 것이지요." "경찰을 칭송해야겠군요." 아센바흐는 대답했다. 지배인은 날씨에 대해 몇 마디 더 대화를 나눈 후 물러났다.

바로 그날 저녁, 식사 시간 후에 베네치아의 소규모 유랑 악단이 나타나 호텔 앞뜰에서 노래했다. 남자 두 명과 여자 두 명이었는데, 아크등의 철제 기둥에 기대서 얼굴에 하얀 불빛을 받으며 넓은 테라스를 올려다보았다. 호텔 휴양객들은 테라스에서 커피와 차가운 음료를 마시며 통속적인 노래를 들었다. 호텔 직원들, 엘리베이터 안내원과 종업원과 사무실 직원들이 홀의 문에 나타나 노래에 귀를 기울였다. 열정적으로 주의 깊게 음악을 즐기는 러시아인 가족이 노래하는 사람들을 좀 더 가까이에서 보려고 등나무 의자를 아래쪽 정원으로 옮겨달라고 요청했다. 러시아인 가족은 고마워하며 정원에서 반원 모양으로 둥글게 둘러앉았다. 터번 모양의 두건을 쓴 늙은 여자 노예가 그들 뒤에 서 있었다.

만돌린, 기타, 하모니카, 가냘픈 소리를 내는 바이올린이 유랑 악사들의 손에서 활동을 개시했다. 악기 연주가 노래로 바뀌었다. 젊은 여자의 날카롭게 깩깩거리는 듯한 목소리가 감미로운 가성으로 노래하는 테너와 어우러져 그리움에 떠는 사랑의 이중창을 빚어냈다. 하지만 다른 남자가 그 무리에서 제일 재능이 뛰어난 우두머리인 게 분명했다. 그 남자는 기타를 들고 일종의 익살스러운 바리톤 역할을 했다. 목소리는 거의 내지 않고 몸짓으로 흉내 내는 재주가 뛰어났으며 사람을 웃기는 능력도 상당했다. 팔에 커다란 악기를 든 채 종종 무리에서 떨어져 나와 몸짓으로 연기하며, 관중들이 그의 익살스러운 연기에 유쾌한 웃음으로 보답하는 앞쪽까지 밀고 나왔다. 특히 정원에 앉아 있는 러시아인들이 남국의 경쾌한 몸놀림에 매혹된 모습을 보였다. 그들은 환호성을 터뜨리며 박수갈채를 보냈고, 더 대담하고 더 자신 있게 솜씨를 보이라며 흥을 돋우었다.

아셴바흐는 난간 옆에 앉아 석류주스와 소다수를 섞은 음료수로 이따금 입술을 서늘하게 식혔다. 유리컵 속의 음료수가 홍옥처럼 빨갛게 빛을 발했다. 그의 신경은 단조로운 음향과 애달프고 통속적인 멜로디를 탐욕스럽게 빨아들였다. 열정이 까다로운 감각을 마비시키고, 냉정한 정신이었다면 유머러스하게 받아들였거나 언짢게 거절했을 자극들을 아주 진지하게 받아들이기 시작했기 때문이다. 익살꾼이 폴짝폴짝 뛰자 아셴바흐의 표정은 굳어서 괴로운 미소로 일그러졌다. 그는 관심 없는 듯 여유롭게 앉아 있었지만, 마음속에서는 극도로 주의를 집중한 탓에 팽팽하게 긴장해 있었다. 타지오가 여섯 걸음 떨어진 돌난간에 기대서 있었기 때문이다.

타지오는 허리띠가 달린 흰색 정장을 입고 있었다. 이따금 그 옷을 입고 만찬에 나타났는데, 타고난 우아함을 말로 이루 형용할 수 없었다. 타지오는 왼쪽 아래 팔을 난간 위에 올려놓은 채 오른손으로 허리 중앙을 받치고는 두 발을 꼬고 있었다. 얼굴에 미소는 거의 보이지 않는 대신 살짝 호기심 어린 표정으로 정중하게 관람하듯 유랑 악단을 내려다보았다. 때로는 몸을 똑바로 세우고 가슴을 쭉 펴면서 두 팔을 우아하게 움직여 가죽 허리띠 아래로 흰색 상의를 잡아당겼다. 또 때로는 조심스럽게 머뭇머뭇하거나 마치 기습 공격을 감행하듯 빠르게 머리를 왼쪽 어깨 너머로 돌려 자신을 사랑하는 사람 쪽을 바라보았다. 초로의 남자는 그걸 의기양양하게 알아챘으며, 그럴 때면 순간 정신이 아찔해지기도 하고 흠칫 놀라기도 했다. 그러나 두 사람의 눈길은 마주치지 않았다. 혼란에 빠진 자가 수치심과 염려하는 마음으로 소심하게 눈길을 피했기 때문이다. 테라스 뒤쪽에는 타지오를 보호하는 여자들이 앉아 있었다. 사랑에 빠진 자는 그들의 시선을 끌어 의심을 사지 않을까 두려움이 일었다. 그렇다. 해변이나 호텔 로비, 산 마르코 광장에서 아셴바흐는 여자들이 자신 가까이에 있는 타지오를 불러 세우고 자신을 멀리하도록 저지하는 걸 이미 여러 차례 알아채고는 몸이 마비되는 듯했다. 그럴 때마다 끔찍한 모욕감을 느끼지 않을 수 없었으며, 정체 모를 고통으로 자존심이 뒤틀렸다. 그런데도 양심상 그 모욕감을 떨쳐버릴 수 없었다.

그러는 동안 기타를 든 남자가 당시 이탈리아 전역을 휩쓸던 통속적인 유행가를 직접 반주하며 혼자 노래하기 시작했다. 여러 소절로 이루어진 노래였는데, 후렴구는 번번이 악단 전체가 모든 악기를 동원해 함께 노래했다. 기타를 든 남자는 실감 나게 극적으로 노래할 줄 알았다. 그는 체격이 빈약하고 얼굴도 수척했으며 동료들과 떨어져 있었다. 펠트 모자를 목까지 눌러써서 붉은 머리카락 한 줌이 모자 차양 아래로 불룩하게 삐져나왔다. 뻔뻔하고 대담한 자세로 자갈밭에 서서 기타를 퉁기며 절절한 이야기 형식의 노래에 익살을 담아 테라스로 날려 보냈다. 그렇듯 힘겹게 노래하다보니 이마의 혈관이 부풀어 올랐다. 베네치아 토박이는 아닌 듯싶었고, 나폴리 출신의 익살꾼으로 뚜쟁이 일도 하고 배우 일도 하는 것 같았다. 난폭하고 불손했으며 위협적이면서도 유쾌했다. 노래 가사는 유치하기 짝이 없었지만, 표정의 유희와 몸짓, 넌지시 눈을 깜박이고 외설스럽게 혀로 입가를 핥는 방식에 힘입어 그의 입은 은연중에 상스럽고 야한 분위기를 유발했다. 도시풍의 옷에 걸친 스포티한 셔츠의 부드러운 칼라 밖으로 마른 목이 솟아 있었고, 눈에 띄게 큰 울대뼈가 헐벗은 듯한 느낌을 주었다. 코가 납작하고 창백한 얼굴은 수염이 없어서 나이를 가늠하기 어려웠으며, 찡그리는 습관과 방탕한 삶으로 인해 주름이 깊게 패어 있었다. 도전적이고 당당하고 거의 야성적으로 불그스름한 눈썹 사이에 주름살 두 개가 잡혔는데, 비죽이 웃는 입 모양과 기이하게 잘 어울렸다. 하지만 그 수상쩍은 인물이 수상쩍은 분위기를 풍기는 듯해서 고독한 자는 실제로 그 남자를 예의 주시했다. 후렴이 시작될 때마다 그는 번번이 익살을 부리고 인사하듯 손을 흔들며 기괴하게 주변을 한 바퀴 돌았다. 그러면 아셴바흐가 앉아 있는 곳 바로 아래를 지났다. 그럴 때마다 그의 옷자락에서, 그의 몸에서 강렬한 석탄산• 냄새가 테라스 위로 물씬 날아왔다.

익살스럽게 풍자하는 노래가 끝난 후 가수는 돈을 걷기 시작했다. 선뜻 돈을 희사할 의사가 역력한 러시아 사람들에게서 시작해 계단을 올라왔다. 노래를 부를 때는 그렇게 대담하던 사람이 거기 테라스에서는 비굴한 모습을 보였다. 머리를 조아려 굽실거리고 오른발을 살짝 뒤로 빼며 절하고 슬금슬금 테이블 사이를 돌아다녔다. 음흉하고 비굴한 미소를 짓자 튼튼한 치아가 드러났다. 그런데도 붉은 눈썹 사이의 주름살 두 개는 여전히 위협적으로 보였다. 사람들은 생계비를 거두어들이는 그 낯선 존재를 약간의 혐오감과 호기심 어린 눈길로 훑어보았다. 손가락 끝으로 동전을 집어 펠트 모

• 병균을 퇴치하는 소독약으로 사용되었다.

자 속에 던져 넣으며 그 사람 몸에 닿지 않으려고 조심했다. 배우와 예절 바른 사람들 사이의 물리적 거리가 사라지면, 그것도 즐거움이 컸다면, 항상 일종의 당혹감이 들기 마련이다. 배우는 그걸 느꼈고 비굴한 몸짓을 통해 상황을 무마하려 했다. 배우가 아셴바흐에게 다가왔고, 그와 함께 냄새도 따라왔다. 그런데 주변의 아무도 그 냄새에 신경 쓰지 않는 것 같았다.

"이봐요!" 고독한 자가 목소리를 낮추어 거의 기계적으로 말했다. "베네치아를 소독하고 있던데, 그 이유가 뭐죠?" 익살꾼은 목쉰 소리로 대답했다. "경찰의 명령 때문입니다! 이렇게 무더운 날씨에 시로코가 불면 그렇게 해야 한다는 규정이 있어요. 시로코가 사람을 짓누르거든요. 그러면 건강에 좋지 않아요……." 왜 그런 걸 묻는지 의아하다는 표정으로 익살꾼은 말했다. 그러고는 시로코가 사람을 얼마나 짓누르는지 손바닥을 움직여 보여주었다. "그렇다면 베네치아에 전염병이 도는 게 아니란 말이죠?" 아셴바흐가 잇새로 아주 조용히 물었다. 익살꾼의 근육질 얼굴이 어이없다는 듯 일그러졌다. "전염병이라고요? 도대체 무슨 전염병이란 말입니까? 시로코가 병인가요? 혹시 우리 경찰이 병인가요? 농담을 좋아하시는군요! 전염병이라니요! 말도 안 되는 소리입니다! 잘 아시겠지만, 예방 조치일 뿐이죠! 짓누르는 날씨가 미칠 영향에 대비해 경찰이 지시를 내렸답니다……." 배우는 손짓 몸짓을

섞어가며 말했다. "좋아요." 아셴바흐는 조용히 짧게 말하고
는 상당한 액수의 동전을 서둘러 모자에 넣었다. 그러고는 배
우에게 이제 가라고 눈짓으로 말했다. 배우는 굽실굽실 절하
고 비죽이 웃으며 그 말을 따랐다. 하지만 배우가 층계에 이
르기 전 호텔 직원 두 명이 달려와 배우에게 얼굴을 바싹 붙
이고 말소리를 잔뜩 낮추어 추궁했다. 배우는 어깨를 으쓱하
고는 아무 말도 하지 않았다고 단언했다. 침묵을 지켰다고 맹
세했다. 손님들은 그 광경을 보았다. 직원들이 놓아주자 배우
는 정원으로 돌아갔다. 아크등 아래에서 동료들과 잠시 의논
하더니 고마움도 표할 겸 작별 인사도 할 겸 한 곡 더 노래하
기 위해 다시 앞으로 나왔다.

　고독한 자가 한 번도 들어본 기억이 없는 노래였다. 대담한
유행가였는데, 가사가 이해할 수 없는 사투리였고 후렴이 웃
음소리로 이루어져 있었다. 후렴에 이르면 악단 전원이 목청
껏 웃음을 터뜨렸다. 그와 동시에 가사뿐만 아니라 악기 반주
도 멈추었다. 어떤 식으로인가 리듬을 따르지만 무척 자연스
럽게 표출되는 웃음소리만이 남았다. 특히 독창하는 자가 실
감 나게 웃음을 터뜨리는 뛰어난 재능을 발휘했다. 그는 다시
손님들과 예술적인 거리를 확보하자 뻔뻔함을 되찾았다. 테
라스로 무례하게 날려 보내는 인위적인 웃음은 조롱의 웃음
이었다. 노래 가사의 끝부분에 이르러서는 도저히 참을 수 없
는 간지러움을 억누르려고 싸우는 듯 보였다. 그는 흐느꼈고

목소리가 흔들렸다. 한 손으로 입을 막고 어깨를 비틀었다. 그 순간 도저히 더는 참을 수 없는지 웃음이 우렁차게 터져 나왔다. 얼마나 실감 나게 웃었는지, 웃음은 다른 사람들에게 전염되고 청중들에게도 전달되었다. 테라스 위에서도 아무런 이유 없이 저절로 명랑한 분위기에 사로잡혔다. 이런 분위기가 가수의 자유분방함을 더욱 부추기는 것 같았다. 가수는 무릎을 구부리고 허벅지를 치고 옆구리를 움켜쥐며 포복절도했다. 이제는 단순히 웃는 것이 아니라 비명을 지르듯 폭소를 터뜨렸다. 거기 테라스에서 웃고 있는 사람들보다 더 웃기는 건 세상에 없다는 듯 손가락으로 위를 가리켰다. 마침내 문간의 종업원, 엘리베이터 안내원, 심부름꾼들에 이르기까지 정원과 베란다에 있는 사람들 모두가 웃음을 터뜨렸다.

아셴바흐는 더 이상 여유롭게 의자에 앉아 있을 수 없었다. 마치 방어하거나 도주하려는 사람처럼 몸을 꼿꼿이 세웠다. 하지만 웃음소리, 바람결에 실려오는 소독약 냄새, 미소년이 가까이에 있다는 생각이 하나로 엮여 꿈의 장막처럼 그의 머리와 감각을 옭아매었다. 그걸 찢어버릴 수도 없었고 거기에서 도망칠 수도 없었다. 모두들 긴장을 풀고 즐기는 가운데 아셴바흐는 용기를 내어 타지오를 건너다보았다. 그리고 자신의 시선에 응답하는 미소년도 마찬가지로 진지하다는 걸 알아차렸다. 소년은 아셴바흐의 태도와 표정에 맞추어 자신의 태도와 표정을 결정하는 듯했으며, 아셴바흐가 주변 분위기에 휩쓸리지 않은 까닭에 소년도 그 분위기에 전혀 동요하지 않은 듯했다. 이처럼 천진하고 뭔가 의미가 있는 듯한 유순함은 상대방을 무장해제시키고 압도하는 힘을 발휘했다. 그래서 백발의 남자는 두 손으로 얼굴을 가리고 싶은 충동을 억누르려 안간힘을 썼다. 타지오는 이따금 몸을 똑바로 세우고 숨을 깊이 들이쉬었는데, 가슴이 답답해서 한숨짓는 것처럼 보였다. '저 아이는 병약해. 아마 오래 살지 못할 수도 있어.' 아셴바흐는 냉정하게 생각했다. 그는 기이하게도 이따금 도취와 갈망에서 벗어나 냉정해지곤 했다. 그의 마음속에서 순수한 배려심과 방종한 만족감이 교차했다.

그러는 동안 베네치아 사람들은 공연을 끝내고 물러났다. 박수갈채가 쏟아졌고, 악단의 우두머리는 한 번 더 익살을 부리며 멋지게 퇴장했다. 그가 오른발을 살짝 뒤로 빼고 절하며 손 키스를 보내자 다시 웃음소리가 울려 퍼졌다. 그러자 그는 똑같은 몸짓으로 한 번 더 절했다. 동료들과 함께 정원을 벗어나서는, 뒷걸음치다 가로등에 심하게 부딪힌 척했다. 너무 고통스러워서 몸을 고부리고 문을 향해 기어가는 시늉을 했다. 그러다 마침내 문에 이르자 단숨에 익살스러운 불운아의 가면을 벗어던지고 몸을 곧추세웠다. 그야말로 튕겨 오르듯 몸을 일으켜서는 테라스의 손님들을 향해 뻔뻔하게 혀를 날름 내밀고 어둠 속으로 자취를 감추었다. 휴양객들은 뿔뿔이 흩어졌다. 타지오는 난간에서 사라진 지 이미 오래였다. 하지만 고독한 자는 남은 석류주스를 마시며, 종업원이 의아하게 여길 정도로 오래도록 거기 테이블에 앉아 있었다. 밤이 깊어 가고 시간이 바스러져 흘러내렸다. 아주 오래전 부모님 집에 모래시계가 있었다. 금방이라도 깨질 듯한 그 의미심장한 물건이 바로 앞에 있는 듯 갑자기 눈에 선명하게 보였다. 적갈색으로 물든 모래가 잘록한 가운데 구멍으로 소리 없이 곱게 흘러내렸다. 불룩한 위쪽 부분의 모래가 거의 아래로 흘러내리자 작고 빠른 소용돌이가 일었다.

이튿날 오후, 그 고집스러운 자는 또다시 외부 세계를 탐색하기 위한 새로운 시도를 감행했으며, 이번에는 가능한 선에서 모든 걸 알아냈다. 그는 우선 산 마르코 광장에 있는 영국 여행사를 찾아갔다. 창구에서 약간의 돈을 교환한 후 거기서 일하는 직원에게 불신에 찬 이방인의 표정으로 곤혹스러운 질문을 던졌다. 직원은 모직 옷차림의 영국인이었는데 아직 젊은 나이 같았다. 가운데 가르마를 탔으며 양미간이 좁아 두 눈이 거의 붙어 있다시피 했다. 차분하고 성실해 보이는 심성이 속물적이고 약삭빠른 남국에서는 생소하고 기이하게 여겨졌다. 직원은 말문을 열었다. "손님, 걱정하실 이유가 없습니다. 심각한 의미를 부여할 필요가 없는 조치이지요. 건강에 해로운 더위와 시로코의 영향을 예방하는 차원에서 자주 그런 지시가 내린답니다……." 하지만 직원은 푸른 눈을 크게 뜨고는 이방인의 시선, 슬픔이 묻어나는 지친 시선을 보았다. 그 시선은 살짝 경멸을 품은 채 직원의 입술을 주시했다. 그러자 영국인의 얼굴이 붉어졌다. "이것은 당국의 설명입니다." 그는 조금 동요하는 표정으로 목소리를 낮춰 말을 이었다. "이곳에서는 그렇게 주장해야 좋다고 생각하는 모양입니다. 하지만 그 배후에 다른 뭔가가 있다고 말씀드릴 수 있습니다." 그러더니 영국인 직원은 솔직하고 편안한 어조로 진실을 말했다.

이미 몇 년 전부터 인도 콜레라가 여기저기 옮겨 다니며 심하게 확산되는 경향을 보였다. 인도 콜레라는 갠지스강 삼각주의 따뜻한 습지에서 생겨났다. 사람들이 피해 다니는 쓸모없고 울창한 원시림과 섬의 정글에서 내뿜는 악마적인 숨결도 여기에 일조했다. 그곳의 무성한 대나무 숲 속에는 호랑이들이 웅크리고 있었다. 인도 콜레라는 이례적으로 인도 전역에서 오랫동안 격렬하게 맹위를 떨쳤다. 동쪽으로는 중국까지, 서쪽으로는 아프가니스탄과 페르시아까지 번졌으며, 카라반의 주요 이동로를 따라 아스트라한●까지, 심지어는 모스크바까지 그 끔찍한 두려움을 실어 날랐다. 유럽은 이 망령이 그곳에서 육로로 침입할지 모른다는 두려움에 떨었다. 그러는 동안 인도 콜레라는 시리아의 상선에 묻어 바다를 건너왔으며, 지중해의 여러 항구에서 거의 동시다발적으로 출현

● 러시아의 서남단 볼가강 하류에 위치한 도시.

했다. 툴롱[●]과 말라가[●●]에서 고개를 내밀었고, 팔레르모와 나폴리에서는 여러 차례 가면을 벗었으며, 칼라브리아와 풀리아[●●●]에서는 좀처럼 물러날 기미를 보이지 않았다. 이탈리아반도의 북부 지방은 그나마 안전했다. 그런데 올해 5월 중순, 베네치아에서 선박 노동자와 채소 장수 여인의 수척하고 거무스름한 시신에서 끔찍한 비브리오균이 같은 날 발견되었다. 이 사건들은 은폐되었다. 하지만 일주일 후에는 그런 시신이 열 구가 되었고, 스무 구, 서른 구가 되었으며, 그것도 여러 구역에서 발견되었다. 오스트리아 출신의 남자가 베네치아에서 며칠 휴가를 즐기다가 고향으로 돌아갔는데, 그만 숨을 거두는 일도 발생했다. 의심의 여지 없이 인도 콜레라 증상을 보였다. 그래서 수상도시 베네치아에 재난이 닥쳤다는 소식이 처음으로 독일 신문에 보도되기에 이르렀다. 베네치아 당국은 도시의 위생 상태가 선에 없이 우수하며 질병 퇴치를 위한 필수 조치를 취했다고 발표했다. 하지만 식료품, 채소나 육류, 우유가 감염되었을 가능성이 컸다. 당국이 부인하고 은폐하는 가운데 죽음이 비좁은 골목길 곳곳을 파고들었기 때문이다. 게다가 예년보다 일찍 시작된 여름의 무더위

- [●] 프랑스의 지중해 연안에 위치한 항구도시.
- [●●] 에스파냐의 남부 안달루시아 지방에 있는 항구도시.
- [●●●] 칼라브리아와 풀리아는 이탈리아의 남부 지방이다.

가 운하의 물을 미지근하게 데우면서 전염병 전파에 특히 유리한 여건을 조성했다. 그렇다. 질병이 마치 새로이 소생할 힘을 얻고, 병원균의 내성과 번식력이 두 배로 증대한 듯 보였다. 질병을 이겨내는 경우는 드물었다. 환자 백 명 중의 팔십 명이, 그것도 끔찍하게 목숨을 잃었다. 질병이 극히 맹렬하게 덮쳐서 '탈수증'이라고 불리는 매우 위험한 형태를 취했기 때문이다. 이 경우에는 혈관에서 다량으로 분비되는 수분을 몸이 감당할 수 없게 되었다. 불과 몇 시간 만에 환자는 비쩍 마르게 되고, 역청처럼 끈적끈적해진 피 때문에 경련을 일으키며 쉰 목소리로 고통을 호소하다 질식사에 이르렀다. 때로는 가벼운 증상을 보이다가도 갑자기 의식불명에 빠져 다시는 깨어나지 못하거나 거의 깨어나지 못하는 경우도 있었다. 그러면 차라리 잘된 것이었다. 6월 초에 시립병원의 격리 병동이 소리 소문 없이 환자들로 가득 찼고, 두 개의 고아원에는 자리가 부족하기 시작했다. 묘지가 있는 산 미켈레 섬과 새로 건설된 부두를 오가는 교통량이 끔찍하게 늘어났다. 하지만 도시 전체가 손해를 입을지 모른다는 두려움이 진실을 사랑하고 국제 협약을 존중하는 마음보다 더 컸다. 최근 시립 공원에서 개막한 회화 전시회도 고려해야 했고, 사람들이 공포에 사로잡혀 평판이 나빠질 경우 호텔과 상점, 외국인을 상대하는 다양한 업종들이 입을 막대한 손실도 헤아려야 했다. 이러한 이유 때문에 베네치아 당국은 침묵과 부인의 정책을 완강하게 고수할 수 있었다. 보건 당국의 최고 책임자는 사회적으로 많은 공헌을 한 사람이었는데 이러한 사태에 분격해 사임했다. 그러자 베네치아 시청은 좀 더 고분고분한 인물로 은밀히 그 자리를 채웠다. 시민들은 이 사실을 알고 있었다. 고위층의 부패와 널리 만연한 불안감, 급작스러운 죽음이 도시에 몰고 온 비상사태는 서민들에게 일종의 도덕적 타락을 야기하고 남의 눈을 피하는 반사회적 충동을 조장했다. 그 결과 무절제하고 파렴치한 행위와 범죄가 증가했다. 저녁이면 규정을 위반하고 술에 취한 사람들을 많이 볼 수 있었다. 밤에는 고약한 불량배들이 거리를 불안하게 휘젓는다는 소문이 돌았다. 약탈, 심지어는 살인마저 심심치 않게 일어났다. 전염병에 희생된 줄 알았던 사람들이 실은 일가친지에 의해 독살되었다는 사실이 벌써 두 번이나 입증되었기 때문이다. 매춘이 추하고 방종한 형태를 취했다. 그런 형태는 평소 이곳에서 볼 수 없었고, 다만 이탈리아 남부나 오리엔트 지역에서만 성행했다.

이러한 일들과 관련해 영국인은 단호하게 말했다. "단 하루도 미루지 말고 오늘 당장 이곳을 떠나는 게 좋을 것입니다. 며칠 지나지 않아 봉쇄 조치가 내릴 겁니다." "감사합니다." 아셴바흐는 이렇게 말하고 그곳을 나왔다.

햇빛이 비치지 않는 광장은 후덥지근했다. 실상을 모르는 외국인들이 카페 앞에 앉아 있거나 온통 비둘기들로 뒤덮인 성당 앞에 서 있었다. 외국인들은 비둘기들이 우글우글 모여서 날개를 퍼덕여 서로 밀어내며 손바닥에 담아 내미는 옥수수 알갱이를 쪼아 먹는 걸 바라보았다. 고독한 자는 진실을 알고 있다는 승리감에 취해 들뜨고 흥분했다. 그와 동시에 입속에서는 구토감을, 가슴속에서는 비현실적인 전율을 느꼈다. 그는 화려한 광장의 포석 위를 이리저리 거닐었다. 어떻게 하면 순수하고 품위 있게 행동할 수 있을지 깊이 생각했다. 오늘 저녁 식사 후에 진주로 치장한 여인에게 다가가 머릿속에 계획해둔 말을 꺼낼 수 있었다. '이 낯선 사람이 부인에게 한마디 충고나 경고의 말씀을 드려도 되겠습니까? 사람들의 이기심 탓에 부인께서 모르는 일이 있습니다. 타지오와 따님들을 데리고 당장 이곳을 떠나십시오! 베네치아에 전염병이 돌고 있습니다.' 그런 다음 비웃는 신성(神性)의 도구, 타지오의 머리에 작별 인사로 손을 얹고는 자신도 몸을 돌려 이 늪지에서 도망칠 수 있었다. 하지만 그와 동시에 자신은 진지하게 그런 조치를 취하고 싶은 마음이 조금치도 없다는 걸 느꼈다. 그렇게 하면 원래 자신의 자리로 되돌아가 자기 자신을 되찾을 수 있었다. 그러나 제정신을 잃은 사람에게는 다시 자신에게로 되돌아가는 것만큼 싫은 일은 없다. 아셴바흐는 석양을 받아 빛나던 비문이 새겨진 흰색 건물을 떠올렸다. 그때 그의 정신의 눈은 비문에 어른거리는 신비에 빠져들었다. 그리고 나이 들어가는 사람에게 방황하는 젊은이처럼 멀리 낯선 곳으로 떠나고 싶다는 갈망을 일깨웠던 별난 나그네의 모습도 떠올렸다. 아셴바흐는 집으로 돌아가 냉철하게 정신을 차려서 심혈을 기울여 대작을 남길 생각을 하자 토할 것처럼 얼굴이 일그러졌다. "말하면 안 돼!" 아셴바흐는 격정적으로 속삭였다. "말하지 않을 거야!" 지친 뇌가 조금 마신 포도주에 취하듯이 아셴바흐는 진상을 알고 있는 공범이라는 생각에 취했다. 재난으로 황폐해진 도시의 광경이 혼란스럽게 머릿속을 떠돌았다. 그 광경은 이해할 수 없게도 이성을 넘어서서 무척 감미롭게 마음속에 희망의 불을 붙였다. 이러한 기대와 비교하면, 좀 전에 꿈꾸었던 섬세한 행복은 무엇일까? 혼란에서 얻는 이득 앞에서 예술과 미덕이 무슨 필요가 있을까? 아셴바흐는 끝까지 침묵을 지켰다.

그날 밤, 그는 무시무시한 꿈을 꾸었다. 깊이 잠든 동안에 완전히 독자적이고 감각적으로 생생하게 일어나는 육체적·정신적 체험을 꿈이라고 일컬을 수 있다면 말이다. 하지만 공간 안에 머물며 공간을 거니는 자신의 모습을 사건들 밖에서 본 게 아니라 그의 영혼 자체가 사건들이 벌어지는 무대였다. 사건들은 외부에서 밀고 들어와 그의 저항, 정신적인 강렬한 저항을 난폭하게 진압했다. 영혼을 뚫고 지나가며, 그의 존재, 그의 삶의 문화를 황폐화시키고 파괴했다.

꿈은 두려움으로 시작되었다. 두려움과 쾌감, 앞으로 일어날 일에 대한 섬뜩한 호기심으로 시작되었다. 깜깜한 밤이었고, 그의 감각들은 귀를 쫑긋 세웠다. 멀리에서 시끌벅적한 소리, 요란한 굉음, 여러 소음이 뒤섞인 소리가 다가왔기 때문이다. 딸그락거리는 소리, 우당탕 부딪치는 소리, 둔탁하게 쿵쾅거리는 소리, 게다가 날카로운 함성과 '우'를 길게 늘여 빼 단호하게 울부짖는 소리. 나지막이 교태를 부리는 듯하면서도 야비하게 끈질긴 피리 소리가 소름 끼칠 정도로 감미롭게 모든 소리를 파고들어 뒤덮어버렸다. 피리 소리는 파렴치하고 집요하게 파고들어 오장육부를 매혹시켰다. 하지만 그는 한 낱말을 알고 있었다. 무슨 일이 닥칠지 뚜렷이 알지는 못했지만 지칭할 수는 있었다. **"낯선 신!"**• 붉게 달아오른 물질이 연기를 자욱하게 뿜어내며 빛을 발했다. 그때 여름 별장 주변과 비슷한 산악 지대가 눈에 보였다. 갈가리 찢긴 빛이 비쳤고, 숲이 울창한 고지에서 사람들과 동물들이 나무줄기와 이끼 낀 바위 조각들 사이를 지나 소용돌이치듯 마구 굴러떨어졌다. 미친 듯이 날뛰며 무리 지어 굴러떨어졌다. 몸뚱이와 불꽃, 시끄러운 소동과 휘청거리는 윤무로 산비탈이 가득 찼다. 여자들은 허리띠로 묶은 모피 옷이 너무 길게 늘어져서 발이 걸려 비틀거렸다. 신음을 내뱉으며 뒤로 젖힌 머리 위로 탬버린을 흔들었다. 불꽃이 흩날리는 횃불과 날이 번득이는 단도를 휘둘렀다. 혀를 날름거리는 뱀의 몸통 한가

• 술과 도취의 신 디오니소스를 가리킨다.

운데를 붙잡거나 비명을 지르며 자신의 가슴을 두 손으로 떠받쳤다. 남자들은 이마 위에 뿔이 나고 털이 텁수룩하고 모피를 두르고 있었다. 고개를 숙인 채 팔과 허벅지들 들어 올렸다. 쇠로 된 심벌즈를 요란하게 울리고 미친 듯이 북을 두들겼다. 그러는 동안 수염이 나지 않은 사내아이들은 잎이 수북이 달린 막대기로 숫염소를 찔렀으며 염소의 뿔을 붙잡고 매달렸다. 염소가 폴짝 뛸 때마다 환성을 지르며 질질 끌려갔다. 열광한 자들은 부드러운 자음과 길게 늘여 빼는 '우'로 이루어진 소리를 크게 울부짖었다. 지금껏 그 누구도 들어본 적 없는 감미롭고 야성적인 외침이었다. 여기에서 그 외침이 울려 퍼지면, 사슴 소리처럼 허공으로 울려 퍼지면 저기에서 여러 개의 목소리가 방종한 승리감에 취해 응답했다. 그러면서 팔다리를 마구 내둘러 춤을 추라고 서로 독려했으며 외침이 절대 끊이지 않도록 부추겼다. 하지만 낮게 울려 퍼지며 유혹하는 피리 소리가 모든 것 속으로 뚫고 들어가 지배했다. 피리 소리는 마지못해 체험하는 그도 유혹하지 않았던가? 극단적인 희생의 무절제한 축제에 참여하라고 뻔뻔스럽고 고집스럽게 유혹하지 않았던가? 혐오감이 크고 두려움이 큰 만큼 침착하고 품위 있는 정신의 적, 낯선 것에 대항해 끝까지 자신의 것을 지키려는 의지는 강건했다. 그러나 가파른 산비탈에 부딪쳐 몇 배나 크게 메아리치는 울부짖음, 소음이 주도권을 쥐고는 매혹적인 광기로 부풀어 올랐다. 여러 가지 냄새들이 감각을 짓눌렀다. 숫염소들의 톡 쏘는 듯한 냄새, 헐떡이는 몸뚱이들의 체취, 썩은 물에서 나는 듯한 악취, 거기에 상처와 전염병에서 나는 친숙한 냄새도 있었다. 그의 심장이 북소리와 함께 쿵쿵 울렸고, 뇌가 빙빙 돌고, 분노가 휘몰아치고, 이성이 현혹되고, 쾌감이 감각을 마비시켰다. 그의 영혼은 신의 윤무에 동참하길 갈망했다. 나무로 만든 거대하고 음란한 상징이 모습을 드러내 높이 세워졌다. 그러자 그들은 더욱 자유분방하게 구호를 울부짖었다. 입술에 거품을 물고 미친 듯이 날뛰었으며, 음탕한 몸짓과 음란한 손짓으로 서로를 자극했다. 웃음을 터뜨리고 신음을 내뱉으며 가시 돋친 막대기로 서로 살을 찌르고 팔다리에 묻은 피를 혀로 핥았다. 하지만 꿈을 꾸는 자는 이제 그들과 함께 그들 속에 있었으며 낯선 신에 귀속되었다. 그렇다. 그들이 짐승들을 덮쳐 갈가리 찢어 죽여서 김이 오르는 살 조각을 게걸스럽게 삼켰을 때, 마구 파헤쳐진 이끼 긴 바닥에서 무절제하게 혼음하기 시작했을 때, 신의 제물이 되었을 때 그들은 바로 그 자신이었다. 그의 영혼은 몰락의 음탕과 광란을 맛보았다.

시련에 빠진 자는 맥없이 혼란스럽게 악령에 사로잡혀 있다가 완전히 탈진한 상태로 꿈에서 깨어났다. 그는 자신을 눈여겨보는 사람들의 시선을 더 이상 겁내지 않았다. 사람들이 의심의 눈길로 바라보든 말든 개의하지 않았다. 게다가 사람들은 베네치아를 피해 떠났다. 해변의 많은 오두막이 비었고,

호텔의 식당에서도 여기저기 빈자리가 늘어났으며, 시내에서도 외국인들의 모습을 보기 힘들었다. 진실이 조금씩 새어나오면서 이익을 추구하는 사람들이 완강하게 단결했는데도 공포심을 더 이상 저지할 수 없는 듯 보였다. 하지만 소문을 듣지 못했는지 아니면 두려움을 모르는 당당한 성격이라서 소문 따위에는 아랑곳하지 않는지는 몰라도 진주로 치장한 여인은 가족과 함께 머물렀다. 타지오는 머물렀다. 그리고 감정에 사로잡힌 자는 도주와 죽음이 주변의 모든 방해되는 존재를 제거해서 아름다운 소년과 단둘이 이 섬에 남을 것만 같다는 생각이 이따금 들었다. 그렇다. 오전에 바닷가에서 그의 눈길이 모든 책임을 벗어던지고 갈망하는 대상에서 떨어질 줄 모르면, 석양 무렵 그가 역겨운 죽음이 은밀히 배회하는 골목길에서 체면을 벗어던지고 갈망하는 대상을 뒤쫓다 보면 무시무시한 것은 희망에 넘쳐 보였고 도덕법칙은 아무런 효력이 없는 것처럼 느껴졌다.

사랑에 빠지면 누구나 그렇듯이 아셴바흐도 상대방의 마음에 들기를 바랐으며 그렇게 되지 않을까봐 지독한 두려움에 떨었다. 그는 젊고 밝아 보이는 장식을 양복에 붙였다. 보석으로 치장하고 향수를 뿌렸다. 하루에도 몇 차례씩 옷차림에 많은 시간을 쏟았으며, 멋지게 치장하고 흥분해서 긴장한 표정으로 식당에 나타났다. 하지만 자신을 매혹시킨 사랑스러운 소년과 마주치면 자신의 늙어가는 몸뚱이가 역겨웠다. 자신의 허연 머리카락과 날카로운 얼굴 윤곽을 보면 수치심과 절망감 속으로 곤두박질쳤다. 몸에 생기를 불어넣고 젊음을 되찾고 싶은 충동이 일었다. 그는 호텔 이발소에 자주 들락거렸다.

수다스러운 이발사가 머리를 다듬는 동안 아센바흐는 이발용 가운을 두르고 의자 깊숙이 기대앉아 거울에 비친 자신의 모습을 괴로운 눈빛으로 바라보았다.

"허옇군." 그가 입을 찡그리며 말했다.

"조금 그렇습니다." 이발사는 대답했다. "외모를 좀 등한시하고 외모에 무관심했기 때문이죠. 유명한 사람들이 그러는 건 이해가 가지만, 그렇다고 무조건 칭송할 일만은 아닙니다. 자연적이거나 인위적인 일에서 선입견을 갖는 건 유명 인사들에게 걸맞지 않기 때문에 더욱더 그렇지요. 일부 사람들이 화장술에 대한 도덕적인 엄격함을 논리적으로 치아에까지 적용한다면, 적지 않은 반감을 유발할 것입니다. 어쨌든 우리의 정신과 심장이 느끼는 것만큼 우리는 나이를 먹었어요. 상황에 따라서는 염색을 거부하며 경멸하는 것보다 허연 머리가 더 거짓을 의미하기도 하지요. 손님의 경우에도 본래의 머리색을 돌려받을 권리가 있습니다. 제가 손님의 머리색을 간단히 되돌려드릴까요?"

"어떻게요?" 아센바흐가 물었다.

그러자 말 많은 남자는 두 종류의 물로 손님의 머리카락을 감았다. 하나는 맑은 물이었고, 다른 하나는 검은색 물이었다.

손님의 머리카락이 젊은 시절처럼 까매졌다. 곧이어 이발사는 아이론으로 머리카락을 부드럽게 말고는 손님 뒤쪽으로 가서 자신이 손질한 머리를 찬찬히 살펴보았다.

"이제 얼굴 피부만 조금 젊어 보이게 하면 되겠습니다." 이발사가 말했다.

그러고는 결코 끝을 낼 줄 모르는 사람처럼, 만족할 줄 모르는 사람처럼 몇 번이고 거듭 새롭게 이 일 저 일 바쁘게 움직였다. 아셴바흐는 편안히 앉아서 이발사에게 방어할 엄두를 내지 못했다. 아니, 이제 무슨 일이 일어날지 오히려 자못 기대에 차서 흥분했다. 그는 거울에 비친 자신의 눈썹이 더 뚜렷해지고 더 맵시 있게 곡선을 그리고 눈초리가 더 길어지는 걸 보았다. 눈꺼풀에 살짝 아이섀도를 바르자 눈빛이 더욱 빛났다. 또 피부가 갈색 가죽처럼 굳은 아랫부분에 부드럽게 색을 칠하자 엷은 홍조가 깨어났고, 방금 전까지만 해도 창백했던 입술이 산딸기 빛깔로 팽팽해졌다. 크림과 젊음의 숨결 아래서 양 볼과 입가의 주름살, 눈가의 잔주름이 사라지는 게 보였다. 아셴바흐는 두근거리는 가슴으로 새롭게 피어나는 젊음을 보았다. 마침내 이발사는 그런 부류의 사람들이 흔히 그렇듯 비굴하고 정중한 태도로 자신이 서비스해준 사람에게 사의를 표하며, 자신의 화장 솜씨에 대한 만족감을 드러냈다. "제가 조금 도와드렸을 뿐입니다." 이발사는 아셴바흐의 외모에 마지막 손질을 가하며 말했다. "이제 아무 걱정 없이 사랑에 빠지실 수 있습니다." 매혹된 자는 꿈결처럼 행복하게, 혼란스러우면서도 두려운 마음을 안고 길을 나섰다. 넥타이는 빨간색이었고, 챙이 넓은 밀짚모자에는 화려한 리본이 달려 있었다.

미지근한 폭풍이 불어왔다. 비는 내리는 둥 마는 둥 거의 오지 않았다. 하지만 대기는 습도가 높고 혼탁했으며 썩은 냄새가 진동했다. 펄럭이고 찰싹이고 윙윙거리는 소리가 청각을 채웠다. 화장을 하고 흥분한 자의 눈에는 고약한 바람의 정령들이 소동을 부리는 것만 같았다. 바다의 사악한 새들이 유죄판결받은 자의 식사를 마구 파헤치고 갉아먹고 오물로 더럽히는 것만 같았다. 후덥지근한 날씨가 식욕을 가로막았고, 음식이 전염성 병균에 오염되었을지 모른다는 생각이 끈질기게 떠올랐다.

어느 날 오후 아셴바흐는 미소년의 뒤를 밟다가 병든 도시의 복잡한 골목 깊숙이 빠져들었다. 미로처럼 뒤엉킨 골목들과 수로들, 다리들이 서로 아주 비슷비슷해 보였고 방향감각마저 잃어버려 더 이상 어디가 어딘지 알 수 없게 되었다. 그는 오로지 애타게 뒤쫓는 모습을 놓치지 않는 데에만 신경이 쏠려 있었다. 수치심 때문에 조심할 수밖에 없었으며, 벽에 바싹 몸을 붙이거나 앞서가는 사람들의 등 뒤에 숨느라 기운이 소진한 것도 전혀 의식하지 못했다. 계속된 긴장과 감정으로 인해 몸과 정신이 지칠 대로 지쳐 있었다. 타지오는 가족들 뒤를 따라갔다. 비좁은 골목길에서는 보통 수녀 같은 누나들과 가정교사를 앞서가게 하고, 자신은 혼자 어슬렁어슬렁 뒤따라가며 이따금 뒤를 돌아보았다. 고개 돌려 어깨 너머로 자신을 연모하는 사람이 뒤따라오는지 특유의 어스름한 눈빛으로 확인했다. 타지오는 아셴바흐를 보고도 그에 대해 발설하지 않았다. 이런 깨달음에 취해서, 그 눈에 유혹되어서, 얼간이처럼 격정에 이끌려서 사랑에 빠진 자는 얼토당토않는 희망을 품고 은밀히 뒤를 따라갔다. 그런데도 결국 그들을 놓치고 말았다. 폴란드인 가족이 짧은 아치형 다리를 건넜는데, 그들의 모습이 높은 아치에 가려 뒤쫓는 사람의 눈에 보이지 않았다. 뒤쫓는 사람이 다리 위에 이르러보니 그들은 시야에서 사라지고 없었다. 똑바로 이어지는 길과 양쪽으로 갈라진 좁고 지저분한 부둣길, 세 방향으로 그들의 흔적을 찾았지만 허사였다. 기진맥진해서 쓰러질 것만 같아 마침내 찾는 걸 그만둘 수밖에 없었다.

　머리가 지끈거렸고 온몸이 땀에 절어 끈적거렸으며 목덜미가 덜덜 떨렸다. 도저히 참을 수 없을 정도로 목이 말랐다. 아셴바흐는 뭐라도 좋으니 당장 목을 축일 것을 찾아 주변을 두리번거렸다. 작은 채소 가게에서 과일을 조금 샀다. 너무 익어 물컹한 딸기를 사서는 걸으면서 먹었다. 마법에 걸린 듯한 분위기의 쓸쓸하고 작은 광장이 눈앞에 나타났다. 그곳이 어딘지 알 수 있었다. 그곳에 한 번 온 적이 있었다. 몇 주 전

베네치아에서 도망치려는 계획을 세운 곳이었다. 하지만 그 계획은 결국 수포로 돌아갔다. 아셴바흐는 광장 한복판의 수조 계단에 털썩 주저앉아 수조의 둥근 테두리에 머리를 기댔다. 정적이 흘렀다. 포석 틈새로 풀이 자랐고 쓰레기가 여기저기 널려 있었다. 비바람에 시달리고 높이가 제각기 들쑥날쑥한 집들이 광장을 에워쌌는데, 그중에는 뾰족한 아치형 창문의 궁전 같은 집이 한 채 있었다. 창문 너머로는 적막감이 감돌았고, 작은 발코니는 사자상으로 장식되어 있었다. 다른 집의 1층에는 약국이 있었다. 뜨거운 돌풍에 석탄산 냄새가 실려 왔다.

아셴바흐는 거기 앉아 있었다. 문학의 대가, 품위를 획득한 예술가, 모범적이고 순수한 형식을 통해 집시 기질과 칙칙한 심연을 거부하고 몰락에의 동정을 부인하고 방종한 것을 배척하고 《어느 비참한 남자》를 집필한 작가, 지식의 한계를 극복하고 온갖 아이러니에서 벗어나 높이 오른 자, 대중의 신뢰에 보답하는 데 익숙한 자, 공적인 명성을 누리고 귀족의 작위를 받은 자, 소년들이 교양을 쌓는 본보기로서의 문체를 제시한 자가 거기 앉아 있었다. 눈꺼풀이 감겼으며, 다만 이따금 당황해하며 조롱하는 듯한 시선이 슬며시 옆을 힐끔거리다가는 재빨리 다시 숨어들었다. 도드라져 보이도록 화장한 입술이 축 늘어져서는 설핏 잠든 뇌가 꿈의 기이한 논리를 좇아 만들어내는 것을 그대로 말로 표현했다.

"아름다움, 파이드로스, 명심해라. 오로지 아름다움만이 신적이면서도 눈에 보이기 때문이다. 그래서 아름다움은 감각적인 것이 걷는 길, 이보게, 파이드로스, 예술가가 정신을 향해가는 길일세. 하지만 자네는 정신적인 것을 향한 길이 감각적인 것을 지난다고 여기는 자가 언젠가 지혜와 남자의 품위를 얻을 거라고 믿는가? 혹은 오히려 그것이 위험하게 사랑스러운 길, 참으로 잘못에 이르는 그릇된 길, 죄악의 길이라고 믿는가(결정은 자네에게 맡겨둠세)? 에로스가 길동무가 되어 안내자로 나서지 않는 한 우리 시인들은 아름다움의 길을 갈 수 없다는 걸 알아야 할 걸세. 그래, 우리도 우리 방식으로 영웅이고 의젓한 병사일 수 있지만, 우리에게는 여자 같은 면이 있네. 정열이 우리를 고양시켜주고, 우리의 갈망은 사랑으로 남아 있어야 하기 때문이지. 그건 우리의 기쁨이자 우리의 오욕일세. 자네는 우리 시인들이 현명하지도 않고 품위 있지도 않다는 걸 아는가? 우리가 어쩔 수 없이 방황하고 어쩔 수 없이 방종한 감정의 모험가일 수밖에 없다는 걸 아는가? 우리의 뛰어난 문체는 거짓이고 바보짓이며, 우리의 명성과 명예로운 신분은 익살이고, 우리에 대한 대중들의 신뢰는 기껏해야 우스꽝스러울 뿐이네. 예술을 통해 민중과 젊은이들을 교육하려는 기획은 당장 그만두어야 하는 무모한 짓일세. 선천적으로 타락의 성향을 타고나 개선의 여지 없는 자가 교육자로서 무슨 쓸모가 있겠는가? 어쩌면 우리가 타락을 거부하고 품위를 얻을 수 있을지도 모르지. 하지만 우리가 어떻게 변하든 타락은 우리를 끌어당기네. 그래서 우리는, 이를테면 해결하는 인식을 거부하네. 파이드로스, 인식에는 품위와 근엄함이 따르지 않기 때문일세. 인식은 알고 이해하고 용서하는 것이지만 자제력과 형식이 결여되어 있어. 인식은 타락에 공감하지. 인식이 타락일세. 그래서 우리는 단호하게 인식을 배척하고, 오로지 아름다움, 다른 말로 표현하자면 단순함과 위대함과 새로운 근엄함, 제2의 자연스러움과 형식만을 얻으려고 줄곧 노력할 뿐일세. 하지만 파이드로스, 자연스러움과 형식은 도취와 욕망으로 이끈다네. 어쩌면 자신의 아름다운 근엄함을 불명예스럽게 여기며 비난하는 감정의 끔찍한 죄악으로 고귀한 자를 이끌 수도 있어. 타락으로 이끌지. 그래, 타락으로 이끌기도 하지. 내 말은, 우리 시인들을 타락으로 이끈다는 뜻일세. 우리는 높이 날아오를 능력은 없고 다만 방탕해질 수 있기 때문이지. 자, 이제 나는 떠나네. 파이드로스, 자네는 여기 남게. 그리고 내 모습이 더 이상 보이지 않게 되면, 자네도 떠나게."

며칠 후 구스타프 폰 아셴바흐는 몸이 편치 않아 평소보다 늦은 아침 시각에 해변 호텔을 나섰다. 그는 어지럼증과 싸워야 했다. 어지럼증은 단순히 신체적인 데 그치지 않고, 격렬하게 휘몰아치는 두려움, 더 이상 벗어날 길 없다는 절망감을 수반했다. 절망감이 외부 세계에서 비롯된 것인지 아니면 자신의 삶과 관련된 것인지는 분명하지 않았다. 아셴바흐는 호텔 로비에서 운반을 기다리는 많은 짐을 발견하고는 누가 호텔을 떠나냐고 도어맨에게 물었다. 그리고 이미 짐작했던 폴란드 귀족 이름을 답변으로 들었다. 그는 별로 알 필요가 없는 걸 우연히 알게 된 사람처럼 고개를 살짝 쳐들며 그 이름을 들었다. 초췌한 얼굴에는 아무런 표정의 변화가 없었다. 아셴바흐는 다시 물었다. "언제 출발한답니까?" 도어맨이 대답했다. "점심 식사 후에요." 아셴바흐는 고개를 끄덕이고는 바닷가로 나갔다.

바닷가는 황량했다. 맨 앞의 모래톱과 해변을 갈라놓는 넓고 잔잔한 수면 위로 바람이 불자 앞쪽에서 뒤쪽으로 잔물결이 일었다. 한때 그토록 다채롭게 활기찼던 유원지를 가을 분위기, 쇠락의 분위기가 뒤덮고 있었다. 이제 사람들이 거의 떠난 쓸쓸한 유원지는 모래도 깨끗하게 관리되지 않았다. 사진기 한 대가 주인을 잃어버린 듯 바다 언저리의 삼각대 위에 놓여 있었고, 사진기를 덮은 검은 천이 차가운 바람에 펄럭펄럭 소리를 내며 휘날렸다.

타지오가 아직 남아 있는 친구 서너 명과 함께 가족이 머물던 오두막 앞에서 오른편으로 움직였다. 아셴바흐는 해변에 늘어선 오두막들과 바다 사이 중간쯤의 접의자에 앉아 담요로 무릎을 덮고 한 번 더 타지오를 지켜보았다. 여자들이 떠날 준비로 바쁜 탓에 감독이 소홀한 틈을 타 놀이가 무질서하게 도를 넘었다. 허리띠가 달린 옷을 입고 검은 머리에 포마드를 바른 건장한 소년, '야슈'라는 이름의 소년이 얼굴에 모래 세례를 받고는 눈이 따끔거리는 듯 흥분해서 타지오에게 레슬링을 강요했다. 레슬링은 체력이 약한 미소년이 쓰러지는 것으로 금방 싱겁게 끝났다. 그런데 작별의 시간이 도래하자 자신보다 힘없는 자에게 굽실거리던 감정이 잔인한 난폭함으로 방향을 바꿔 오랫동안의 노예 생활에 복수하려는 듯 보였다. 승리자는 패배자를 놓아주지 않고 패배자의 등에 무릎을 꿇고 앉아 짓눌렀다. 얼굴이 모래 속에 오래 파묻히는 바람에 그렇지 않아도 레슬링하느라 숨이 찬 타지오는 질식하기 일보 직전이었다. 무겁게 내리누르는 자를 떨쳐내려고 필사적으로 안간힘을 썼다. 잠시 쉬었다가는 또다시 꿈틀거리며 떨쳐내려 시도했다. 소스라치게 놀란 아셴바흐가 타지오를 구하려고 벌떡 일어나려는 순간 난폭한 소년이 마침내 희생자를 놓아주었다. 타지오는 얼굴이 백지장처럼 하얗게 질려서는 몸을 반쯤 일으켰다. 한 팔로 몸을 받친 채 몇 분 동안 꼼짝없이 앉아 있었다. 머리는 헝클어지고 눈은 거무스레해졌다. 그러더니 몸을 완전히 일으켜 천천히 멀어져갔다. 친구들이 그를 불렀다. 처음에는 쾌활하게 불렀지만 차츰 걱정스레 간청하는 어투로 바뀌었다. 소년은 뒤돌아보지 않았다. 검은 머리 소년이 자신의 지나친 행동을 금방 후회했는지 타지오를 뒤따라가 화해하려고 했다. 타지오는 어깨를 움직여 검은 머리 소년을 물리쳤다. 그러고는 비스듬히 경사진 물가로 내려갔다. 맨발이었고, 빨간 리본이 달린 줄무늬 리넨 옷을 입고 있었다.

소년은 고개를 숙인 채 밀려오는 바닷물 가장자리에 서 있었다. 발끝으로 축축한 모래에 그림을 그리더니 제일 깊은 곳도 채 무릎까지 닿지 않는 얕은 물속으로 걸어 들어갔다. 바닷물을 첨벙첨벙 가로질러 앞으로 나아가 모래톱에 이르렀다. 그곳에서 얼굴을 넓은 바다 쪽으로 향하고 잠시 서 있더니 길고 좁다랗게 드러난 모래톱 바닥을 따라 왼쪽으로 천천히 걸음을 옮기기 시작했다. 소년은 넓은 바닷물을 사이에 두고 육지와 떨어져서, 오만한 기분에 젖어 친구들과 헤어져서, 거기 바깥 바다에서 머리카락을 나부끼며, 바람을 맞으며 안개 낀 무한함 앞을 거닐었다. 혼자 고립되어 그 무엇에도 구속받지 않는 듯 보였다. 그러다 다시 걸음을 멈추고 주위를 둘러보았다. 문득 기억난 듯, 갑작스러운 충동을 느낀 듯 한 손으로 허리를 받치고 그대로 상체를 우아하게 돌려 어깨 너머로 해변을 바라보았다. 해변에서 지켜보는 자는 문지방에서 뒤돌아보는 소년의 어스름한 눈빛과 처음 마주쳤던 그때처럼 앉아 있었다. 그의 머리가 의자의 팔걸이에 기댄 채 저 멀리서 걸음을 옮기는 소년의 움직임을 천천히 뒤쫓았다. 그러다 마치 소년의 시선에 응답하듯 머리가 위로 들렸다가 가

습 위로 푹 수그러졌다. 얼굴이 깊은 잠에 **빠진** 사람처럼 생
기를 잃고 내적으로 침잠하는 표정을 짓는 동안 눈이 위를
올려다보았다. 창백하고 사랑스러운 영혼의 인도자가 저기
먼바다에서 자신에게 미소 짓고 손 흔드는 것 같았다. 허리를
받치고 있던 손을 들어 저 멀리 가리키며, 거대한 약속의 땅
으로 앞장서서 두둥실 떠가는 것만 같았다. 아셴바흐는 종종
그랬듯이 소년의 뒤를 쫓아가려고 몸을 일으켰다.

　몇 분 후, 의자에서 옆으로 쓰러진 사람을 구하러 사람들이
급히 달려왔다. 그리고 그를 방으로 옮겼다. 바로 그날, 세상
사람들은 그가 숨을 거두었다는 충격적인 소식을 접하고 경
의를 표했다.

토니오 크뢰거

1

비좁은 도시를 겹겹이 덮은 구름층에 가려진 우윳빛의 겨울 해가 흐릿하고 빈약하게 빛나고 있었다. 박공지붕 건물들이 늘어선 골목길에 축축한 바람이 불었으며, 얼음도 아니고 눈도 아닌 부드러운 우박 같은 것이 간간이 흩날렸다.

학교 수업이 끝났다. 수업에서 해방된 학생들은 포석이 깔린 교정을 지나 격자 창살 교문 밖으로 우르르 떼 지어 몰려나왔다. 학생들은 좌우로 흩어져 갈라졌다. 상급반 학생들은 책 꾸러미를 의젓하게 왼쪽 어깨 위에 들쳐 메고, 오른팔로 바람을 막으며 점심을 먹으러 집으로 향했다. 하급반 무리는 흥겹게 종종걸음 치며 질퍽하게 녹은 얼음 죽을 사방으로 튀겼다. 물개 가죽 책가방 속에서 학용품이 달그락거렸다. 하지만 위엄 있게 걸음을 옮기는 교사의 보탄 모자●와 제우스 수염●●과 마주치면 모두들 여기저기서 공손한 눈빛으로 모자를 벗었다…….

"한스, 이제 와?" 차도에서 오래 기다리고 있던 토니오 크뢰거가 말했다. 그러고는 다른 학우들과 대화를 나누며 교문을 나온 친구에게 미소를 지으며 다가갔다. 한스는 다른 학우들과 막 교문 앞을 떠나려던 참이었다……. "왜?" 한스가 토니오를 쳐다보며 물었다……. "아 참, 그렇지! 그래, 우리 조금 같이 걷자."

토니오는 입을 다물었고, 눈빛이 침울해졌다. 오늘 낮에 둘이 함께 조금 산책하기로 한 약속을 한스는 까맣게 잊은 걸까? 그러다 지금에야 다시 생각났을까? 나는 한스랑 약속한 후로 거의 한순간도 잊지 않고 오늘만을 손꼽아 기다렸는데!

"그래, 잘 가, 얘들아!" 한스 한젠이 학우들에게 말했다. "난 크뢰거하고 조금 산책할 거야." 다른 아이들이 어슬렁어슬렁 오른쪽으로 걸음을 옮기는 동안 토니오와 한스는 왼쪽으로 꺾어졌다.

학교가 끝난 후, 두 아이는 산책할 시간이 있었다. 두 아이

● 보딘은 게르만 신화에 등장하는 최고의 신으로, 여기에서 보탄의 모자는 권위를 상징한다.

●● 덥수룩하고 곱슬한 수염을 가리킨다.

의 집에서는 오후 4시나 되어야 점심을 먹었기 때문이다. 아버지들은 사업을 크게 하면서 동시에 공직을 맡고 있는 시내의 유력 인사들이었다. 한젠 가문은 몇 세대에 걸쳐 강변 아래쪽에 대규모 목재 야적장을 소유했다. 야적장에서는 육중한 기계톱들이 윙윙 쇳소리를 내며 통나무를 잘랐다. 토니오는 크뢰거 영사의 아들이었다. 크뢰거 영사가 운영하는 상회의 검은색 상호가 큼직하게 찍힌 곡물 자루들이 마차에 실려거리를 지나는 걸 매일 볼 수 있었다. 조상 대대로 살아온 커다란 고택은 시내에서 최고의 웅장함을 자랑했다……. 두 친구는 쉴 새 없이 아는 사람들과 마주쳤고, 그럴 때마다 모자를 벗고 인사했다. 심지어는 그 열네 살 소년들에게 먼저 모자를 벗고 인사하는 사람들도 더러 있었다…….

두 소년은 따뜻하게 좋은 옷을 입고 어깨에 책가방을 메고있었다. 한스는 선원들이 입는 짧은 재킷 차림이었는데, 세일러복 상의의 넓은 푸른색 옷깃이 어깨와 등의 재킷 위로 나와 있었다. 토니오는 허리띠가 달린 회색 코트를 입고 있었다. 한스는 검은색의 짧은 띠가 달린 덴마크 선원 모자를 쓰고 있었고, 밝은 금발이 모자 아래로 삐져나왔다. 한스는 무척 잘생긴 데다가 체격이 근사했다. 어깨가 넓게 벌어졌고 허리는 늘씬했으며, 양미간이 넓고 강철색 눈은 예리한 빛을 발했다. 그런데 토니오의 둥그런 털모자 아래 얼굴은 갈색이었으며, 남쪽 나라 사람들처럼 윤곽이 아주 뚜렷했다. 눈꺼풀이 두툼하고 부드럽게 그늘진 검은 눈은 몽환적이면서도 소심해 보였다……. 입과 턱 모양이 유난히 부드러웠다. 한젠이 검은 양말을 신은 늘씬한 다리로 경쾌하고 당당하게 걸음을 옮기는 반면에 토니오는 발길 닿는 대로 슬렁슬렁 걸음을 뗐다…….

토니오는 아무 말도 하지 않았다. 마음이 에는 듯 아팠다. 약간 비스듬한 눈썹을 찌푸린 채 휘파람을 불려고 입술을 오므리며 고개를 갸웃 숙이고 먼 곳을 바라보았다. 그건 토니오 특유의 표정이자 몸짓이었다.

한스가 불쑥 토니오의 팔 아래로 한 팔을 밀어 넣으며 고개 돌려 친구를 바라보았다. 지금 어떤 상황인지 분명하게 깨달았기 때문이다. 토니오는 계속 걸음을 옮기며 침묵을 지켰지만, 갑자기 마음이 부드럽게 녹아들었다.

"토니오, 내가 잊어버린 게 아니야." 한스가 인도를 내려다보며 말했다. "오늘 날씨가 너무 축축하고 바람이 불어서 산책하기 어려울 거라고 생각했을 뿐이야. 하지만 난 아무래도 괜찮아. 이런 날씨에도 날 기다려줘서 정말 근사해. 네가 벌써 집에 갔을 거라고 생각하고 화가 났거든……."

이 말을 듣는 순간 토니오 안의 모든 것이 환호성을 지르며 경중경중 뛰기 시작했다.

"그래, 그럼 우리 둑길로 가자!" 토니오가 흥분한 목소리로 말했다. "뮐렌발과 홀슈텐발 둑길로 가자고. 한스, 내가 널 집에 바래다줄게……. 그러고 나서 나는 혼자 집에 가도 괜찮아. 정말이야. 다음번엔 네가 날 데려다주면 되잖아."

사실 토니오는 한스의 말을 곧이듣지 않았다. 그리고 한스는 둘이서 하는 산책을 자신만큼 중요하게 여기지 않는다는 것도 정확히 느끼고 있었다. 하지만 한스는 약속을 잊은 걸 후회하고 토니오와 화해하려 노력하는 기색이 역력했다. 그리고 토니오에게는 화해를 거부할 생각이 전혀 없었다…….

문제는 토니오가 한스 한젠을 사랑하고 그 때문에 많이 괴로워한다는 것이었다. 원래 더 많이 사랑하는 사람이 불리하고 괴로워하기 마련이다. 열네 살 소년의 영혼은 이런 단순하고 가혹한 가르침을 이미 삶을 통해 터득했다. 소년은 이런 경험을 똑똑히 인지하고, 말하자면 마음속에 새기고 어떤 의미에서는 즐기는 성격이었다. 그렇다고 물론 그 상황에 순응해 실질적인 이익을 취하려고 하지는 않았다. 또한 토니오는 그러한 가르침을 학교에서 강요하는 지식보다 훨씬 더 중요하고 흥미롭게 여겼다. 그뿐만 아니라 고딕식으로 천장이 둥글고 높은 교실에서 수업을 받는 동안 그런 깨달음을 철저하게 밑바닥까지 느끼고 곰곰 생각하는 데 열중했다. 그러다보면 바이올린을 들고(토니오는 바이올린을 연주했다) 방 안을 돌아다니며, 저 아래 정원의 늙은 호두나무 가지 밑에서 춤추듯 찰랑찰랑 솟아오르는 분수 소리 속으로 최대한 부드러운 화음을 엮어 넣을 때와 아주 비슷한 만족감을 맛보았다…….

분수, 늙은 호두나무, 바이올린, 저 멀리 바다, 발트해. 토니오 크뢰거는 발트해에서 휴가를 보낼 때마다 여름날의 바다가 꾸는 꿈을 엿들을 수 있었다. 토니오는 이런 것들을 사랑했다. 말하자면 이런 것들에 에워싸여 있었으며, 토니오의 내적 삶은 이런 것들 사이에서 이루어졌다. 그 이름들은 시에서 아주 효과적으로 사용할 수 있었고, 실제로 토니오가 이따금 짓는 시에서 자주 등장했다.

토니오 크뢰거가 직접 쓴 시집 노트를 가지고 있다는 사실은 어쩌다 실수로 주변에 알려지게 되었는데, 학우들뿐만 아니라 교사들에게도 좋지 않은 영향을 미쳤다. 그러나 그런 상황을 못마땅하게 여기는 건 크뢰거 영사의 아들에게 어울리지 않는 어리석고 천박한 일이라고 생각했다. 그래서 토니오는 못마땅하게 여기는 대신 학우들과 교사들을 경멸했다. 게다가 그들의 조야한 품행은 혐오감을 일깨웠고, 토니오는 그들의 개인적인 약점을 기이하리만큼 날카롭게 간파했다. 다른 한편으로는 스스로도 시를 쓰는 것을 실제로 예의범절에 맞지 않는 엉뚱한 짓이라고 느꼈으며, 그걸 의아하게 여기는 사람들이 어느 정도 옳다고 인정하지 않을 수 없었다. 그렇다고 시를 쓰는 걸 그만둘 수는 없었다…….

토니오는 집에서 빈둥빈둥 시간을 보낸 데다가 학교에서도 딴생각을 하느라 수업 내용을 잘 따라가지 못해 교사들에게 좋은 인상을 주지 못했다. 그러다보니 번번이 매우 초라한 성적표를 집에 가져왔다. 그럴 때마다 훤칠한 키에 눈빛이 푸르고 신중한 토니오의 아버지는 매우 화를 내며 걱정스러워했다. 아버지는 옷차림에 무척 신경을 썼으며 늘 단춧구멍에 들꽃 한 송이를 꽂고 다녔다. 하지만 토니오의 어머니, 검은 머리의 아름다운 어머니, 아버지가 예전에 지도상의 아주 아래쪽에서 데려왔기 때문에 시내의 다른 여자들과는 전혀 다르게 생긴 어머니, 콘수엘로라는 이름의 어머니, 토니오의 어머니에게 성적표는 아무래도 상관없었다…….

토니오는 피아노와 만돌린을 무척 멋지게 연주하는 흑발의 열정적인 어머니를 사랑했다. 그리고 아들이 다른 사람들과 잘 어울리지 못하는 것을 어머니가 속상해하지 않아서 기뻤다. 하지만 다른 한편으로는 화를 내는 아버지가 훨씬 더 합당하고 존경스럽다고 느꼈다. 아버지에게 꾸중을 들었는데도 기본적으로 아버지에게 동의하는 반면에 어머니의 명랑한 무관심은 조금 경박하다고 느꼈다. 이따금 토니오는 대략 이렇게 생각했다. 지금 있는 그대로의 나로 충분해. 나를 바꾸고 싶지 않고 또 바꿀 수도 없어. 나는 주의가 산만하고 고집이 세고 다른 사람들은 아무도 생각하지 않은 일들에 신경을 써. 입맞춤을 해주고 대충 음악으로 넘어가기보다는 적어도 이런 나를 진지하게 꾸짖고 벌주는 게 당연해. 우리는 초록색 마차를 타고 떠돌아다니는 집시가 아니라 예절 바른 사람들, 크뢰거 영사의 가족, 크뢰거 집안이라고……. 또 토니오는 이런 생각도 자주 했다. 왜 나는 유별나고 모든 것과 갈등을 빚고 선생님들 눈 밖에 나고 다른 소년들과 있으면 서먹해질까? 우수한 학생들과 성실하고 평범한 학생들을 봐. 그 아이들은 선생님들을 우스꽝스럽게 여기지도 않고 시도 쓰지 않고 사람들이 보통 생각하고 소리 내 말할 수 있는 것들만 생각해. 그 아이들은 모든 것, 모든 사람과 잘 지내고 잘 통하는 게 분명해! 그러면 틀림없이 좋을 거야……. 그런데 나는 왜 이럴까? 그리고 이 모든 게 앞으로 어떻게 될까?

자기 자신이나 자신과 삶의 관계에 대해 고찰하는 이런 방식은 한스 한젠에 대한 사랑에서 중요한 역할을 했다. 토니오가 한젠을 사랑한 건 무엇보다도 잘생겼기 때문이었다. 그리고 한젠이 모든 면에서 자신과는 다르고 반대된다고 여겼기 때문이기도 했다. 한스 한젠은 우등생인 데다가 영웅처럼 승마와 체조와 수영을 하고 모두에게 인기 있는 활발한 소년이었다. 교사들은 한스 한젠에게 거의 애정 어린 호의를 보였으며, 성을 뺀 채 이름만 불렀고, 온갖 방식으로 격려하고 장려했다. 학우들은 한젠의 관심을 끌려고 노력했다. 거리에서는 신사 숙녀들이 한젠을 불러 세우고 덴마크 선원 모자 아래로 삐져나온 밝은 금발을 쓰다듬으며 말했다. "안녕, 한스 한젠. 머리카락이 정말 멋지구나! 지금도 반에서 1등이지? 엄마 아빠에게 안부 선해주림. 참 훌륭한 소년이야……."

한스 한젠은 그런 소년이었고, 토니오 크뢰거는 그 소년을 알게 된 후로 갈망을 느꼈다. 그 소년을 볼 때마다 질투심 어린 갈망이 솟구쳤다. 갈망은 가슴 위쪽에 자리 잡고서 뜨겁게 불타올랐다. 너처럼 푸른 눈을 가질 수만 있다면. 토니오는 생각했다. 너처럼 모든 세상과 잘 지내며 행복하게 어울릴 수만 있다면 얼마나 좋을까! 너는 늘 무슨 일을 하든 예의 바르고 모두에게 존중받아. 너는 학교 숙제를 끝내고 나면 승마를 배우거나 실톱으로 작업을 해. 방학 중에도 바다에서 노를 젓고 요트를 타고 수영하는 것으로 바쁘게 시간을 보내. 그런데 나는 모래사장에 누워 하릴없이 빈둥대고, 바다 위를 스쳐 지나가는 얼굴들이 비밀스럽게 변화하는 표정의 유희를 멍하니 바라볼 뿐이야. 그래서 너의 두 눈이 그렇게 맑은 거야. 너를 닮을 수만 있다면……

토니오 크뢰거는 한스 한젠처럼 되려고 애쓰지 않았다. 그리고 어쩌면 그 소망은 진심이 아닐 수도 있었다. 하지만 한스가 자신을 있는 그대로 사랑해주길 고통스럽게 갈망했다. 토니오는 자신의 방식으로, 천천히 진심을 다해 헌신하고 고뇌하는 애수 어린 방식으로 한스의 사랑을 얻으려 노력했다. 하지만 그 애수는 토니오의 이국적인 외모에서 예상되는 그 어떤 격렬한 열정보다도 더 깊고 더 애타게 타오를 수 있었다.

한스의 마음을 얻으려는 토니오의 노력이 아주 헛된 것만은 아니었다. 한스가 여기에서 자신에 대한 아주 강렬하고 다정한 감정이 숨 쉬고 있음을 인지했으며, 이것을 고맙게 여기고 응답함으로써 토니오에게 많은 행복을 안겨주었기 때문이다. 게다가 한스는 토니오의 뛰어난 표현력, 일종의 우월한 능력을 존중했다. 토니오는 미묘한 일들을 능숙하게 말로 표현할 수 있었다. 하지만 질투와 실망, 정신적인 유대감을 맺으려는 헛된 노력은 토니오에게 많은 고통도 안겨주었다. 이상하게도 토니오는 한스 한젠이 살아가는 방식을 부러워하면서도 끊임없이 한스를 자신의 삶의 방식으로 끌어오려고 애썼기 때문이다. 그런 노력은 기껏해야 한순간 성공할 수 있었고, 그것도 다만 외견상 성공한 듯 보였을 뿐이다…….

"요즘 아주 근사한 걸 읽었어. 굉장해……." 토니오가 말했다. 두 소년은 뮐렌 거리의 이베르젠 가게에서 10페니히를 주고 과일 사탕 한 봉지를 사서 함께 먹으며 걸었다. "한스, 너도 그 책 꼭 읽어봐. 실러의 《돈 카를로스》●야……. 네가 원하면 빌려줄게……."

"아, 아니야." 한스 한젠이 말했다. "괜찮아, 토니오. 나한텐 안 맞아. 너도 알잖아. 난 그냥 말에 대한 책을 볼게. 말 사진들이 엄청 근사해. 정말이야. 우리 집에 한번 놀러 오면 보여줄게. 스냅 사진들인데, 말이 빠르게 걷거나 질주하거나 뛰어오르는 모습들을 볼 수 있어. 너무 빨리 달려서 현실에서는

● 독일의 극작가 프리드리히 폰 실러(1759~1805)의 5막 희곡. 에스파냐의 왕자 돈 카를로스의 비극적인 삶과 운명을 다룬 작품.

눈으로 보기 어려운 온갖 자세를 볼 수 있어…….."

"온갖 자세를 볼 수 있다고?" 토니오가 친구의 기분을 맞추려고 물었다. "그래, 그거 참 멋있겠다. 하지만 《돈 카를로스》, 그 책은 상상을 초월해. 정말 멋진 구절들이 있어. 너도 한번 읽어봐. 마치 뭔가가 폭발하듯 가슴을 쿵 울린다니까…….."

"폭발한다고?" 한스 한젠이 물었다……. "어떻게?"

"예를 들면 후작에게 속은 왕이 우는 대목이 있어……. 하지만 후작은 왕자를 위해 왕을 속였을 뿐이야. 무슨 말인지 알지? 후작은 왕자를 위해서 자신을 희생해. 그런데 왕이 울었다는 소식이 밀실에서 별실로 전해져. '우셨다고?' '전하께서 우셨단 말이오?' 대신들은 하나같이 무척 당황하고 흥분해. 원래 지독히 완고하고 엄격한 왕이거든. 하지만 왕이 우는 심정을 잘 이해할 수 있어. 사실 난 왕자와 후작도 안타깝지만, 왕이 두 사람을 합친 것보다 훨씬 더 안타까웠어. 왕은 늘 혼자고 누구에게도 사랑받지 못해. 그러다 이제 겨우 한 사람을 발견했다고 믿었는데, 배신당한 거야…….."

한스 한젠은 고개를 돌려 토니오의 얼굴을 바라보았다. 그 얼굴의 뭔가가 대화 내용에 대한 관심을 불러일으킨 모양이었다. 갑자기 한스가 다시 토니오의 팔 아래로 한 팔을 밀어 넣으며 물었다.

"토니오, 그 사람이 어떤 식으로 왕을 배반했는데?"

토니오는 흥분했다.

"그러니까 어떻게 되었냐면, 브라반트*와 플란데런**으로 보낸 모든 편지가……." 토니오는 이야기를 시작했다.

"저기 에르빈 이머탈이 온다." 한스가 말했다.

토니오는 입을 다물었다. 저 이머탈 녀석, 땅속으로 꺼져버렸으면! 토니오는 생각했다. 왜 지금 나타나서 우리를 방해하는 거야! 저 녀석이 우리랑 같이 가면서 계속 승마 교습 이야기를 떠벌리면 어떡하지……. 에르빈 이머탈도 승마를 배웠기 때문이다. 에르빈 이머탈은 은행장의 아들로 여기 성문 밖에서 살았다. 다리가 구부정하고 눈이 가느다랬으며, 책가방을 벌써 집에 갖다두고 가로수 길을 따라 걸어왔다.

"안녕, 이머탈." 한스가 말했다. "지금 크뢰거랑 잠시 산책하는 중이야……."

"나는 시내에 가는 길이야." 이머탈이 말했다. "볼일이 있거든. 하지만 너희들이랑 조금 같이 걸을 수 있어……. 그거 과일 사탕 아냐? 그래, 고마워. 몇 개 먹을게. 한스, 우리 내일 또 배우는 날이지." 이 말은 승마를 배우는 날이라는 뜻이었다.

"신나는 일이야!" 한스가 말했다. "이제 난 가죽 각반을 찰 거야. 지난번 승마 연습 때 최고점을 받았거든……."

- 벨기에 중북부에서 네덜란드 남부에 이르는 지역.
- ● 벨기에 북해 연안의 저지대.《돈 카를로스》의 배경인 16세기 네덜란드와 벨기에는 에스파냐의 지배를 받았다.

"크뢰거, 너는 승마 안 배우지?" 이머탈이 물었다. 두 눈이 한 쌍의 길쭉한 틈처럼 반짝였다······.

"응······." 토니오가 어정쩡하게 대답했다.

"크뢰거, 너도 승마를 배우게 해달라고 아버지에게 부탁해 봐." 한스 한젠이 말했다.

"그래······." 토니오는 관심 없는 척 서둘러 대답했다. 한순간 목이 메었다. 한스가 자신을 성으로 불렀기 때문이다. 한스도 그걸 느꼈는지 이유를 설명했다.

"널 크뢰거라고 부르는 건 네 이름이 좀 이상하기 때문이야. 미안해. 하지만 네 이름이 맘에 들지 않아. 토니오······ 이건 이름이라고 할 수 없어. 하지만 네 잘못이 아니야. 절대 아니야!"

"그래, 아니야. 무엇보다도 이국적으로 들리고 좀 특별해서 네 이름을 그렇게 짓지 않았을까······." 이머탈이 좋게 해석하려는 듯 말했다.

토니오의 입이 썰룩거렸다. 토니오는 애써 정신을 가다듬고는 말했다.

"그래, 맞아. 좀 웃기는 이름이야. 나도 하인리히나 빌헬름 같은 이름이었으면 정말 좋겠어. 진심이야. 하지만 우리 외삼촌 이름이 안토니오인데, 외삼촌 이름을 따서 내 이름을 지었대. 우리 어머니는 저기 멀리에서 왔거든······."

그런 다음 토니오는 침묵을 지키며 두 친구가 말과 가죽 제품에 대해 이야기하게 내버려두었다. 한스는 이머탈의 팔짱을 끼고는 늘 그렇듯이 관심 있게 말했다.《돈 카를로스》로는 한스 한젠에게서 절대 그런 관심을 일깨울 수 없었을 것이다……. 토니오는 이따금 콧속이 알알해지며 눈물이 나올 것만 같았다. 그리고 자꾸만 파르르 떨리려고 하는 턱을 다잡으려고 안간힘을 썼다…….

한스는 토니오의 이름을 좋아하지 않았다. 그렇다고 뭘 어쩌겠는가? 그 자신의 이름은 한스였고, 이머탈의 이름은 에르빈이었다. 좋아. 그 이름들은 누구에게나 친숙하고 전혀 낯설게 느껴지지 않았다. 하지만 '토니오'는 이국적이고 특별한 것이었다. 그뿐만 아니라 스스로 원하든 원하지 않든 토니오는 모든 점에서 특별한 구석이 있었다. 초록색 마차를 타고 유랑하는 집시가 아니라 크뢰거 영사의 아들, 크뢰거 집안의 후예였는데도, 예의 바르고 평범한 사람들과 어울리지 못하는 외톨이였다……. 그런데 왜 한스는 단둘이 있을 때는 토니오라고 부르다가 다른 사람이 오면 토니오와 함께 있는 걸 부끄러워하는 걸까? 이따금 토니오는 한스의 마음을 사로잡았고 한스와 가까워졌다고 느꼈다. 그랬다. "토니오, 그 사람이 어떤 식으로 왕을 배반했는데?" 한스는 토니오의 팔짱까지 끼며 물었다. 하지만 이머탈이 오자마자 한스는 홀가분하게 안도의 한숨을 내쉬며 토니오에게 등을 돌리고 느닷없이 이름이 낯설다고 비난했다. 이 모든 걸 훤히 꿰뚫어 보는 건 얼마나 가슴 아픈가! ……단둘이 있으면, 실제로 한스 한젠은 토니오를 조금 좋아했다. 토니오는 그걸 알고 있었다. 하지만 다른 누군가가 오면, 토니오와 함께 있는 걸 부끄러워하며 토니오를 희생양으로 삼았다. 그러면 토니오는 다시 외톨이가 되었다. 토니오는 펠리페 왕을 생각했다. 왕은 울었다…….

"이런, 어휴." 에르빈 이머탈이 말했다. "이젠 정말 시내에 가야 해! 얘들아, 잘 가. 사탕 잘 먹었어!" 곧이어 이머탈은 길가의 벤치 위로 폴짝 뛰어 올라갔다. 구부정한 다리로 벤치를 따라 달리다가 총총걸음으로 사라졌다.

"난 이머탈이 좋아!" 한스가 힘주어 말했다. 한스는 마음 내키는 대로 거리낌 없이 호감과 반감을 표현하고 마치 선심 쓰듯 나누어주는 버릇이 있었다……. 그러더니 내친김에 계속 승마 교습에 대해 이야기했다. 이제 한스 한젠의 집까지는 별로 멀지 않았다. 둑길로 가면 시간이 많이 걸리지 않았다. 두 친구는 모자를 단단히 붙잡고서 습기를 머금은 세찬 바람을 피하려고 고개를 숙였다. 바람이 헐벗은 나뭇가지 사이로 윙윙거리며 신음했다. 한스 한젠이 말하는 동안 토니오는 '아, 그렇구나', '그래그래'라고 마음에 없는 말로 간간이 응수했을 뿐이다. 한스가 이야기에 열중해서 다시 팔짱을 꼈는데도 전혀 기쁘지 않았다. 그래봤자 겉으로만 친해 보이는 것일 뿐 아무 의미가 없었기 때문이다.

둘은 기차역으로부터 멀지 않은 곳에서 둑길을 벗어났다.

증기를 내뿜으며 둔중한 몸체로 서둘러 지나가는 기차가 보였다. 두 친구는 심심풀이로 기차가 몇 칸인지 세어보았으며, 모피로 몸을 감싼 채 맨 뒤 찻간의 높은 곳에 앉아 있는 남자에게 손을 흔들었다. 그러다 보리수 광장 변에 위치한 대상인 한젠의 저택 앞에서 걸음을 멈추었다. 한스가 아래쪽 정원 문 위에 올라서서는 돌쩌귀에서 끽끽 소리가 나도록 몸을 이리저리 흔들면 얼마나 재미있는지 자세히 보여주었다. 곧이어 둘은 헤어졌다.

"자, 난 이제 들어가야 해. 잘 가, 토니오. 다음번엔 내가 널 집에 데려다줄게. 진짜야." 한스가 말했다.

"잘 있어, 한스. 산책 즐거웠어." 토니오가 말했다.

악수를 하는 손이 축축했고 정원 문의 녹이 묻어 있었다. 한스가 토니오의 눈을 보는 순간, 한스의 잘생긴 얼굴에 살짝 후회하는 빛이 어렸다.

"그리고 시간 나면 《돈 카를로스》를 읽어볼게!" 한스가 재빨리 말했다. "밀실의 왕 이야기는 틀림없이 멋질 거야!" 그러고는 책가방을 팔 아래 끼고서 정원을 가로질러 달려갔다. 집 안으로 사라지기 전에 한 번 더 뒤돌아보고 고개를 끄덕였다.

그러자 토니오 크뢰거는 환히 빛나는 얼굴로 발걸음 가볍게 그곳을 떠났다. 바람이 뒤에서 등을 떠밀었다. 하지만 토니오가 경쾌하게 그곳을 떠난 건 바람 때문만은 아니었다.

한스가 《돈 카를로스》를 읽을 거야. 그러면 우리 둘은 이머탈도, 다른 그 누구도 끼어들 수 없는 걸 공유하게 돼! 우리 둘이 서로 얼마나 잘 통할까! 또 누가 알아. 한스도 어쩌면 시를 쓰게 될지? ……아니, 안 돼. 그건 싫어! 한스는 나처럼 되어선 안 돼. 지금 있는 그대로 머물러야 해! 모두에게 사랑받고 누구보다도 토니오가 제일 사랑하는 지금 모습 그대로 밝고 활달해야 해! 하지만 한스가 《돈 카를로스》를 읽는다고 해서 해가 되진 않을 거야……. 토니오는 유서 깊고 나지막한 성문을 지나 항구를 따라 걸었다. 박공지붕 건물이 늘어선 가파른 골목을 올라가 집을 향해 걸음을 옮겼다. 골목길에 축축한 바람이 불었다. 그때 토니오의 가슴은 살아 숨 쉬었다. 그리움과 우울한 질투심, 아주 약간의 경멸과 오롯이 순수한 환희가 살아 있었다.

2

금발의 잉게, 잉게보르크 홀름, 고딕식 분수가 여러 단으로 뾰족하게 솟아 있는 광장 옆에 사는 의사 홀름의 딸. 토니오 크뢰거가 열여섯 살 때 사랑한 사람은 금발의 잉게였다.

어쩌다 그렇게 되었을까? 토니오는 잉게보르크 홀름을 이미 수없이 많이 보았다. 그러다 어느 날 저녁 불빛 아래서 잉게를 보았다. 잉게가 친구와 대화를 나누다가 좀 거만하게 까르르 웃음을 터뜨리며 고개를 옆으로 돌리는 걸 보았다. 잉게는 손을, 특별히 늘씬하지도 특별히 섬세하지도 않은 어린 소녀의 손을 특유의 방식으로 뒷머리에 갖다 댔다. 그러자 얇고 가벼운 천으로 지은 하얀 옷소매가 팔꿈치에서 스르르 흘러 내렸다. 토니오는 잉게가 한 낱말, 별로 대수롭지 않은 낱말을 특유의 방식으로 강조하는 걸 들었다. 잉게의 목소리에는 따뜻한 울림이 배어 있었고, 별안간 환희가 토니오의 가슴을 덮쳤다. 예전에 더 어리고 더 어리석은 소년이었을 때 이따금 한스 한젠을 보면서 느꼈던 환희보다 훨씬 더 강렬했다.

그날 저녁 토니오 크뢰거는 잉게의 모습을 가슴속에 담아 왔다. 굵게 땋은 금발, 웃음 짓는 길쭉하고 푸른 눈, 주근깨가 나고 윤곽이 부드러운 콧마루. 잉게의 목소리가 귓가를 맴돌아서 토니오는 잠을 이루지 못했으며, 잉게가 대수롭지 않은 말을 했을 때의 억양을 나지막이 흉내 내보려고 시도하고는 전율했다. 그동안의 경험은 이것이 바로 사랑이라고 알려주었다. 하지만 토니오는 이 사랑이 틀림없이 많은 고통과 고뇌, 굴욕을 안겨주고, 더욱이 평온을 파괴하고 마음을 선율로 채울 것이란 걸 정확히 알고 있었다. 틀림없이 무슨 일인가를 완성하고 차분하게 전체로 마무리 지을 수 있는 마음의 안정을 찾지 못할 것이었다. 그런데도 토니오는 그 사랑을 기쁘게 받아들였으며, 자신을 오롯이 사랑에 내맡기고 온 마음을 다해 사랑을 가꾸었다. 사랑이 인간을 활기차고 풍성하게 해준다는 걸 알고 있었기 때문이다. 토니오는 차분하게 전체를 마무리 짓는 대신 활기차고 풍성해지길 갈구했다…….

토니오 크뢰거가 쾌활한 잉게 홀름에게 마음을 빼앗기게 된 곳은 후스테데 영사 부인의 살롱이었다. 그날 저녁 영사 부인은 무용 강습을 위해 살롱 안의 가구를 전부 치웠다. 상류층 집안의 가족만 참여하는 사적인 무용 강습이었다. 아이들은 차례로 번갈아가며 부모님 집에 모여 춤과 예절 교육을 받았다. 그리고 이 목적을 위해 특별히 발레 교사 크나크가 매주 함부르크에서 왔다.

발레 교사의 이름은 프랑수아 크나크였다. 그런데 참 별난 사람이었다! "여러분에게 저를 소개하게 되어 영광입니다. 제 이름은 크나크입니다……." 크나크는 프랑스어로 말했다. 그러고는 독일어로 이렇게 설명했다. "그런데 고개를 숙여 절하면서 이 말을 해서는 안 돼요. 다시 몸을 똑바로 세운 후에 목소리를 낮추어 또렷이 말해야 합니다. 프랑스어로 자신을 소개할 기회가 날마다 있는 일은 아니지요. 하지만 프랑스어로 정확하고 완벽하게 자신을 소개할 수 있으면, 독일어로도 절대 실수할 리 없어요." 비단결처럼 매끄러운 검은 프록코트가 팽팽한 엉덩이에 얼마나 멋들어지게 바싹 들러붙었던가! 넓적한 공단 리본으로 장식한 에나멜 구두 위로 바지가 부드럽게 주름지며 흘러내렸다. 갈색 눈이 자신의 아름다움에 취해 너무 행복한 나머지 피곤한 듯 주위를 둘러보았다…….

모두들 크나크의 과도한 자신감과 예의범절에 압박감을 느꼈다. 크나크가 안주인에게 걸어가(그 남자처럼 경쾌하게 물결치듯 몸을 흔들며 위엄 있게 걷는 사람은 없을 것이다) 허리를 숙이고는 안주인이 손을 내밀길 기다렸다. 그러다 안주인이 내미는 손을 잡고는 나지막한 목소리로 고마움을 표하고 퉁기듯 뒤로 물러났다. 왼발을 딛고 몸을 돌려서는 오른발 끝을 뻗어 바닥을 툭 치고는 엉덩이를 파르르 떨며 멀어져갔다…….

모임에서 먼저 자리를 뜨게 되면, 허리 숙여 절하며 문을 향해 뒷걸음쳐야 했다. 의자를 가져올 때는 다리 하나를 붙잡거나 질질 끌고 와서는 안 되었다. 의자 등받이를 가볍게 붙들고 들어 올려 소리 없이 내려놓아야 했다. 서 있을 때는 두 손을 배 위에 깍지 끼고 있거나 혀를 입가로 내밀면 안 되었다. 그런데도 누군가가 그렇게 하면, 크나크 씨는 그 모습을 똑같이 흉내 내어 그 사람이 그 자세에 대해 남은 평생 혐오감을 느끼게 만들었다…….

그것이 예의범절이었다. 하지만 춤과 관련해서 크나크 씨는 아마 훨씬 더 높은 수준의 솜씨를 자랑했을 것이다. 가구를 치운 살롱에서 샹들리에의 가스 불꽃과 벽난로 위의 촛불이 타올랐다. 바닥에 활석• 가루를 뿌렸고, 교습생들은 말없이 반원형으로 빙 둘러서 있었다. 커튼 너머 옆방에서는 어머니들

• 춤출 때 발이 미끄러지지 않도록 바닥에 뿌리는 흰색의 광석.

과 아주머니들이 벨벳 의자에 앉아 손잡이가 달린 안경을 눈에 대고, 크나크 씨가 허리 굽혀 프록코트 자락을 두 손가락으로 붙잡고서 다리를 퉁겨 마주르카[*] 동작을 세세하게 시범 보이는 모습을 관찰했다. 그러다 크나크 씨는 관객들을 깜짝 놀라게 할 요량이라면, 굳이 그럴 이유가 없는데도 별안간 폴짝 높이 뛰어올랐다. 허공에서 두 다리를 어지러울 정도로 빠르게 빙글빙글 돌리며 마치 호루라기를 부는 듯한 소리를 냈다. 그러고는 자신의 축제에 참여한 모든 사람이 깜짝 놀랄 정도로 둔탁하게 쿵 소리를 내며 지상으로 돌아왔다……

참 어처구니없는 얼간이군. 토니오 크뢰거는 마음속으로 생각했다. 하지만 잉게 홀름, 쾌활한 잉게는 종종 넋을 놓고 미소를 머금은 얼굴로 크나크 씨의 동작을 뒤쫓는다는 걸 잘 알고 있었다. 그리고 단순히 그 때문에 이런 모든 기막히게 능숙한 몸놀림이 토니오 크뢰거에게 감탄 비슷한 감정을 자아낸 건 아니었다. 크나크 씨의 눈은 얼마나 고요하고 흔들림이 없었던가! 그 눈은 사물들이 복잡하게 뒤엉켜 슬픔을 안고 있는 깊은 곳까지 뚫고 들어가지 않았다. 그 눈은 자신이 갈색이며 아름답다는 점 말고는 아무것도 알지 못했다. 하지만 바로 그 때문에 크나크 씨의 태도가 그렇듯 당당할 수 있었던 것이다! 그랬다. 크나크 씨처럼 걸으려면 아둔해야 했

---

[*] 폴란드의 민속 춤곡.

다. 그러면 사랑스러워서 사랑받았다. 토니오는 금발의 잉게, 매력적인 잉게가 크나크 씨를 그런 식으로 바라보는 걸 아주 잘 이해했다. 그런데 나를 그런 식으로 바라보는 소녀는 하나도 없을까?

아니, 있었다. 그런 일이 정말 일어났다. 마그달레나 페어메렌, 변호사 페어메렌의 딸. 마그달레나 페어메렌은 입매가 부드러웠고 검게 반짝이는 커다란 눈이 진지함과 몽상으로 가득했다. 그리고 춤추다 자주 넘어졌다. 페어메렌은 여자가 춤상대를 선택하는 기회가 오자 토니오에게 왔다. 그녀는 토니오가 시를 쓴다는 사실을 알고 있었으며, 시를 보여달라고 두 번 부탁했었다. 그리고 종종 멀리서 고개를 숙이고 토니오를 바라보곤 했다. 그런다고 토니오가 어쩌겠는가? 토니오는 잉게 홀름, 금발의 쾌활한 잉게를 사랑하는 것을. 잉게 홀름은 토니오가 시 같은 걸 쓴다며 틀림없이 경멸할 터였다…… 토니오는 잉게 홀름, 그녀의 가느다랗고 푸른 눈을 바라보았다. 푸른 눈은 행복과 조롱으로 가득했다. 질투심 어린 그리움, 잉게에게서 외면당하고 그녀와 영원히 낯선 관계일 수밖에 없다는 쓰라린 고통이 토니오의 가슴을 짓누르며 옹어리져서 불타올랐다…….

"첫 번째 쌍!" 크나크 씨가 말했다. 그 남자가 비음을 얼마나 멋들어지게 빌음하는지 말로는 다 표현할 수 없다. 카드리유•를 연습하는 중이었다. 토니오 크뢰거는 잉게 홀름과 같은 조라는 걸 알고 소스라치게 놀랐다. 가능한 한 잉게 홀름과 마주치지 않으려고 피하는데도 자꾸만 가까이 가게 되었다. 토니오는 잉게 홀름에게 다가가지 말라고 자신의 눈에 접근 금지 명령을 내렸다. 그런데도 시선은 자꾸만 잉게 홀름을 향했다······. 이제 잉게 홀름은 붉은 머리의 페르디난트 마티센의 손에 이끌려 미끄러지듯 달려왔다. 길게 땋은 머리를 뒤로 넘기고 숨을 몰아쉬며 토니오 앞에 마주 섰다. 피아노를 연주하는 하인첼만 씨가 뼈마디 굵은 손으로 건반을 두드렸고, 크나크 씨가 신호를 했다. 카드리유가 시작되었다.

토니오 앞에서 잉게 홀름이 이리저리 오가고 앞뒤로 움직였다. 스텝을 밟고 빙그르르 돌았다. 머리카락 아니면 흰색 원피스의 하늘하늘한 천에서 풍기는 향긋한 내음이 이따금 토니오를 스쳤다. 토니오의 눈이 점점 몽롱해졌다.

사랑스럽고 어여쁜 잉게, 난 너를 사랑해. 토니오는 마음속으로 말했다. 이 말 속에는 잉게 홀름이 그렇듯 열정적으로 즐겁게 춤을 추면서 자신은 거들떠보지 않는 것에 대한 모든 고통이 담겨 있었다. 슈토름의 아름다운 시가 뇌리에 떠올랐다. "나는 잠자고 싶은데, 너는 춤추어야 하는구나."●● 사랑

● 주로 네 쌍의 남녀가 사각형 대형으로 마주 보며 추는 춤. 18세기 후반부터 19세기까지 프랑스에서 유행했다.

●● 독일의 시인이자 소설가인 테오도어 슈토름(1817~1888)의 시 〈히아신스〉의 한 구절.

하는데 춤을 추어야 하는 굴욕적인 모순이 토니오를 괴롭혔다……

"첫 번째 쌍 앞으로!" 춤이 다시 새롭게 한 바퀴 시작되자 크나크 씨가 말했다. "인사하세요! 숙녀들은 가운데로 나와서 풍차 대형을 만드세요! 한 바퀴 도세요!" 크나크 씨가 프랑스어 '드(de)'의 묵음 e를 얼마나 우아하게 목구멍으로 삼키는지 그 누구도 묘사할 수 없을 것이다.

"두 번째 쌍 앞으로!" 토니오 크뢰거와 그의 파트너 차례였다. "인사하세요!" 토니오 크뢰거는 허리 숙여 절했다. "숙녀들은 가운데로 나와서 풍차 대형을 만드세요!" 그런데 토니오 크뢰거가 눈썹을 찌푸린 채 고개를 숙이고는 네 숙녀의 손 위에, 잉게 홀름의 손 위에 자신의 손을 올려놓고 '풍차 대형'의 춤을 추었다.

주변에서 다들 킥킥거리고 깔깔거리며 웃었다. 크나크 씨가 발레 동작을 취했는데, 그건 깜짝 놀랐다는 표시였다. "오, 이런!" 크나크 씨가 외쳤다. "잠깐! 잠깐! 크뢰거가 숙녀들 사이로 끼어들었어요! 뒤로 물러나요, 크뢰거 양. 뒤로, 어휴! 다른 사람들은 모두 이해했는데, 크뢰거만 이해 못 했어요. 어서! 저리 가요! 뒤로 물러나요!" 크나크 씨가 노란 실크 손수건을 꺼내 휙휙 휘두르며 토니오 크뢰거를 제자리로 쫓아냈다.

소년들과 소녀들, 커튼 너머의 숙녀들, 모두 웃음을 터뜨렸다. 크나크 씨가 이 돌발 사건을 아주 익살스러운 일로 만들었기 때문이다. 모두들 연극을 보듯 즐거워했다. 하인첼만 씨만이 무표정하게 사무적인 얼굴로 연주를 계속하라는 신호를 기다렸다. 크나크 씨의 이런 행동에 이미 무뎌졌기 때문이다.

카드리유가 계속되었고, 그러다 휴식 시간이 되었다. 하녀가 쟁반을 달그락거리며 들고 들어왔다. 쟁반 위에는 포도젤리를 담은 유리잔이 그득했다. 요리사가 건포도케이크를 한 가득 들고 그 뒤를 바짝 쫓아왔다. 하지만 토니오 크뢰거는 슬그머니 살롱을 빠져나와 아무도 모르게 복도로 나갔다. 복도에서 두 손을 뒷짐 진 채 블라인드가 내려진 창문 앞에 섰다. 블라인드를 통해 아무것도 보이지 않으며, 그래서 거기서서 밖을 내다보는 척하는 것이 우스꽝스럽다는 생각을 미처 하지 못했다.

그러나 토니오 크뢰거는 많은 슬픔과 그리움이 쌓여 있는 자신의 내면을 들여다보았다. 왜, 왜 나는 여기 있을까? 왜 내 방의 창가에 앉아서 슈토름의 《이멘 호수》•를 읽고 있지 않을까? 그러면 늙은 호두나무가 둔탁한 소리를 내는 저녁의 정원을 이따금 바라볼 수 있을 텐데. 그곳이 내게 어울리는 곳일 텐데. 다른 사람들이야 얼마든지 흥겹고 능란하게 춤추며 즐기라지! ……아니, 아니, 그래도 내가 있을 곳은 여기야.

• 젊은 날의 이루어질 수 없는 애틋한 사랑을 그린 슈토름의 대표작이다.

잉게가 가까이에 있다는 걸 여기에서는 알잖아. 이렇게 외롭게 혼자 떨어져 저기 안에서 들려오는 웅성거리는 소리, 달그락거리는 소리, 웃음소리 속에서 따사한 삶의 음향이 배어 있는 잉게의 목소리를 구별하려고 애쓸지라도 말이야. 너의 눈, 웃고 있는 길쭉하고 푸른 눈, 금발의 잉게!《이멘 호수》를 읽지 않고 또 직접 그런 걸 쓰려고 절대 시도하지 않아야만 너처럼 아름답고 쾌활할 수 있어. 그건 참 슬픈 일이야!

잉게가 와야 했다! 토니오가 사라진 걸 알아차려야 했고, 토니오의 심정이 어떤지 느껴야 했다. 단순히 동정심 때문이었을지라도 몰래 토니오의 뒤를 따라와 어깨에 손을 얹고 말해야 했다. 자, 우리 함께 안으로 들어가자. 기운 내. 난 너를 사랑해. 토니오는 등 뒤에서 무슨 소리가 나지 않을까 귀를 쫑긋 세웠다. 말도 안 되는 기대감으로 긴장한 채 잉게가 오길 기다렸다. 하지만 잉게는 결코 나타나지 않았다. 지구상에서 그런 일은 일어나지 않았다.

잉게도 다른 사람들처럼 나를 비웃었을까? 그랬다. 토니오가 자신과 잉게를 위해 아무리 부정하고 싶어도 비웃은 건 사실이었다. 하지만 토니오는 오로지 잉게 가까이에 있다는 사실에 취한 나머지 '풍차 대형'의 춤을 추었을 뿐이다. 그래서 어쨌다는 건가? 아마 언젠가는 사람들이 토니오를 비웃시 않는 날이 올 수도 있었다! 이를테면 얼마 전에 한 잡지사에서 토니오의 시를 잡지에 실으려고 하지 않았던가? 그러다시가 발표되기 전에 잡지사가 문을 닫았지만 말이다. 어느 날 갑자기 유명해져서 토니오가 쓰는 모든 것이 인쇄되어 나올 수도 있었다. 그래도 토니오가 잉게 홀름에게 깊은 인상을 남기지 않을지는 두고 볼 일이었다……. 그래도 아무런 인상을 남기지 **않을** 것이다. 그래, 그건 사실이었다. 늘 넘어지는 마그달레나 페어메렌, 그래, 페어메렌은 깊은 인상을 받을 것이다. 하지만 잉게 홀름에게는 절대 깊은 인상을 주지 않을 것이다. 푸른 눈의 쾌활한 잉게에게는 절대로 그런 일이 없을 것이다. 그렇다면 아무 소용 없는 짓이 아닐까?

이런 생각을 하자 토니오 크뢰거의 심장이 고통스럽게 조여왔다. 우울하면서도 멋지게 유희하는 힘들이 자신의 가슴속에서 약동하는 걸 느끼는데, 자신이 갈망하는 사람들은 다가갈 수 없이 쾌활하게 살며 그 힘들에 대립한다는 사실을 알아야 한다는 게 너무 마음 아팠다. 하지만 사람들과 어울리지 못하고 절망적인 심정으로 수심에 잠겨 닫힌 블라인드 앞에서 외로이 밖을 내다보는 척해도 토니오 크뢰거는 행복했다. 그때 토니오의 심장은 살아 숨 쉬었기 때문이다. 잉게보르크 홀름, 내 심장이 너를 위해 따뜻하고 슬프게 고동치고 있어. 토니오의 영혼은 행복하게 자신을 부정하며, 경쾌하고 오만할 정도로 평범하고 작은 금발의 잉게를 감싸 안았다.

음악과 꽃향기, 유리잔 달그락거리는 소리가 아련히 파고드는 그 외로운 곳에서 붉게 달아오른 얼굴로 서서, 토니오 크뢰거가 아스라이 들려오는 흥겨운 소리 속에서 잉게 홀름의 목소리를 구별해내려고 한 적이 한두 번이 아니었다. 잉게 홀름 때문에 고통스러웠는데도 행복했다. 토니오 크뢰거가 늘 넘어지는 마그달레나 페어메렌과는 대화를 나눌 수 있으며 페어메렌은 그와 함께 웃고 그를 이해하고 진심으로 대한 반면 금발의 잉게는 옆에 앉아 있는데도 낯설고 서먹하고 멀리 있는 것 같아 괴로웠던 적이 한두 번이 아니었다. 토니오 크뢰거의 언어가 잉게 홀름의 언어와 달랐기 때문이다. 그런데도 토니오 크뢰거는 행복했다. 행복은 사랑받는 것이 아니라고 혼잣말했다. 그건 허영심을 채우기 위한 만족, 혐오감이 뒤섞인 만족일 뿐이야. 행복은 사랑하는 것, 어쩌면 사랑하는 대상에 잠시 신기루처럼 다가가는 것일 수 있어. 토니오 크뢰거는 이러한 생각을 마음속에 깊이 새기고 철저하게 심사숙고하고 밑바닥까지 속속들이 느꼈다.

변치 않는 사랑! 토니오 크뢰거는 생각했다. 나는 언제까지나 변함없이 널 사랑할 거야. 잉게보르크, 내가 살아 있는 한 그럴 거야! 토니오 크뢰거는 좋은 뜻에서 이렇게 생각했다. 그런데도 마음 한구석에서 두려움과 슬픔이 한스 한젠을 매일 보는데도 이제 완전히 잊지 않았냐고 나지막이 속삭였다. 이 나지막하고 조금 심술궂은 목소리가 옳았으며, 시간이 흘리 토니오 크뢰서가 쾌활한 잉게를 위해서라면 무조건 죽어도 좋다고 더 이상 생각하지 않는 날이 왔다는 건 흉측하고 비참한 일이었다. 토니오 크뢰거가 이 세상에서 자신만의 방식으로 많은 주목할 만한 일을 할 수 있는 힘과 기쁨을 자신 안에서 느꼈기 때문이다.

토니오 크뢰거는 순수하고 순결한 사랑의 불꽃이 활활 타오르는 제단 둘레를 조심스럽게 맴돌았으며, 제단 앞에 무릎을 꿇은 채 온갖 방식으로 사랑의 불꽃을 키우고 되살리려 애썼다. 변함없이 사랑하고 싶었기 때문이다. 그런데도 얼마 후 사랑의 불꽃은 알아차리지 못하는 사이 소리 없이 꺼졌다.

토니오 크뢰거는 변치 않는 사랑이 지상에서는 불가능하다는 사실에 놀라고 실망한 나머지 차갑게 식은 제단 앞에 한동안 더 서 있었다. 그러다 어깨를 으쓱하고는 자신의 길을 갔다.

3

그는 혼자 휘파람을 불며, 고개를 갸웃 숙인 채 먼 곳을 보며, 좀 무심하게 발길이 닿는 대로 가야 할 길을 갔다. 그가 길을 잘못 들었다면, 그건 어떤 사람들에게는 올바른 길이라는 게 존재하지 않기 때문이었다. 도대체 앞으로 뭐가 될 생각이냐는 질문을 받으면, 토니오 크뢰거의 대답은 매번 달라졌다. 자신 안에는 수많은 존재 방식의 가능성이 내재되어 있다고 말하곤 했다(그리고 이미 글로도 기록해두었다). 하지만 그 것들이 실제로는 순전히 실현 불가능하다는 사실을 남몰래 의식하고 있었다…….

비좁은 고향 도시를 떠나기 전부터 이미 토니오 크뢰거를 그 도시에 묶어두었던 쥠쇠와 끈은 풀어져 있었다. 유서 깊은 크뢰거 가문은 서서히 해체되고 분해되었다. 사람들이 토니오 크뢰거 특유의 기질과 성향도 바로 이런 상태의 표징이라고 생각하는 데에는 이유가 있었다. 집안의 기둥이었던 할머니가 돌아가셨고, 얼마 지나지 않아 훤칠한 키에 신중하고 옷차림에 무척 세심하게 신경을 쓰며 단춧구멍에 들꽃을 꽂고 다니던 아버지도 세상을 떴다. 크뢰거 저택은 품위 있는 역사와 함께 매물로 등장했고, 상회도 청산 절차를 밟았다. 그리고 토니오의 어머니, 피아노와 만돌린을 뛰어나게 연주하는 대신 다른 모든 것에는 무관심했던 아름답고 열정적인 어머니는 1년 후 재혼했다. 그것도 음악가, 이탈리아 이름을 가진 음악의 거장과 결혼해 아주 멀리 떠나버렸다. 토니오 크뢰거는 그런 어머니를 조금 부도덕하다고 생각했다. 하지만 어머니를 말릴 자격이 **그에게** 있었을까? 그는 시를 썼고, 도대체 앞으로 뭐가 될 생각이냐는 질문에 대답조차 못 했는데…….

그래서 토니오 크뢰거는 습기를 머금은 바람이 휘파람을 불며 박공지붕을 스지는 옹색한 고향 도시를 떠났다. 어린 시절의 벗이었던 정원의 분수와 늙은 호두나무를 떠나고 그토록 사랑했던 바다도 떠났다. 그러면서도 아무런 아픔을 느끼지 않았다. 이제 성숙하고 현명해졌으며, 자신이 어떤 상황에 있는지 이해했기 때문이다. 토니오 크뢰거는 그토록 오랫동안 자신의 중심을 지탱해준 어설프고 저급한 생활에 대한 조소로 가득 차 있었다.

그는 지상에서 가장 숭고해 보이는 힘, 미소 지으며 무의식적인 무언의 삶을 다스리는 정신과 말의 힘에 자신을 완전히 헌신했다. 그 힘을 위해 봉사하는 것이 자신의 소명이라 느꼈으며, 그 힘은 고귀함과 명예를 약속했다. 토니오 크뢰거는 젊은 날의 열정을 바쳐 그 힘에 헌신했고, 그 힘은 자신이 선물할 수 있는 모든 것으로 보답했다. 그리고 그에 대한 대가로 앗아 가곤 하는 모든 것을 가차 없이 앗아 갔다.

그 힘은 토니오 크뢰거의 시선을 예리하게 해주었고, 인간의 가슴을 부풀게 하는 위대한 말들을 통찰하게 해주었다. 인간의 영혼과 그 자신의 영혼을 열어 보였으며, 사물의 본질을 꿰뚫어 보게 해주었고, 말과 행동 이면의 모든 궁극적인 것과 세상의 내면을 보여주었다. 하지만 토니오 크뢰거가 본 것은 바로 우스꽝스러움과 비참함이었다. 우스꽝스러움과 비참함.

그러자 인식의 고통과 교만과 더불어 고독이 찾아왔다. 그는 즐거움에 취해 아무것도 예감하지 못하는 소박한 사람들과 어울리지 못했으며, 그의 이마에 새겨진 표징은 사람들에게 거슬렸기 때문이다. 하지만 토니오 크뢰거는 언어와 형식에서 맛보는 기쁨에 갈수록 더욱 깊이 빠져들었다. 표현의 즐거움이 우리를 생생하게 깨어 있게 하지 않는다면, 영혼의 지식만으로는 반드시 우울해지기 마련이라고 그는 입버릇처럼 말하곤 했다(이것 역시 이미 글로도 기록해두었다).

토니오 크뢰거는 태양이 예술의 풍성한 무르익음을 약속하는 남쪽 나라와 여러 대도시에서 살았다. 어쩌면 어머니의 피가 그를 남쪽으로 이끌었는지도 몰랐다. 하지만 그의 심장은 사랑 없이 죽어 있었던 탓에 육신의 방탕한 모험에 빠져들었다. 관능적인 쾌락과 격렬한 죄악의 나락으로 깊숙이 추락했고, 그러면서 이루 말할 수 없이 괴로워했다. 그곳 남쪽 지방에서 토니오 크뢰거를 그토록 괴롭힌 것은 어쩌면 훤칠한 키에 신중하고 말쑥하게 옷을 차려입고 단춧구멍에 들꽃을 꽂고 다닌 아버지에게서 물려받은 유전적 기질이었는지도 모른다. 이따금 그 기질은 한때 그 자신의 것이었던 영혼의 기쁨에 대한 흐릿한 추억을 간절하게 일깨웠다. 그런데 지금은 온갖 기쁨 속에서도 그 기쁨만은 다시 맛볼 수 없었다.

토니오 크뢰거는 관능에 대한 혐오감과 증오심에 휩싸여 순결함과 정숙한 평온을 갈망하는 동시에 예술의 공기, 영원한 봄의 따뜻하고 감미롭고 향기로운 공기를 들이마셨다. 그 공기 속에서 비밀스러운 생식의 환희에 취해 떠다니고 끓어오르고 싹을 틔웠다. 그러다 서로 대립되는 양극단 사이에서, 얼음장처럼 차가운 정신성과 소모적인 관능의 열정 사이에서 정처 없이 이리저리 내동댕이쳐졌으며 양심의 갈등 속에서 지친 삶을 연명하기에 이르렀다. 그것은 유별나고 방탕하고 비정상적인 삶, 토니오 크뢰거가 근본적으로 증오하는 삶이었다. 어째서 이리 방황할까! 그는 이따금 생각했다. 어쩌다 내가 이런 야릇한 모험에 빠져드는 일이 발생했을까? 내가 선천적으로 초록색 마차를 타고 유랑하는 집시도 아닌데…….

하지만 토니오 크뢰거의 건강이 약화되는 것에 비례해 예술가 기질은 강화되었다. 그는 까다롭고 고상하고 정교하고 섬세해졌으며, 진부한 것에 민감하게 반응했고, 형식과 취향의 문제에서 극히 예민해졌다. 토니오 크뢰거가 등단했을 때 문단에서는 찬사와 환호가 쏟아졌다. 수준 높게 가다듬고 고뇌의 흔적과 재치가 가득한 작품을 선보였기 때문이다. 그의 이름, 예전에 교사들이 꾸짖으며 불렀던 이름, 호두나무와 분수와 바다에 보내는 최초의 시들에 서명했던 이름, 남쪽과 북쪽이 융합된 음향,● 이국적인 분위기의 시민적인 이름은 탁월함을 지칭하는 대명사로 빠르게 자리 잡았다. 끈질기게 버티며 명예를 추구하는 보기 드문 근면성이 자신의 경험을 고통스러울 정도로 끝까지 파헤치는 기질과 결합했기 때문이다. 그 근면성은 까다롭고 예민한 취향과의 싸움에서 격렬한

● '토니오'는 남쪽인 이탈리아에서 유래한 이름이고, '크뢰거'는 북쪽인 독일의 성(姓)이다.

고통을 겪으며 특이한 작품들을 탄생시켰다.

토니오 크뢰거는 살기 위해 일하는 사람이 아니라 오직 일하기만을 원하는 사람처럼 일했다. 살아 있는 사람으로서 자신에게는 전혀 주의하지 않았으며, 오로지 창작하는 사람으로서만 자신을 보아주길 바랐기 때문이다. 그러면서 분장을 지우고 연기를 하지 않을 때는 아무런 존재감 없는 배우처럼 눈에 띄지 않게 그림자처럼 돌아다녔다. 사람들 눈에 뜨이지 않는 곳에서 혼자 말없이 일했으며, 재능을 사교적인 장식품 정도로 여기는 소인배들을 무척 경멸했다. 그런 소인배들은 부유하든 빈한하든 하나같이 낡은 옷을 아무렇게나 걸친 채 돌아다니거나 개성적인 넥타이를 매고 사치를 누렸다. 그들은 무엇보다도 행복하고 사랑스럽고 예술적으로 살고자 했으며, 좋은 작품들은 오로지 고약한 삶의 압박 아래서만 생겨난다는 사실에 무지했다. 살아 있는 사람은 일하지 않는 것이며, 완벽하게 창조하는 자가 되기 위해서는 죽어야 한다는 사실을 알지 못했다.

4

"내가 혹시 방해되지 않을까요?" 아틀리에의 문지방에 선 토니오 크뢰거가 물었다. 리자베타 이바노브나와는 모든 것을 터놓고 이야기할 수 있는 친구 사이였는데도, 모자를 손에 든 채 허리를 조금 숙여 절했다.

"쓸데없이 그러지 말아요, 토니오 크뢰거. 격식 차리지 말고 들어와요!" 리자베타 이바노브나가 톡톡 튀는 억양으로 말했다. "당신이 좋은 가정교육을 받았고, 예의범절이 바르다는 건 모르는 사람이 없어요." 이렇게 말하며 이바노브나는 왼손에 든 팔레트에 붓을 꽂고는 오른손을 내밀었다. 까르르 웃으며 고개를 젓고 크뢰거의 얼굴을 바라보았다.

"그렇군요. 하지만 지금 작업하는 중이잖아요." 크뢰거가 말했다. "어디 한번 볼까요……. 오, 지난번보다 많이 진척되었군요." 그러고는 의자들 위의 이젤 양쪽에 기대 있는 컬러 스케치들과 네모난 그물망에 덮인 커다란 캔버스를 번갈아 가며 자세히 살펴보았다. 목탄으로 복잡하고 희미하게 밑그림을 그린 캔버스 여기저기 색채가 모습을 드러내고 있었다.

그건 뮌헨에서의 일이었다. 리자베타 이바노브나의 아틀리에는 셸링 거리 뒤편에 위치한 건물의 5~6층 높이에 있었다. 북쪽으로 난 커다란 창문 너머 바깥에서는 푸른 하늘과 새들 지저귀는 소리, 햇빛이 한창이었다. 봄의 싱그럽고 감미로운 숨결이 열린 쪽창으로 쏟아져 들어와 넓은 작업실을 가득 채운 정착액과 유화물감 냄새와 뒤섞였다. 밝은 오후의 황금빛 햇살이 아틀리에의 널찍한 삭막함 속으로 거침없이 흘러들어서 조금 노후한 바닥, 작은 병과 튜브와 붓으로 뒤덮인 창문 아래의 투박한 테이블, 벽지를 바르지 않은 벽에 액자 없이 걸어놓은 스케치들을 숨김없이 비추었고, 군데군데 찢어진 비단 병풍도 비추었다. 문 가까이의 비단 병풍은 우아하게 가구를 비치한 작은 거실 겸 휴식 공간을 구분 지었다. 또 햇살은 이젤 위의 작업 중인 작품과 그 앞의 화가와 시인도 비추었다.

리자베타 이바노브나는 크뢰거와 얼추 비슷한 나이로 30대 초반이었다. 여기저기 얼룩진 검푸른 작업용 에이프런 차림으로 등받이 없는 낮은 의자에 앉아 한 손으로 턱을 괴고 있었다. 단정하게 묶은 갈색 머리카락은 벌써 양옆이 조금 희끗희끗했으며, 정수리에서 살짝 물결치듯 흘러내려 관자놀이를 덮고, 슬라브족의 특징을 드러내는 갈색 얼굴을 감쌌다. 코끝이 뭉툭하고 광대뼈가 날카롭게 튀어나오고 작은 눈이 검게 반짝이는 얼굴이 한없이 호감을 일깨웠다. 그녀는 두 눈을 가늘게 뜨고 삐딱한 눈초리로 자신의 작품을 자세히 관찰했다. 작품이 마음에 들지 않아 화가 난 듯 긴장한 표정이었……

토니오 크뢰거는 그 옆에 나란히 서서 오른손으로는 허리를 받치고 왼손으로는 갈색 콧수염을 빠르게 빙빙 꼬았다. 비스듬한 눈썹이 침울하고 진지하게 움찔거렸다. 그러면서 늘 그랬듯이 나지막이 혼자 휘파람을 불었다. 그는 단순한 디자인의 차분한 회색 양복을 입고 있었는데, 옷차림에 무척 꼼꼼하고 세심하게 신경을 쓴 티가 역력했다. 밤새워 일한 이마가

178

신경질적으로 움찔거렸다. 이마 위의 검은 머리카락은 가르마가 아주 반듯하고 선명했다. 남쪽 나라 사람들처럼 생긴 얼굴은 윤곽이 마치 단단한 철필로 뚜렷이 새긴 듯 날카로웠지만, 입매는 매우 온화했고 턱선도 무척 부드러워 보였다……. 얼마 후 그는 한 손으로 이마와 눈을 훔치며 고개를 돌렸다.

"여기 오지 말 걸 그랬나봐요." 토니오 크뢰거는 말했다.

"왜 그런 말을 하죠, 토니오 크뢰거?"

"리자베타, 나도 방금 전까지 작업하다 오는 길이거든요. 지금 내 머릿속이 이 캔버스와 똑같은 상황이에요. 뼈대, 여러 번 수정해서 지저분하고 흐릿해진 윤곽, 얼룩 몇 군데, 그래요, 그런데 여기 와서 똑같은 걸 보게 되는군요. 집에서 나를 괴롭히던 갈등과 대립을 여기서도 봅니다." 토니오 크뢰거는 코를 킁킁거리며 공기의 냄새를 맡았다. "참 희한해요. 내가 어떤 생각에 사로잡히게 되면, 어디에나 그 생각이 표현되어 있다니까요. 심지어는 바람 속에서도 그 생각을 **냄새 맡을** 수 있어요. 정착액과 봄의 향기, 그렇지 않은가요? 예술과…… 그래요, 다른 하나는 뭘까요? 리자베타, '자연'이라고 말하지 말아요. '자연'은 사람을 지치게 하지 않아요. 어휴, 이런, 차라리 산책을 갈 걸 그랬어요. 산책을 해서 마음이 더 편해졌을지는 의문이지만 말이죠. 여기서 멀지 않은 곳에서 오분 전에 한 동료를 만났어요. 단편소설 작가 아달베르트 알죠. '빌어먹을 봄이라니까요!' 아달베르트가 공격적인 어조

로 이렇게 말하더라고요. '봄은 가장 끔찍한 계절이고 앞으로
도 언제까지나 그럴 겁니다! 점잖지 못하게 핏속이 근질거리
고 온당치 못한 감각들이 떼거리로 달려들어 불안하게 만드
는데도 크뢰거 당신은 이성적인 생각을 할 수 있나요? 침착
하게 아주 작은 핵심을 포착해서 감동적인 효과를 발휘하도
록 일에 집중할 수 있냐고요? 그리고 자세히 살펴보는 즉시,
그거야말로 완전히 진부하고 전혀 쓸모없는 것으로 드러나
는데도 말이죠. 저로 말하면, 이제 카페에 갑니다. 카페는 계
절의 변화와 무관한 중립적인 곳이죠. 그러니까 말하자면 카
페는 문학적인 것의 숭고한 영역, 현실에서 벗어나 오로지 고
상한 생각만을 할 수 있는 곳입니다……' 아달베르트는 이렇
게 말하고 카페로 들어가더라고요. 나도 같이 카페에 들어갔
어야 했는데."

리자베타가 즐거워했다.

"토니오 크뢰거, 그거 좋군요. '점잖지 못하게 핏속이 근질
거린다'라는 말 좋아요. 그 사람 말이 어느 정도는 맞아요. 실
제로 봄은 작업하기에 그다지 좋은 여건이 아니거든요. 하지
만 내 말 잘 들어요. 그런데도 나는 여기서 이 작은 일을 하고
있어요. 아달베르트의 표현을 빌리면, 작은 핵심을 포착하고
감동적인 효과를 발휘하려고 애쓰고 있죠. 좀 이따 우리 '응
집실'에 가서 차를 마시자고요. 그러면 당신이 하고 싶은 말
을 털어놓아요. 오늘은 당신 마음속이 부글부글 끓어오르는

게 똑똑히 보이는군요. 그때까지 여기 아무 데나 자리 잡고 앉아 있어요. 그 귀족 의상이 더럽혀질까봐 걱정되지 않는다면 저기 상자 위는 어때요……."

"이런, 내 옷 가지고 그러지 말아요, 리자베타 이바노브나! 내가 너덜너덜한 우단 재킷이나 빨간 실크 조끼 차림으로 돌아다니면 좋겠어요? 예술가는 항상 내면을 모험하는 것으로 충분해요. 젠장, 겉으로 보이는 옷이라도 잘 차려입고 예절 바른 사람처럼 처신해야 한다고요……. 아니, 내 마음속은 부글부글 끓어오르지 않아요." 토니오 크뢰거는 리자베타 이바노브나가 팔레트에 물감을 섞을 준비를 하는 걸 보며 말했다. "내 말 들어봐요. 내 머릿속을 맴돌며 작업을 방해하는 문제와 갈등은 단 하나밖에 없어요……. 그래요. 우리 방금 무슨 이야기 했죠? 단편소설 작가 아달베르트에 대해 이야기했군요. 아달베르트는 정말 자부심에 넘치는 굳건한 사람이죠. 그런데 '봄은 가장 끔찍한 계절'이라고 말하고는 카페로 들어갔어요. 자신이 무얼 원하는지 분명히 알고 있기 때문이죠. 그렇지 않은가요? 이봐요. 봄은 나도 예민하게 만들어요. 봄이 일깨우는 사랑스럽고 진부한 기억들과 감정들 때문에 나도 혼란스럽다고요. 그렇다고 봄을 탓하고 경멸할 생각은 없어요. 사실 봄을 마주하면 부끄럽기 때문이죠. 봄의 순수한 자연스러움과 의기양양한 젊음 앞에서 나 자신이 부끄러워지거든요. 또 아달베르트가 이런 일에 대해 전혀 알지 못한다고 해서 그 사람을 부러워해야 할지 아니면 경멸해야 할지도 모르겠어요…….

봄에는 원래 일손이 잘 잡히지 않아요. 그건 확실해요. 그런데 왜 그럴까요? 감각으로 느끼기 때문이죠. 그리고 창작하는 사람은 감각으로 느껴도 된다고 믿는 자는 얼뜨기이기 때문이죠. 순수하고 솔직한 예술가들은 이런 어설프고 소박한 오해의 말을 들으면 전부 미소 짓기 마련입니다. 아마 우울한 미소를 짓겠지만, 어쨌든 미소 지을 수밖에 없어요. 말로 표현하는 건 결코 핵심이 아니라 그 자체로 중요하지 않은 재료에 불과하기 때문이지요. 그 재료를 이용해 유희하면서도 침착하고 우월하게 미학적인 형상을 조합해내죠. 당신이 말하려는 걸 지나치게 소중히 여겨서 당신의 심장이 지나치게 열정적으로 고동치면, 완전히 실패할 게 분명해요. 당신은 격정적이 되고 감상적이 되어 어색한 것, 어설프게 진지한 것, 무절제한 것, 반어적이 아닌 것, 재치 없는 것, 지루한 것, 진부한 것이 당신의 손길에서 생겨나죠. 그렇게 되면 사람들은 결국 무관심해지고 당신은 오로지 실망과 비탄에 빠질 뿐이라고요……. 리자베타, 원래가 그렇답니다. 감정, 진심 어린 따사한 감정은 언제나 진부하고 쓸모없지요. 우리의 망가진 신경계, 기교적인 신경계의 과민하고 차가운 도취만이 예술적입니다. 예술가들은 어떤 식으로든 인간 외적인 존재, 비인간적인 존재가 되어 인간적인 것과 기이하게 멀고 냉담한 관계를 맺을 필요가 있어요. 그래야만 인간적인 것을 보여주고, 인간적인 것과 유희하고, 인간적인 것을 효과적으로 세련되게 묘사하고 싶은 기분이 들고, 또 실제로 그럴 수 있지요. 문체, 형식, 표현을 위한 재능은 인간적인 것에 대한 이런 냉담하고 까다로운 관계, 그야말로 일종의 인간적인 빈곤과 황폐화를 전제로 합니다. 건강하고 건실한 감정에는 미적 감각이 없기 때문이죠. 이 점에는 변함이 없어요. 예술가가 인간이 되어 감각으로 느끼기 시작하면 그것으로 끝장입니다. 아달베르트는 그걸 알고 있었어요. 그래서 '현실에서 벗어난 영역'인 카페에 갔지요. 그렇고말고요!"

"자, 이봐요. 그 사람에게는 행운을 빌어주더라도 당신이 그 사람을 뒤따라갈 필요는 없어요." 리자베타가 양철 대야에 손을 씻으며 말했다.

"그럼요, 리자베타. 난 그 사람을 뒤따라가지 않아요. 봄이 오면 이따금 내 예술가 기질이 조금 부끄러워지기 때문에라도 뒤따라가지 않아요. 이봐요. 나는 간혹 낯선 사람들에게 편지를 받죠. 독자들에게 칭송하거나 고마워하는 편지를 받고, 감동한 사람들에게 경탄하는 서신을 받는답니다. 그런 서신들을 읽다보면, 내 예술이 야기한 따사하고 어설프고 인간적인 감정 앞에서 나도 모르게 가슴이 뭉클해요. 행간에서 드러나는 열광적인 소박함을 느끼면 일종의 연민에 사로잡히게 되지요. 그 성실한 사람이 내 작품의 이면을 들여다본다면, 그의 순진함이 올바르고 건강하고 예절 바른 사람이 글을 쓰고 연기하고 작곡하는 것이 아니라는 사실을 파악한다면, 틀림없이 번쩍 정신이 들 거라는 생각을 하면서 얼굴이 붉어진다니까요……. 그런데도 나를 고양시키고 자극하는 데 내 천재성에 대한 그 사람의 감탄을 이용하는 걸 그만둘 수 없어요. 나는 그의 감탄을 무척 진지하게 받아들이고 위대한 남자인 척하는 원숭이 같은 표정을 짓지요……. 아, 내 말 끊지 말아요, 리자베타! 솔직히 말하는데, 인간적인 것에 동참하지 않으면서 인간적인 것을 묘사하다보면 종종 극도로 지칠 때가 있어요……. 예술하는 남자가 남자일까요? 그건 '여자'에게 물어봐야겠죠. 예술가들은 모두 거세된 교황청 성가대원의 운명을 공유한다는 생각이 들어요……. 우리는 아주 감동적으로 아름답게 노래하죠. 하지만……."

"토니오 크뢰거, 당신은 조금 부끄러워할 줄 알아야 해요. 자, 차 마시게 이쪽으로 와요. 물이 곧 끓을 거예요. 여기 파피로스●가 있어요. 당신은 소프라노 이야기를 하다 말았어요. 이제 계속해봐요. 하지만 당신은 부끄러워할 줄 알아야 해요. 당신이 얼마나 당당하고 정열적으로 자신의 직업에 몰두하는지 내가 모를 거 같아요……."

"'직업' 이야기는 하지 말아요, 리자베타 이바노브나! 분명

● 러시아산 담배.

히 말하지만, 문학은 절대 직업이 아니라 저주입니다. 이 저주, 이걸 언제부터 느끼기 시작하냐고요? 일찍부터, 끔찍하게 일찍부터 느끼기 시작하죠. 당연히 신과 세상과 조화롭고 평화롭게 살아야 하는 때부터죠. 당신은 스스로에게 낙인을 찍고, 다른 사람들, 평범한 사람들, 단정한 사람들과 이유를 알 수 없는 대립 관계에 있다고 느끼기 시작합니다. 당신과 다른 사람들 사이를 갈라놓는 아이러니, 회의, 반대, 인식, 감정의 골이 점점 더 깊어지지요. 당신은 외로워지고, 그 후로는 더 이상 사람들과 말이 통하지 않게 됩니다. 무슨 이런 운명이 있을까요? 이걸 끔찍하게 느낄 만큼 마음이 활기에 넘치고 **사랑으로 가득하다고** 가정한다면 말이죠! ……수많은 사람들 중에서 당신의 이마에 낙인이 찍혔다는 걸 감지하고 또 그걸 모르는 사람이 없다고 느끼기 때문에 당신의 자의식은 불타오릅니다. 나는 인간으로서 병적인 소심함과 불안감과 싸워야 했던 천재적인 배우를 만난 적이 있어요. 그는 예술가로서는 완벽했지만 인간으로서는 초라했습니다. 배역, 연기자로서의 임무를 맡지 못하게 되면, 자의식이 극도로 예민해져서 소심함과 불안감에 시달렸죠……. 당신이 조금만 예리한 눈빛으로 보면, 예술가, 진정한 예술가, 예술을 시민적인 직업으로 여기는 예술가가 아니라 운명적으로 타고난 저주받은 예술가를 군중 속에서 알아볼 수 있습니다. 어디에도 소속되지 못한 채 고립되고, 사람들 눈에 띄어 관찰당하는 감정,

당당하면서도 당혹스러워하는 기색이 예술가의 얼굴에 서려 있거든요. 평범한 옷차림으로 군중 사이를 걸어가는 제후의 표정에서 그런 비슷한 걸 볼 수 있죠. 하지만 리자베타, 평범한 옷은 아무 소용이 없어요! 변장을 하고 복면을 쓰고 외교관 수행원이나 휴가 중인 친위대 소위처럼 옷을 입어봐요. 아무리 그래도 눈을 뜨고 한마디라도 말을 한다면, 당신이 사람이 아니라 뭔가 낯설고 서먹한 존재, 다른 존재라는 걸 누구나 금방 알아챌 겁니다…….

그런데 예술가란 대체 **어떤 존재**일까요? 인류가 편안함을 추구하고 인식에는 게으른데도, 이 문제에서만큼은 다른 어떤 문제에서보다 끈질긴 태도를 보여주었어요. '그런 사람은 하늘이 내린 재능이지.' 예술가에게 감명받은 성실한 사람들은 겸허한 마음으로 이렇게 말하죠. 그리고 명랑하고 고상한 효과는 무조건 명랑하고 고상한 원천에서 비롯된다고 선량하게 생각하는 탓에 여기에서 어쩌면 극도로 조악한 조건 속에서 극도로 의심스러운 '재능'이 문제될지 모른다고 의심하는 사람은 아무도 없지요……. 예술가들이 쉽게 상처받는다는 건 일반적으로 널리 알려져 있어요. 그런데 양심적이고 자의식이 건실한 사람들에게는 이런 일이 잘 일어나지 않는다는 것도 알려져 있죠……. 이봐요, 리자베타. 내 영혼의 저 밑바닥에는 예술가 유형에 대한 모든 **의심**이(정신적인 것으로 전이되어) 도사리고 있어요. 저 위쪽 비좁은 도시에서 살았던 우리 건실한 조상들은 마술사나 모험을 즐기는 곡예사가 집에 찾아오면 아마 그런 의심을 품었을 겁니다. 내 얘기를 좀 들어봐요. 나는 단편소설을 쓰는 재능을 가진 은행가를 한 명 알고 있어요. 머리가 희끗희끗한 그 사업가는 한가로운 시간이면 이 재능을 활용하는데, 이따금 아주 훌륭한 작품들을 선보인답니다. 이런 고상한 재능에도 불구하고(나는 '불구하고'라고 말합니다) 그 사람의 품행이 아주 착실한 건 아닙니다. 오히려 반대로 이미 심한 옥살이를 치른 전력이 있어요. 그것도 합당한 이유에서 형벌을 치렀지요. 그래요. 그 사람은 실제로 교도소 생활을 할 때 처음으로 자신의 재능을 인지했답니다. 죄수로서의 경험이 모든 창작 활동의 기본 동기를 이루었죠. 그렇다면 시인이 되기 위해서는 어떤 식으로든 일종의 교도소에서 지내볼 필요가 있지 않을까 조금 대담하게 추론할 수 있을 겁니다. 그런데 교도소에서의 체험보다는 **교도소로 가게 만든 것**이 그 사람의 예술성의 뿌리나 원천과 더 내밀하게 얽혀 있다는 의심이 고개를 들지 않나요? 단편소설을 쓰는 은행가, 이런 일은 드물지요. 그렇지 않은가요? 하지만 단편소설을 쓰는데도 품행이 아주 착실하고 건실한 은행가, **이런 일은 일어나지 않아요**⋯⋯. 그래요. 이제 웃는군요. 그런데도 나는 농담 삼아 이런 말을 하고 있어요. 예술가 기질과 예술가의 인간적인 영향의 문제보다 더 고통스러운 문제는 없어요. 결단코 없지요. 가장 전형적이고, 그래서 가장 막강한 예술가

의 가장 경이로운 형상을 예로 들어봅시다. 《트리스탄과 이
졸데》●처럼 병적이고 극히 외설스러운 작품을 예로 들어 이
작품이 젊고 건강하고 충분히 정상적으로 느끼는 사람에게
미치는 영향력을 관찰해봅시다. 당신은 고양되고 용기에 넘
치고, 그야말로 격정적으로 열광해서 어쩌면 직접 '예술적인
창작 활동'을 해보겠다고 자극받은 사람을 보게 됩니다…….
뛰어난 아마추어! 그는 '따뜻한 마음'과 '성실한 열광'으로 예
술가를 꿈꿀지 모릅니다. 그러나 우리 예술가들의 내면은 그
가 꿈꾸는 것과는 완전히 다르지요. 나는 예술가들이 열광적
으로 환호하는 여자들과 앳된 젊은이들에 에워싸인 광경을
보면서 그들이 실제로 어떤지 잘 **알고 있었지요**……. 예술가
기질의 유래, 부수적인 현상, 그리고 조건들과 관련해 번번이
아주 기이한 경험을 하게 됩니다……."

"토니오 크뢰거, 다른 예술가들에게서 그런 경험을 한다는
말인가요? 미안해요. 아니면 당신 자신도 그렇다는 말인가요?"

토니오 크뢰거는 침묵을 지켰다. 비스듬한 눈썹을 찌푸리
고는 혼자 휘파람을 불었다.

"찻잔 이리 줘요, 토니오. 차가 진하지 않아요. 그리고 새 담
배에 불을 붙여요. 그런데 당신이 보는 것처럼 꼭 그렇게 상

● 중세 유럽의 문학에 가장 많이 차용된 연애담으로, 트리스탄과 그의 삼촌의 아
  내인 이졸데의 이루어질 수 없는 사랑을 내용으로 한다.

황을 볼 필요가 없다는 건 당신도 잘 알잖아요……."

"친애하는 리자베타, 그건 호레이쇼●의 대답이죠. '사물들을 그렇게 본다는 건 너무 정확하게 본다는 뜻일 겁니다.'●● 그렇지 않은가요?"

"내 말은, 다른 방향에서도 마찬가지로 정확하게 볼 수 있다는 뜻이에요, 토니오 크뢰거. 나는 그림을 그리는 아둔한 여자에 지나지 않아요. 내가 당신에게 뭐라고 대답할 말이 있다면, 당신에 대해 당신의 직업을 조금 옹호할 수 있다면, 그건 틀림없이 새로운 게 아닐 거예요. 당신 자신이 이미 매우 잘 알고 있는 걸 상기시킬 뿐이겠죠……. 그러니까 정화하고 신성하게 하는 문학의 작용, 인식과 말을 통한 정열의 파괴, 이해하고 용서하고 사랑하기 위한 길로서 문학, 언어의 구원하는 힘, 존재하는 인간 정신의 가장 고귀한 현상으로서 문학의 정신, 완벽한 인간으로서, 성자로서 글쟁이, **이렇게** 보는 건 충분히 정확하게 보지 않는 걸까요?"

"리자베타 이바노브나, 당신에게는 그렇게 말할 권리가 있어요. 다시 말하자면 당신네 나라 시인들의 작품, 숭배할 만한 러시아 문학을 고려하면 그렇지요. 러시아 문학은 실제로 당신이 말하는 그 성스러운 문학에 해당됩니다. 하지만 나는

● 셰익스피어의 비극《햄릿》에 등장하는 햄릿의 친구.

●● 《햄릿》5막 1장에 나오는 호레이쇼의 대사.

당신의 이의 제기를 무시하는 게 아니에요. 오히려 그 이의 제기도 오늘 내 머릿속을 차지하고 있는 것들에 포함되어 있어요……. 나를 좀 봐요. 내가 무척 활기에 넘치는 것 같지는 않죠. 그렇죠? 조금 늙고 예민하고 피곤해 보이죠. 그렇지 않은가요? 자, 그럼, 우리 '인식'의 문제에 대해 이야기를 계속해볼까요. 천성적으로 다른 이들의 말을 잘 믿고 온유하고 호의적이고 조금 감상적이고 사람의 심리를 꿰뚫어 보는 탓에 기력이 소진해서 파멸의 지경에 이른 사람을 생각해볼 수 있어요. 세상의 슬픔에 휘말리지 않고 제아무리 고통스러운 것이더라도 관찰하고 인지하고 받아들이죠. 그러면서 존재의 혐오스러운 허구에 대한 도덕적인 우월감에 넘쳐 즐거워합니다. 당연히 그렇지요! 하지만 표현의 기쁨이 제아무리 크다 해도 때로는 그 모든 일이 조금 버겁게 느껴집니다. 모든 걸 이해한다는 건 모든 걸 용서한다는 뜻일까요? 나는 잘 모르겠어요. 리자베타, 내가 '인식의 혐오'라고 부르는 게 있어요. 그건 하나의 사태를 꿰뚫어 보는 것만으로도 죽고 싶을 정도로(그래서 절대로 화해하고 싶은 기분이 들지 않을 정도로) 역겹게 느껴지는 상태입니다. 덴마크 사람 햄릿, 이 전형적인 글쟁이가 바로 그런 경우죠. 알아야 하는 소명을 타고나지 않았는데도 알아야 하는 소명을 짊어진다는 것, 그것이 무엇인지 햄릿은 알고 있었어요. 눈물 섞은 감정의 베일을 뚫고서 사태를 간파하고 인식하고 알아채고 관찰합니다. 그런데도 손이 서로를 부여잡고 입술이 서로를 찾는 순간에, 인간의 시선이 감정에 눈멀어 흐려지는 순간에 관찰한 것을 미소 지으며 옆으로 제쳐놓을 수밖에 없습니다. 그건 추잡한 일입니다. 리자베타, 파렴치하고 분노가 치솟는 일이라고요……. 하지만 분노한다고 무슨 소용이 있겠어요?

 이 일에는 그에 못지않게 사랑스러운 다른 면이 있습니다. 그건 말할 것도 없이 모든 진실에 대해 거만하고 무심하고 조롱 어린 피곤한 태도죠. 실제로 이 세상 어디에서도 온갖 산전수전 다 겪은 영민한 부류 속에 있는 것보다 더 조용하고 절망적일 수는 없습니다. 그들에게는 모든 인식이 진부하고 지루할 따름이죠. 리자베타, 혹시 당신이 진실을 깨닫고서 일종의 생기발랄한 기쁨을 느낀 적이 있다면 말해봐요. 그러면 그들은 당신의 그 하찮은 깨달음에 대해 콧방귀로 응수할 겁니다……. 그렇고말고요. 문학은 사람을 피곤하게 만들어요, 리자베타! 내가 단언하는데, 인간 사회에서는 단순히 회의에 빠져 의사 표현만 하지 않아도 어리석은 사람 취급을 받을 수 있어요. 사실은 다만 오만하고 용기가 없을 뿐인데도 말이죠……. '인식'에 대해서는 이 정도로 해두죠. 하지만 '언어'에 대해 말하자면, 여기에서는 아마 구원이 아니라 감정을 차갑게 식혀 얼음 위에 놓는 것이 문제되지 않을까요? 솔직하게 말해서, 문학적인 언어를 통해 감정을 신속하게 피상적으로 해결하는 건 괘씸할 정도로 주제넘고 아주 냉담한 처사입니다. 당신은 가슴이 터질 듯 벅차오르면, 달콤하거나 숭고한 체험에 휩싸여 있다고 느끼죠. 이보다 더 간단한 일은 없습니다! 당신은 글쟁이를 찾아가고, 모든 게 순식간에 정돈되지요. 글쟁이는 당신의 관심사를 분석하고 규정하고 명명하고 입 밖에 내어 말합니다. 당신을 위해 그 일을 영원히 해결해서 중요하지 않은 걸로 만들어주고 그에 대한 감사의 말도 들으려 하지 않을 겁니다. 당신은 일이 해결되어 냉정하고 홀가분한 마음으로 집에 돌아가지요. 그리고 왜 그런 일로 방금 전까지 감미로운 혼란에 빠져 당황했는지 의아하게 여깁니다. 그런데 당신은 이 냉정하고 허황되고 어설픈 수다쟁이를 진심으로 옹호할 생각인가요? 이런 수다쟁이의 신조는 '입 밖에 내어 말한 것은 해결되었다'라는 겁니다. 온 세상을 입 밖에 내어 말하면, 해결되고 구원되고 처리되고…… 아주 근사하죠! 그렇다고 내가 허무주의자는 아닙니다……."

"당신은 허무주의자……." 리자베타가 말했다. 그때 마침 찻숟가락으로 차를 떠서 입으로 가져가다 말고 몸이 그대로 굳어버린 양 가만히 있었다.

"됐어요……. 됐어……. 리자베타, 정신 차려요! 분명히 말하는데, 나는 생기발랄한 감정과 관련해서는 허무주의자가 아니에요. 이봐요. 삶을 말로 표현해서 해결한 후에도 삶은 계속되고 또 계속되는 걸 부끄러워하지 않는다는 사실을 글쟁이는 근본적으로 이해하지 못해요. 하지만 봐요. 삶은 문학을 통해 온갖 구원을 받는데도 꿋꿋하게 계속 죄를 짓고 있어요. 정신의 눈으로 보면, 모든 행위는 죄악이기 때문이죠.

리자베타, 이제 결론에 이르렀어요. 내 말 잘 들어요. 나는 삶을 사랑해요. 이건 솔직한 고백이에요. 이 말을 잊지 말고 기억해줘요. 지금까지 그 누구에게도 이런 고백을 한 적이 없어요. 사람들은 내가 삶을 증오하거나 두려워하거나 경멸하거나 혐오한다고 말했으며, 심지어는 그런 내용을 글로 써서 인쇄까지 했답니다. 나는 그런 말을 즐겨 들었고, 또 그럴 때마다 우쭐해 했죠. 하지만 아무리 그랬다고 해도 그 말은 사실이 아닙니다. 나는 삶을 사랑해요……. 리자베타, 미소 짓는군요. 당신이 왜 미소 짓는지 알고 있어요. 하지만 제발 부탁인데, 내가 하는 말을 문학으로 여기지는 말아요! 체사레 보르자●나 그 사람에게 도취해 지도자로 추앙하는 철학 따위도 생각하지 말아요! 체사레 보르자, 그 사람은 나한테 아무 의미가 없어요. 나는 그를 조금도 높이 평가하지 않아요. 그 특이하고 악마적인 것을 어떻게 이상으로 숭배할 수 있는지 도무지 이해가 가지 않아요. 아니, 정신이나 예술과 영원히 대치 관계에 있는 '삶', 우리같이 평범하지 않은 사람들은

● 체사레 보르자(1475~1507)는 교황 알렉산데르 6세의 아들로, 중부 이탈리아의 로마냐 지방을 냉혹하게 정복해 지배했다. 권력형 인간을 대표하며, 마키아벨리의 《군주론》에서 이상적인 전제군주로 묘사되었다.

이 삶을 잔혹한 위대함과 난폭한 아름다움의 비전으로, 평범하지 않은 것으로 보지 않아요. 정상적이고 예의 바르고 사랑스러운 것, 유혹적으로 진부한 삶이 우리가 동경하는 영역이죠! 이봐요. 정교하고 기괴하고 악마적인 것에 궁극적으로 깊이 열광하는 자는 절대 예술가가 아닙니다. 소박하고 단순하고 활기찬 것에 대한 동경, 약간의 우정과 헌신과 친밀감과 인간적인 행복에 대한 동경…… 리자베타, 평범함의 환희에 대한 은밀하고 간절한 동경을 모르는 자는 예술가가 아닙니다!

인간적인 친구! 사람들 가운데서 친구 한 명을 갖게 된다면, 내가 얼마나 가슴 뿌듯하고 행복해할지 알아요? 하지만 지금까지 내게는 악령, 요마, 깊숙한 곳의 괴물, 인식에 놀라 입을 다무는 유령, 즉 글쟁이 친구들만 있었어요.

나는 이따금 홀의 강단에 서서 내 이야기를 들으러 온 사람들과 마주하지요. 이봐요. 그러면 청중을 둘러보는 나 자신을 관찰하게 됩니다. 누가 내 이야기를 들으러 왔을까, 어떤 사람이 내게 찬사를 보내고 감사의 마음을 전할까, 내 예술이 여기에서 어떤 사람과 이상적으로 결합할까. 이런 질문들을 가슴에 품고서 슬며시 청중을 엿보는 나 자신을 알아차린답니다……. 리자베타, 나는 찾는 걸 발견하지 못해요. 이미 잘 알고 있는 신도 무리만을 발견하지요. 마치 초기 기독교 신자들의 집회처럼 어눌한 몸과 섬세한 영혼을 가진 사람들, 말하자면 늘 넘어지는 사람들이죠. 리자베타, 내 말 이해하죠. 시학을 삶에 대한 온순한 복수처럼 여기는 사람들, 고통받는 사람들, 갈망하는 사람들, 가난한 사람들만 항상 거기 모여 있어요. 다른 사람들, 정신이 필요하지 않은 푸른 눈의 사람들은 절대 오지 않아요!

그런데 만일 상황이 달라서 기뻐한다면, 그건 무엇보다도 애석하게 일관성이 결여된 건 아닐까요? 삶을 사랑하면서도 모든 예술을 동원해 삶을 자신 쪽으로 끌어당기고, 기교와 우울증, 문학의 모든 병든 귀족을 위해 삶을 확보하려 노력하는 건 모순이지요. 지상에서 예술의 영역은 증가하는 동시에 건강하고 순수한 영역은 감소하고 있어요. 아직 남아 있는 것을 최대한 신중하게 보존해야 합니다. 스냅 사진이 실린 승마 서적을 훨씬 더 즐겨 읽는 사람들을 시학으로 유혹하려 해서는 안 됩니다!

잘 생각해보면, 예술에서 스스로를 시험하는 삶의 모습보다 더 가련한 모습이 있을까요? 우리 예술가들은 아마추어, 그것도 기회가 닿으면 언젠가 예술가가 될 수 있다고 믿는 활기찬 아마추어들을 그 누구보다도 지독히 경멸하지요. 이런 종류의 경멸을 나 자신이 직접 체험했다고 말할 수 있어요. 언젠가 좋은 집안의 모임에 참석한 적이 있어요. 모두 함께 먹고 마시며 이런저런 이야기를 나누고 서로 최선을 다해 이해하려고 노력합니다. 나는 소박하고 점잖은 사람들 사이에서 그들과 같은 부류가 되어 잠시 어울릴 수 있어 즐겁고 고마워합니다. 그런데 느닷없이(이런 일이 실제로 내게 일어났어요) 한 장교가, 잘생기고 건장한 소위가 자리에서 일어나 자신이 직접 지은 시 몇 편을 우리에게 낭독할 기회를 달라고 단호하게 청합니다. 나는 그 장교가 설마 군복에 어울리지 않는 행동을 할 줄은 전혀 예상하지 못했어요. 사람들은 당혹스러운 미소를 지으며 낭독하라고 합니다. 그러자 장교는 자신의 계획을 실행에 옮겨 그때까지 상의 옷자락 속에 숨겨두었던 쪽지를 꺼내 읽습니다. 음악과 사랑에 대한 시인데, 간단히 말해서 본인이 절절히 느낀 만큼 감흥을 불러일으키지 못합니다. 나는 세상 사람들에게 호소합니다. 소위가! 세상의 주인이! 왜 쓸데없이 저런 일을 할까요! 이제 당연히 일어날 일이 일어납니다. 실망한 얼굴들, 침묵, 쥐어짜낸 듯한 약간의 박수와 극도의 불쾌감. 내가 의식하는 최초의 심리적 반응은, 그 무분별한 젊은 남자가 그 자리에 모인 사람들을 당황하게 만든 사태에 나 자신도 공동 책임이 있다고 느끼는 것입니다. 그건 의심의 여지가 없습니다. 그 젊은 남자가 어설프게 내 일감을 건드린 탓에 이제 조롱 섞인 냉담한 시선들이 나를 향합니다. 하지만 두 번째 심리적 반응은, 내가 조금 전까지만 해도 그 존재와 품성을 더없이 솔직하게 존경한 사람이 갑자기 내 눈에 작아지기 시작한다는 것입니다. 작아지고 또 작아집니다……. 나는 연민 어린 호의를 느낍니다. 나는 몇몇 용감하고 선량한 사람들과 함께 장교에게 다가가 말을 겁니다. '소위님, 축하합니다.' 나는 말합니다. '재능이 아주 뛰어나시군요! 이런, 무척 근사했습니다!' 그리고 하마터면 장교의 어깨를 토닥거려줄 뻔합니다. 그런데 장교에게 보이는 감정이 호의일까요? ······자업자득이죠! 장교는 거기 어쩔 줄 모르고 서서 자신의 삶을 바칠 생각도 없으면서 예술의 월계수나무에서 한 잎, 단 한 잎을 딴 잘못에 대한 대가를 톡톡히 치렀지요. 아니, 여기에서 나는 내 동료, 불법을 저지른 은행가 편을 들겠습니다. 그런데 리자베타, 오늘 내가 햄릿처럼 말이 너무 많다고 생각하지 않아요?"

"이제 얘기 끝났어요, 토니오 크뢰거?"

"아니요, 하지만 오늘은 그만하죠."

"그 정도면 됐어요. 대답을 기대해요?"

"대답해줄 말 있어요?"

"있을 거 같은데요. 토니오, 당신 말 잘 들었어요. 처음부터 끝까지. 오늘 오후 당신이 말한 모든 것에 적절하게 어울리는 대답을 하고 싶어요. 그리고 당신을 그토록 불안하게 만든 문제에 대한 해답도 제시하려고 해요. 자, 그러니까 해답은 지금 여기 앉아 있는 당신이 그야말로 한 명의 시민이라는 사실이죠."

"내가요?" 토니오는 물었다. 맥이 빠지는 듯 몸이 아래로 축 처졌다······.

"그렇지 않은가요. 충격이 크죠. 당연히 그럴 거예요. 그래서 판결을 조금 완화시켜줄게요. 내가 그 정도는 할 수 있으니까요. 토니오 크뢰거, 당신은 길을 잘못 들어 방황하는 시민이에요. 길 잃은 시민."

침묵이 흘렀다. 토니오 크뢰거는 단호하게 일어나 모자와 지팡이를 들었다.

"리자베타 이바노브나, 고마워요. 이제 안심하고 집에 갈 수 있겠어요. **나는 해결되었어요.**"

5

가을이 다가올 무렵, 토니오 크뢰거는 리자베타 이바노브나에게 말했다.

"자, 이제 여행을 떠날까 해요, 리자베타. 바람을 좀 쐬어야겠어요. 이곳을 떠날 생각입니다. 멀리 갈까 해요."

"아니, 도대체 왜요? 다시 이탈리아에 갈 생각인가요?"

"어휴, 이탈리아 이야기는 꺼내지 말아요, 리자베타! 이제 이탈리아라면 신물이 나요! 내가 이탈리아에 속하는 사람이 아닐까 착각했던 건 벌써 오래전의 일이라고요. 예술의 고장이란 말이죠. 그렇지 않은가요? 벨벳 같은 푸른 하늘, 강렬한 포도주와 달콤한 관능……. 산난히 말해서 나는 그런 걸 좋아하지 않아요. 그런 것들은 얼마든지 포기할 수 있어요. 그 모든 아름다움은 내 신경을 곤두서게 만들 뿐이죠. 나는 끔찍하게 활기에 넘치고 동물처럼 눈빛이 검은 저 아래 남쪽 나라 사람들을 좋아하지 않아요. 그 라틴족 사람들의 눈에는 양심이란 게 없어요……. 그래요. 나는 덴마크에 조금 머물까 해요."

"덴마크요?"

"네, 그러는 편이 내게 좋지 않을까 기대하고 있어요. 어린 시절 내내 덴마크 국경 근처에서 살았는데, 공교롭게도 아직까지 그곳에 한 번도 가보지 못했거든요. 나는 우리 아버지에게 북쪽 사람들의 기질을 물려받은 게 틀림없어요. 우리 어머니가 뭔가에 조금이라도 관심이 있었다면, 그건 사실 이탈리아의 아름다움이었거든요. 하지만 저기 위쪽 지방에서 쓰인 책들을 봐요. 그 심오하고 순수하고 유머러스한 책들을 보라고요, 리자베타. 나는 그 책들을 무척 좋아해요. 그 책들을 사랑하죠. 스칸디나비아의 음식을 먹어봐요. 그 비길 데 없는 음식들은 오로지 소금기가 많은 강렬한 공기에서만 소화할 수 있어요(내가 아직 그 음식들을 소화할 수 있을지는 모르겠군요). 나는 원래 그 음식들에 대해 좀 알죠. 우리 고향에서도 그런 식으로 음식을 먹거든요. 저 위쪽 사람들이 장식품처럼 짓는 이름들도 한번 생각해봐요. 우리 고향에도 그런 이름을 가진 사람들이 많이 있었죠. '잉게보르크' 같은 음향을 들어봐요. 마치 흠잡을 데 없는 시구를 하프로 연주하는 것처럼 들리지 않나요. 그리고 바다, 저 위쪽에 발트해가 있거든요! ……한

마디로 말해서 리자베타, 나는 북쪽으로 갑니다. 다시 발트해를 보고 다시 그 이름들을 듣고 현지에서 그 책들을 읽을 생각입니다. 또한 '망령'이 햄릿에게 나타나 그 가련하고 고귀한 젊은이에게 고뇌와 죽음을 불러오는 크론보르성●의 테라스도 찾아볼 계획이지요……."

"토니오, 이런 걸 질문해도 될지 모르겠지만, 어떻게 갈 건데요? 어떤 길로 갈 거죠?"

"다들 가는 길로 가야죠." 토니오가 어깨를 으쓱하며 말했다. 얼굴이 무척 붉게 상기되었다. "그래요. 내가, 내가 떠나온 곳을 들를 겁니다, 리자베타. 13년 만에. 남 보기에 상당히 우스울 수도 있어요."

리자베타가 미소 지었다.

"토니오 크뢰거, 나는 그 말이 듣고 싶었어요. 그럼, 잘 다녀와요. 내게 편지 쓰는 거 잊지 말아요. 알았죠? 덴마크 여행에서의 체험이 듬뿍 담긴 편지를 기대할게요……."

6

토니오 크뢰거는 북쪽으로 떠났다. 그는 편안하게 여행했

● 덴마크의 동부 헬싱외르에 위치한 성.《햄릿》의 무대가 된 곳으로 유명하다.

다(다른 이들보다 내적으로 훨씬 더 힘들게 사는 사람은 외적으로 조금 안락함을 누릴 정당한 권리가 있다고 말하곤 했기 때문이다). 토니오 크뢰거는 자신이 떠나온 비좁은 도시의 탑들이 흐릿한 대기 속에서 모습을 드러낼 때까지 쉬지 않고 여행을 계속했다. 그리고 그곳에서 잠깐 머무르며 기이한 체험을 했다……

우중충한 오후가 이미 저녁으로 넘어갈 즈음 기차가 연기에 그을린 역사에 들어섰다. 길쭉한 역사가 묘하게 친근했다. 토니오 크뢰거가 마음속에 조롱만을 품은 채 그곳을 떠났던 때처럼 여전히 지저분한 유리 지붕 아래서 짙은 연기가 뭉실뭉실 피어올라 조각이 되어 넓게 흩어졌다. 토니오 크뢰거는 가방을 챙겨 호텔에 갖다두라고 부탁하고는 역을 나왔다.

지나치게 높고 넓은 검은색의 쌍두마차들이 역사 바깥에 한 줄로 길게 늘어서 있었다! 토니오 크뢰거는 마차를 타지 않았다. 좁은 박공지붕, 주변의 지붕들 위로 높이 솟은 뾰족한 탑, 장황하면서도 빠르게 말하며 한가로이 걸음을 옮기는 금발의 사람들, 이 모든 걸 바라보았듯이 마차를 바라보았을 뿐이다. 신경질적인 웃음이 흐느낌처럼 속에서 치밀어 올랐다. 그는 걸음을 옮겼다. 끊임없이 얼굴을 때리는 축축한 바람을 맞으며 느릿느릿 다리를 건너서 항구를 따라 잠시 걸었다. 다리 난간 옆에 신화에 등장하는 인물들의 입상이 있었다.

이런, 전부 얼마나 작고 옹색한가! 박공지붕 건물들이 늘어선 비좁은 골목길들은 그 오랜 세월 동안 이렇게 우스꽝스러울 정도로 가파르게 시내를 향해 뻗어 있었을까? 어둠이 내려앉는 가운데 흐린 강물 위에 떠 있는 배의 굴뚝과 돛대가 바람에 살며시 흔들렸다. 마음속에 품어둔 집이 있는 길을 올라가볼까? 아니, 내일 가자. 지금은 너무 졸려. 기차를 오래 타고 왔더니 머리가 무거웠다. 이런저런 생각들이 아련하게 천천히 머릿속을 스쳤다.

　지난 13년 동안 이따금 위장이 말썽을 부릴 때마다 토니오 크뢰거는 고향 집에 다시 돌아오는 꿈을 꾸었다. 경사진 골목길에 위치한 고향 집은 유서 깊은 고택이었고 발걸음 소리가 울렸다. 꿈에서는 아버지도 아직 살아 있었는데 행실이 단정하지 못하다고 아들을 심하게 나무랐다. 그럴 때마다 토니오 크뢰거는 꾸중 듣는 게 당연하다고 생각했다. 그런데 마치 지금 감각을 현혹시키는데도 뚫고 나올 수 없는 그런 꿈속에 있는 것만 같았다. 그런 꿈속에서는 이게 망상인지 현실인지 묻게 되고, 자신도 모르게 현실이 확실하다는 판단을 내리게 된다. 그러다 결국 꿈에서 깨어난다…⋯. 토니오 크뢰거는 바람을 맞으며 조금 북적거리는 거리를 따라 걸었다. 바람을 피하려고 고개를 숙인 채 밤에 묵을 호텔, 시내의 일급 호텔을 향해 몽유병자처럼 걸음을 옮겼다. 다리가 구부정한 남자가 막대기를 손에 들고 뱃사람처럼 엉덩이를 흔들며 걸어왔다. 남자는 막대기 끝에서 번쩍거리는 작은 불꽃으로 가스등에 불을 붙였다.

토니오 크뢰거는 어떤 심정이었을까? 피곤이라는 재에 뒤덮여 밝은 불꽃으로 타오르지 못하고, 그토록 암울하고 고통스럽게 가물거린 그 모든 건 무엇이었을까? 가만, 가만, 아무 말도 하지 말자! 그 어떤 말도 하지 말자! 그는 꿈결처럼 친근하고 어스름한 골목길을 따라 바람을 맞으며 언제까지나 한없이 걷고 싶었다. 하지만 모든 게 비좁게 다닥다닥 붙어 있었고, 곧 목적지에 이르렀다.

시내의 높은 지역에는 아치형의 가로등이 있었고, 이제 막 빛을 발하기 시작했다. 거기에 호텔이 위치했으며, 호텔 앞에 검은 사자 두 마리가 있었다. 예전에 어렸을 때 그 사자들은 두려움의 대상이었다. 사자들은 마치 재채기할 것 같은 표정으로 여전히 마주 보고 있었다. 하지만 이제는 훨씬 작아 보였다. 토니오 크뢰거는 사자들 사이를 지났다.

그는 걸어서 도착한 탓에 호텔에서 그다지 극진한 대접을 받지 못했다. 도어맨과 검은 옷차림의 무척 세련된 신사가 토니오 크뢰거를 머리끝에서 발끝까지 요리조리 살펴보고 훑어보았다. 신사는 정중하게 인사했으며 새끼손가락으로 커프스단추를 끊임없이 소매 안으로 밀어 넣었다. 도어맨과 신사는 토니오 크뢰거의 사회적 지위를 조금이나마 규정짓고, 사회계층과 시민사회에서의 위치를 추정해 적절한 자리에 정중하게 배분하려고 노력하는 기색이 역력했다. 하지만 만족할 만한 결론에 이르지 못했고, 그래서 적당히 정중하게 대하기로 결정했다. 연한 금발의 구레나룻을 가늘게 기른 친절한 종업원이 3층의 깨끗하고 고풍스러운 방으로 안내했다. 종업원은 낡아서 반질거리는 연미복을 입었으며 둥그런 리본이 달리고 소리가 전혀 나지 않는 신발을 신고 있었다. 정원과 박공지붕들, 호텔 근처 교회의 기이한 몸체가 보이는 중세풍의 광경이 창문 너머로 어스름한 황혼 속에 펼쳐졌다. 그림처럼 아름다웠다. 토니오 크뢰거는 한동안 창문 앞에 서 있었다. 그러고는 팔짱을 낀 채 널찍한 소파에 앉아서 눈썹을 찌푸리며 휘파람을 불었다.

방에 불이 켜지고, 역에서 보낸 짐이 도착했다. 그와 동시에 친절한 종업원이 숙박계를 탁자에 내려놓았다. 토니오 크뢰거는 고개를 갸웃 숙이고서 이름, 가족 관계, 출생지처럼 보이는 것들을 거기에 끼적거렸다. 그러고는 약간의 저녁 식사를 주문한 뒤 소파 귀퉁이에 앉아 계속 허공을 응시했다. 식사가 앞에 놓였는데도 한참을 더 그대로 앉아 움직이지 않았다. 이윽고 조금 요기를 하고는 한 시간 동안 방 안을 오락가락했으며, 이따금 걸음을 멈추고서 눈을 감았다. 그러다 천천히 손을 놀려 옷을 벗고는 침대에 누웠다. 기이하게도 뭔가를 애타게 그리워하는 혼란스러운 꿈을 꾸며 늦게까지 잤다.

잠에서 깨어났을 때는 밝은 낮이 방 안을 가득 채우고 있었다. 토니오 그뢰거는 낭황해서 자신이 어디에 있는지 서둘러 생각하고는 몸을 일으켜 커튼을 젖혔다. 바람에 내몰려 이리저리 찢긴 구름 조각들이 늦여름의 살짝 창백한 푸른 하늘을 떠다녔다. 해가 고향 도시를 비추고 있었다.

토니오 크뢰거는 여느 때보다 좀 더 세심하게 외모에 신경을 썼다. 아주 꼼꼼하게 몸을 씻고 면도를 했으며, 기품 있고 예의 바른 집을 방문하려는 사람처럼 산뜻하고 말쑥하게 차려입었다. 마치 흠잡을 데 없이 말끔한 인상을 주려고 하는 것 같았다. 그는 손을 놀려 옷을 입는 동안 심장이 소심하게 두근거리는 소리에 귀를 기울였다.

저기 바깥은 얼마나 밝은가! 토니오 크뢰거는 어제처럼 길거리가 어둑어둑하다면 마음이 더 편할 것 같았다. 하지만 이제 밝은 햇빛을 뚫고 사람들의 시선 속으로 나가야 했다. 혹시 아는 사람을 만나지 않을까? 누군가에게 붙들려 13년을 어떻게 보냈냐는 질문을 받고 대답을 해야 하지 않을까? 아니, 다행히 그를 아는 사람이 아무도 없었다. 설사 그를 기억하는 사람이 있더라도 알아보지 못할 것이었다. 그동안 그가 실제로 조금 변했기 때문이다. 토니오 크뢰거는 거울에 비친 자신의 모습을 주의 깊게 살펴보았다. 일찍부터 세상 풍파를 겪은 탓에 실제보다 더 나이 들어 보이는 얼굴, 그 가면 뒤에 숨으면 더 안전하겠지 싶은 생각이 문득 뇌리를 스쳤다……. 그는 아침 식사를 방으로 가져오게 하고는 호텔을 나섰다. 도어맨과 검은 옷차림의 세련된 신사가 요리조리 훑어보는 가운데 로비를 가로지르고 두 마리 사자 사이를 지나 바깥으로 나갔다.

어디로 가지? 토니오 크뢰거는 어디로 갈지 막막했다. 어제와 별로 다를 게 없었다. 그가 묘하게 품위 있고 무척 친밀하게 다닥다닥 붙어 있는 박공지붕과 탑, 아케이드, 분수 들에 둘러싸인 걸 느끼자마자 아스라한 꿈속으로부터 부드러우면서도 떨떠름한 향내를 실어 오는 바람, 세찬 바람이 다시 얼굴을 스치자마자 베일과 안개 그물 같은 것이 감각을 에워쌌다……. 얼굴 근육의 긴장이 풀어졌고, 토니오 크뢰거는 고요한 눈길로 사람들과 사물들을 지켜보았다. 어쩌면 저기 길모퉁이에 다다르면 꿈에서 깨어나지 않을까…….

어디로 가지? 발길이 이끄는 방향이 기이한 회한과 슬픔을 몰고 왔던 간밤의 꿈과 관계있는 듯한 느낌이 들었다……. 토니오 크뢰거는 푸줏간 주인들이 피 묻은 손으로 저울을 재는 시청의 아치 아래를 지나 광장에 이르렀다. 그곳에 고딕식 분수가 높고 크고 뾰족하게 솟아 있었다. 그곳에서 토니오 크뢰거는 길쭉하고 수수한 집 앞에서 걸음을 멈추었다. 다른 집들과 비슷했지만, 곡선으로 휘어지는 박공지붕에 투조된 문양을 넣어 입체감이 돋보였다. 토니오 크뢰거는 문에 붙은 문패를 읽고는 창문 하나하나를 잠시 자세히 눈여겨보았다. 그러고는 천천히 몸을 돌려 그곳을 떠났다.

어디로 가지? 집에 가보자. 하지만 그는 멀리 돌아가는 길을 택했다. 시간이 많아 성문 밖으로 산책을 갔다. 뮐렌발과 홀슈텐발 둑길을 지날 때는 나무 사이로 세차게 윙윙거리는 바람에 모자가 날리지 않도록 꼭 붙잡았다. 그러다 기차역에서 멀지 않은 곳에서 둑길을 벗어났다. 기차가 증기를 내뿜으며 둔중한 몸체로 서둘러 지나가는 게 보였다. 토니오 크뢰거는 심심풀이로 기차가 몇 칸인지 세어보고 맨 뒤 찻간의 높은 곳에 앉아 있는 남자를 바라보았다. 보리수 광장에 이르러서는 늘어서 있는 근사한 저택들 중 한 저택 앞에서 걸음을 멈추었다. 오랫동안 정원을 들여다보고 창문을 올려다보았다. 그러다 이윽고 정원 문을 이리저리 흔들자 돌쩌귀에서 삐걱거리는 소리가 났다. 토니오 크뢰거는 녹이 묻은 차가운 손을 잠시 살펴보고는 다시 걸음을 옮겼다. 유서 깊은 나지막한 성문을 지나 항구를 따라 걷다가 어린 시절의 집을 향해 바람이 부는 가파른 골목길을 올라갔다.

그 집은 300년 전부터 회색의 장중한 자태를 자랑하며 이웃집들에 에워싸여 있었다. 박공지붕이 이웃집들보다 높이 솟아 있었다. 토니오 크뢰거는 현관문 위의 반쯤 지워진 경건한 문구를 읽었다. 그러고는 숨을 깊이 들이쉬고 집 안에 발을 들여놓았다.

심장이 불안하게 고동쳤다. 지금 1층을 지나가다보면 어딘가 문 하나에서 귀 뒤에 펜을 꽂은 사무복 차림의 아버지가 나타나 그를 불러 세우고는 방탕한 삶을 산다고 근엄하게 추궁할 것만 같았기 때문이다. 만일 아버지가 그런다고 해도 너무나 당연하다는 생각이 들었다. 하지만 토니오 크뢰거는 아무런 방해도 받지 않고 1층을 지났다. 현관문 안쪽의 바람막이 문이 꼭 닫혀 있지 않고 살짝 기대져 있었는데 그건 야단 맞아 마땅한 일이었다. 그와 동시에 장애물들이 저절로 멀리 물러나고 불가사의한 행운에 힘입어 거침없이 앞으로 나아가는 가벼운 꿈속에 있는 듯한 기분이 들었다……. 커다란 사각형 타일이 깔린 넓은 복도에 발걸음 소리가 울려 퍼졌다. 부엌에서는 정적이 흘렀고, 그 맞은편 벽의 상당히 높은 위치에 예전과 다름없이 골방들이 튀어나와 있었다. 하녀들이 기거했던 골방들은 기이하고 투박했지만 말끔하게 래커 칠이 되어 있었다. 골방에 가려면 난간 없이 디딤판만 있는 좁고 가파른 층계를 복도에서 올라가야 했다. 하지만 그곳에 있었던 커다란 장롱들과 조각이 새겨진 함들은 사라지고 없었다……. 그 집의 후예는 투조된 문양으로 장식하고 흰색 래커를 칠한 목제 난간을 한 손으로 짚고 육중한 계단에 발을 디뎠다. 한 계단 오를 때마다 손을 들었다가 다음 계단에 발을 디디며 살며시 내려놓았다. 마치 그 오래되고 견고한 난간과의 친밀감을 다시 되살려내려고 소심하게 시도하는 듯했다……. 하지만 토니오 크뢰거는 중간층 입구 앞의 층계참에서 걸음을 멈추었다. 흰색 바탕에 검은 글씨로 '공공 도서관'이라고 쓰인 팻말이 문에 붙어 있었다.

공공 도서관이라고? 토니오 크뢰거는 생각했다. 그곳은 일반 대중이나 문학과는 아무 상관이 없는 곳이라고 여겼기 때문이다. 그는 문을 두드렸다…… 방 안에서 들어오라고 크게 말하는 소리가 들렸다. 토니오 크뢰거는 그 소리를 좇아 방에 들어갔다. 긴장되고 음울한 표정으로 전혀 어울리지 않게 변해버린 실내를 바라보았다.

중간층은 세 개의 방으로 이루어져 있었는데, 방들을 연결하는 문들이 활짝 열려 있었다. 벽면에는 똑같은 모양으로 장정된 책들이 거의 천장까지 뒤덮여 있었다. 어두운 서가에 책들이 길게 줄줄이 꽂혀 있었다. 각 방마다 일종의 카운터 너머로 차림새가 초라한 사람들이 앉아 뭔가를 쓰고 있었다. 두 명은 고개를 들어 토니오 크뢰거를 힐끗 쳐다봤고, 맨 앞방의 사람은 두 손으로 테이블을 짚으며 황급히 일어났다. 고개를 앞으로 내밀고 입을 뾰족하게 오므린 채 눈썹을 치켜뜨고는 눈을 빠르게 깜박이며 방문객을 바라보았다…….

"실례합니다." 토니오 크뢰거는 많은 책들에서 시선을 떼지 않은 채 말했다. "이곳에 처음 왔는데, 시내를 돌아보고 있습니다. 그러니까 이곳이 공공 도서관인가요? 여기 장서들을 조금 둘러봐도 될까요?"

"물론이죠!" 도서관 직원이 더욱 격렬하게 눈을 깜박이며 말했다…… "당연히 이곳은 누구에게나 열려 있습니다. 둘러보시기만 할 겁니까……. 도서 목록을 드릴까요?"

"아니, 괜찮습니다." 토니오 크뢰거는 대답했다. "저 혼자서도 쉽게 책을 찾을 수 있습니다." 그러고는 책등의 제목을 자세히 살펴보는 척하면서 벽을 따라 천천히 걷기 시작했다. 그러다 마침내 책을 한 권 집어 펼쳐 들고는 창가에 섰다.

그곳은 아침 식사를 하던 방이었다. 아침에는 푸른색 벽지에 흰색 조각상들이 튀어나와 있는 위층의 커다란 식당이 아니라 그곳에서 식사를 했다……. 저기 저곳은 침실이었다. 연세가 많은 할머니가 저곳에서 힘들게 투병 생활을 하다가 돌아가셨다. 할머니는 인생을 즐기는 사교적인 부인으로 삶에 대한 애착이 많았었다. 나중에 아버지도 그 방에서 숨을 거두었다. 훤칠한 키에 꼼꼼하고 생각이 깊고 조금 애수에 젖은 듯하고 단춧구멍에 들꽃을 꽂고 다녔던 신사……. 아버지가 임종하던 날, 토니오는 눈물을 펑펑 쏟으며 침대 발치에 앉아 있었다. 무언의 강렬한 감정, 사랑과 고통에 숨김없이 자신을 내맡긴 채. 어머니, 아름답고 열정적인 어머니도 하염없이 눈물을 흘리며 침상 옆에 무릎을 꿇고 앉아 있었다. 그래놓고 남쪽의 예술가와 저 멀리 떠나버렸다……. 하지만 저기 뒤편의 좀 작은 세 번째 방, 다른 방들처럼 책으로 가득하고 초라한 차림새의 직원이 지키고 있는 방은 오랜 세월 토니오 크뢰거 만의 방이었다. 학교 수업이 끝나거나 산책을 하고 나면 지금처럼 그곳으로 돌아왔다. 한쪽 벽면에 책상이 놓여 있었는데, 토니오는 처음으로 쓴 은밀하고 어설픈 시들을 그 책상 서랍에 보관했나……. 호두나무……. 가슴 아릿한 애수가 밀려왔다. 토니오 크뢰거는 고개를 옆으로 돌려 창문 밖을 내다보았다. 정원은 황폐해졌지만 호두나무는 여전히 자리를 지키고 있었다. 바람에 흔들려 우수수 소리를 내고 둔탁하게 삐걱거렸다. 토니오 크뢰거는 다시 시선을 돌려 손에 든 책을 훑어보았다. 잘 알고 있는 뛰어난 문학작품이었다. 검은 글씨로 쓰인 문장들을 내려다보며, 정열적으로 핵심을 형상화해서 감동을 안겨주고 깊은 여운을 남기는 작품의 정교한 흐름을 한동안 뒤쫓았다…….

그래, 참 잘 썼어. 토니오 크뢰거는 그 작품을 서가에 도로 꽂아놓으며 생각하고는 몸을 돌렸다. 그러자 도서관 직원이 여전히 똑바로 서 있는 모습이 보였다. 직원은 일에 대한 열성과 신중한 불신이 교차하는 표정으로 눈을 깜박였다.

"도서관이 참 잘되어 있군요." 토니오 크뢰거는 말했다. "잘 살펴보았습니다. 감사합니다. 안녕히 계십시오." 이 말과 함께 그는 문으로 향했다. 하지만 뭔가 미심쩍은 퇴장이었다. 도서관 직원이 토니오 크뢰거의 방문에 불안감을 느끼고 그대로 선 채 계속 눈을 깜박일 게 분명했다.

토니오 크뢰거는 더 이상 집을 둘러보고 싶은 마음이 들지 않았다. 집에 돌아왔는데, 저기 위층의 기둥들 뒤편 커다란 방들에는 낯선 사람들이 살고 있었다. 그걸 알 수 있었다. 층계 위쪽 끝이 예전에는 없었던 유리문으로 막혀 있고, 모르는 사람의 문패가 붙어 있었기 때문이다. 그는 발길을 돌려 층계를 내려왔다. 발걸음 소리가 울리는 복도를 지나 어린 시절의 집을 나왔다. 레스토랑의 구석진 자리에서 깊이 생각에 잠겼으며 위에 부담이 되는 기름진 음식을 먹고는 호텔로 돌아왔다.

"용무를 다 봤습니다." 토니오 크뢰거는 검은 옷차림의 세련된 신사에게 말했다. "오늘 오후에 떠날 계획입니다." 그러고는 계산서를 요구했으며, 코펜하겐행 기선을 탈 생각이니 항구로 태워다줄 마차를 불러달라고 말했다. 그는 방으로 올라가 책상에 앉았다. 묵묵히 똑바로 앉아서 양 볼을 두 손으로 받치고 초점 없는 눈으로 책상을 내려다보았다. 얼마 뒤 숙박비를 치르고 소지품을 챙겼다. 예약한 시간에 마차가 도착했다는 연락이 왔고, 토니오 크뢰거는 여행 준비를 마치고 층계를 내려갔다.

아래 층계의 발치에서 검은 옷차림의 세련된 신사가 기다리고 있었다.

"실례합니다!" 그는 새끼손가락으로 커프스단추를 소매 안으로 밀어 넣으며 말했다…… "죄송하지만, 저희에게 일 분만 시간을 내주실 수 있을까요. 호텔 주인인 제하제 씨가 손님과 몇 마디 나누고 싶어 하십니다. 일종의 형식적인 절차지요……. 제하제 씨는 저기 뒤편에 있습니다……. 수고스럽겠지만, 부디 저와 함께 저쪽으로 가주시겠습니까……. 호텔 주인인 제하제 씨 **혼자** 있습니다."

검은 옷차림의 세련된 남사가 어서 따라오라는 몸짓을 하며 토니오 크뢰거를 로비 뒤편으로 안내했다. 그곳에는 실제로 제하제 씨가 있었다. 토니오 크뢰거는 예전에 제하제 씨를 보아서 알고 있었다. 제하제 씨는 키가 작고 뚱뚱하고 다리가 구부정했다. 짧게 자른 구레나룻이 허옇게 세어 있었다. 하지만 여전히 가슴 부분을 넓게 재단한 연미복 상의에 초록색 수를 놓은 벨벳 모자를 쓰고 있었다. 그런데 제하제 씨는 혼자가 아니었다. 제하제 씨 옆에, 벽에 고정된 작은 탁자 옆에 헬멧을 쓴 경찰관이 서 있었다. 경찰관의 장갑 낀 오른손이 탁자의 종이 위에 놓여 있었다. 종이에는 뭔가가 잔뜩 쓰여 있었다. 경찰관은 성실한 군인 같은 표정으로 토니오 크뢰거를 마주 보았다. 마치 토니오 크뢰거가 자신을 보면 바닥에 털썩 주저앉을 거라고 예상한 듯한 표정이었다.

토니오 크뢰거는 두 사람을 번갈아 보며 무슨 말이 나오길 기다렸다.

"뮌헨에서 오시는 길입니까?" 마침내 경찰관이 묵직한 목소리로 친절하게 물었다.

토니오 크뢰거는 그렇다고 대답했다.

"코펜하겐으로 가시는 길이죠?"

"네, 덴마크의 셸란섬●에 가는 길입니다."

"셸란섬에 가신다고요? 그렇군요. 신분증 좀 보여주십시

● 덴마크 최대의 섬으로, 수도인 코펜하겐과 《햄릿》의 무대인 크론보르성이 위치해 있다.

오." 경찰관이 말했다. '보여주십시오'라는 마지막 낱말을 특히 만족스럽게 발음했다.

"신분증이라고요……." 토니오 크뢰거에게는 신분증이 없었다. 작은 서류 가방을 꺼내 살펴보았지만, 여행의 목적지에서 마무리할 계획인 단편소설의 교정지를 제외하면 지폐 몇 장만 달랑 들어 있었다. 그는 공무원들과 마주하는 걸 좋아하지 않았으며, 지금까지 한 번도 여권을 발급받은 적이 없었다…….

"미안합니다만, 저는 신분증을 가지고 다니지 않습니다." 토니오 크뢰거가 말했다.

"그래요?" 경찰관이 말했다……. "신분증이 아예 없다고요? 성함이 어떻게 됩니까?"

토니오 크뢰거는 이름을 말했다.

"그게 사실입니까?" 경찰관이 몸을 곧게 쭉 펴며 물었다. 별안간 콧구멍을 한껏 크게 벌렸다…….

"그렇고말고요." 토니오 크뢰거가 대답했다.

"무슨 일을 하십니까?"

토니오 크뢰거가 침을 꿀꺽 삼키고는 단호한 목소리로 직업을 말했다. 제하제 씨가 고개를 들고 호기심 어린 눈길로 그의 얼굴을 바라보았다.

"음!" 경찰관이 말했다. "당신은 이런 이름의 인물과 동일인이 아니라고 말씀하시는군요." 경찰관은 '인물'이라고 말하고는 뭐라고 잔뜩 쓰인 종이에서 아주 복잡하고 낭만적인 이름의 알파벳을 한 자씩 또박또박 읽었다. 그 이름은 여러 종족의 발음을 무모하게 한데 뒤섞어 넣은 것처럼 들렸다. 토니오 크뢰거는 그 이름을 듣는 즉시 잊어버렸다. 경찰관이 말을 이었다. "부모도 알 수 없고 신분도 확인할 길 없는 인물이 사기와 다른 범죄를 여러 차례 저지른 탓에 뮌헨 경찰이 뒤쫓고 있습니다. 그런데 현재 그자가 덴마크로 도주 중일 가능성이 크다고 합니다."

"저는 그 사람이 아닙니다." 토니오 크뢰거가 신경질적으로 어깨를 으쓱하며 말했다. 이런 반응은 주목을 끌었다.

"뭐라고요? 아, 물론 아니겠지요!" 경찰관이 말했다. "하지만 당신은 신분을 증명할 만한 게 아무것도 없지 않습니까!"

제하제 씨가 두 사람 사이를 중재하려고 끼어들었다.

"순전히 형식적인 절차입니다." 제하제 씨는 말했다. "별일 아닙니다! 경찰공무원이 오로지 맡은 의무를 다할 뿐이라는 사실을 헤아려주십시오. 손님이 어떤 식으로든 신분을 증명할 수 있다면 좋을 텐데요……. 무슨 서류라도 있으면……."

잠시 침묵이 흘렀다. 내가 신분을 밝혀서 이 사태를 끝내야 하는 걸까? 내가 정체불명의 사기꾼이나 초록색 마차를 타고 유랑하는 집시가 아니라 크뢰거 영사의 아들, 크뢰거 집안의 후손이라는 사실을 제하제 씨에게 털어놓아야 하는 걸까? 아니, 토니오 크뢰거는 그러고 싶은 마음이 전혀 없었다. 그런데 시민사회의 질서를 준수하는 이 사람들이 근본적으로 어느 정도 옳은 건 아닐까? 말하자면 토니오 크뢰거는 그들의 뜻에 이미 완전히 동의했다······. 그는 입을 다문 채 어깨를 으쓱했다.

"저기 뭐가 들어 있지요?" 경찰관이 물었다. "저기 서류 가방 안에 말입니다."

"여기요? 아무것도 없어요. 이건 교정지입니다." 토니오 크뢰거가 대답했다.

"교정지요? 어떤 건데요? 한번 봅시다."

토니오 크뢰거는 자신의 일감을 경찰관에게 건네주었다. 경찰관은 탁자 위에 교정지를 펼쳐놓고 읽기 시작했다. 제하제 씨도 가까이 다가와 같이 읽었다. 토니오 크뢰거는 두 사람이 어느 구절을 읽는지 어깨 너머로 자세히 살폈다. 두 사람은 뛰어난 솜씨를 발휘해 성공적으로 핵심을 찌르고 감동을 안겨주는 부분을 읽었다. 토니오 크뢰거는 스스로에게 만족해했다.

"자, 보십시오!" 그는 말했다. "거기 제 이름이 있잖습니까. 제 작품입니다. 곧 출판될 겁니다. 아시겠지요."

"이것으로 충분합니다!" 제하제 씨가 단호하게 말했다. 그리고 교정지를 주섬주섬 챙겨 토니오 크뢰거에게 돌려주었다. "페터젠, 이것으로 충분하지 않겠소!" 제하제 씨는 슬며시 눈을 감고서 그만하라는 뜻으로 고개를 저으며 짧게 한 번 더 말했다. "이분을 더 이상 붙잡아서는 안 돼요. 마차가 기다리고 있어요. 손님, 불편을 드려 죄송합니다. 이 사람은 경찰관으로서의 임무를 수행했을 뿐입니다. 물론 저는 처음부터 이 사람에게 잘못 짚었다고 말했지요……."

정말 그럴까? 토니오 크뢰거는 생각했다.

경찰관은 제하제 씨의 제안에 완전히 동의하지 않는 눈치였다. '인물'이나 '보여주다' 같은 말로 좀 더 이의를 제기했다. 하지만 제하제 씨는 거듭 유감을 표하며 로비를 가로질러 손님을 안내했다. 사자 두 마리를 지나 마차까지 배웅했으며, 토니오 크뢰거가 마차에 오르자 존경의 표시로 직접 마차 문을 닫아주었다. 우스꽝스러울 정도로 높고 넓은 마차가 항구를 향해 덜커덩거리고 삐걱거리며 요란스럽게 가파른 길을 내려갔다……

이것은 토니오 크뢰거가 고향 도시에서 겪은 별난 체험이었다.

7

어둠이 내려앉기 시작했다. 토니오 크뢰거를 태운 배가 넓은 바다에 이르렀을 즈음에는 이미 은은한 은빛으로 빛나는 달이 높이 떠올랐다. 바람이 점점 거세게 불었고, 외투로 몸을 감싼 토니오 크뢰거는 뱃머리의 돛대 옆에 서 있었다. 그리고 저 아래 물속에서 세차고 매끄러운 파도의 몸체가 출렁이는 광경을 내려다보았다. 파도는 서로를 덮쳐 찰싹 부딪쳤다가는 전혀 예상하지 못한 방향으로 튕겨 나가 거품을 일으키며 반짝였다······.

토니오 크뢰거는 설레는 마음으로 조용히 황홀한 분위기에 젖어 들었다. 고향에서 사기꾼으로 체포될 뻔한 탓에 사실은 조금 울적했다. 어느 정도는 그럴 수 있다고 생각했는데도 울적했다. 하지만 배를 탄 후에는 어린 시절 이따금 아버지와 함께 그랬던 것처럼 화물을 배에 싣는 광경을 지켜보았다. 사람들은 덴마크어와 저지독일어를 뒤섞어 외치며 기선의 깊숙한 곳에 화물을 채웠다. 또 짐짝과 상자 말고도 굵은 철창에 갇힌 북극곰과 벵골 호랑이를 배에 싣는 모습도 보았다. 아마 함부르크에서 덴마크의 동물원으로 보내는 모양이었다. 토니오 크뢰거는 그런 광경을 보고 있자니 기분이 조금 풀어졌다. 그러다 배가 강물을 따라 평평한 기슭 사이로 미끄러져 가자 경찰관 페터젠에게 심문당한 일은 완전히 뇌리에서 사라졌다. 그전에 있었던 모든 일, 달콤하면서도 서글프고 후회스러운 간밤의 꿈들, 산책, 호두나무의 모습이 다시 마음속을 강렬하게 채웠다. 이제 눈앞에 바다가 드넓게 펼쳐지고, 저 멀리 해변이 보였다. 소년 시절 그 해변에서 여름의 바다가 꾸는 꿈에 귀를 기울일 수 있었다. 그리고 빈쩍거리는 등댓불, 부모님과 함께 묵었던 휴양 호텔의 불빛도 보였다······.

발트해! 토니오 크뢰거는 거침없이 불어오는 세찬 바람을 향해 머리를 내밀었다. 소금기를 머금은 바람이 두 귀를 에워싸고 살짝 현기증을 일으키며 몸을 약간 마비시켰다. 그와 함께 온갖 나쁜 일, 고통과 방황, 계획과 노력에 대한 기억이 기분 좋게 슬며시 사라졌다. 찰랑이고 철썩이고 쿨렁거리고 물보라 치는 소리에 에워싸여 있다보니 늙은 호두나무가 우수수 살랑이며 흔들리는 소리와 정원 문이 삐거덕거리는 소리가 귀에 들리는 것만 같았다……. 어둠이 점점 깊어갔다.

"별들, 이런, 저 별들 좀 보십시오." 별안간 저음으로 노래하는 듯한 억양의 목소리가 들려왔다. 마치 커다란 통 속에서 들려오는 듯 낮게 울렸다. 토니오 크뢰거는 그 목소리의 주인을 알고 있었다. 불그스름한 금발에 눈꺼풀이 붉게 상기되고 방금 목욕을 한 듯 축축하고 차가워 보이는 남자였다. 신실에서 저녁 식사를 할 때, 수수한 옷차림의 그 남자는 토니오 크뢰거의 옆자리에 앉아 겸손하고 소심한 동작으로 바닷가재 오믈렛을 어마어마하게 많이 먹었다. 이제 그는 토니오 크뢰거 옆의 난간에 기대서 엄지손가락과 집게손가락으로 턱을 감싼 채 하늘을 올려다보았다. 평소와 다르게 들뜨고 여유로운 기분에 사로잡혀 있는 게 분명했다. 그러면 사람들 사이의 장벽이 사라지고, 낯선 이들을 향해 마음이 열리고, 입이 평상시에는 부끄러워서 숨기고 싶어 하는 일들을 말한다…….

"저기 별들을 보십시오. 별들이 반짝이고 있습니다. 틀림없이 온 하늘에 별들이 가득 차 있을 겁니다. 그런데 말이지요. 하늘을 올려다보면서 저 별들 가운데는 지구보다 백배나 더 큰 별들이 많이 있다는 생각을 하면 어떤 기분이 들까요? 우리 인간은 전보와 전화를 발명하고 많은 근대적인 업적을 쌓았지요. 네, 그렇습니다. 하지만 하늘을 올려다보면, 사실은 우리가 가련한 벌레에 지나지 않는다는 사실을 인정하고 수긍하지 않을 수 없어요. 제 말이 맞습니까, 아니면 틀렸습니까? 그래요. 우리는 벌레에 지나지 않아요!"그 남자는 자신의 물음에 스스로 답했다. 그리고 창공을 향해 자책하듯 겸허하게 고개를 끄덕였다.

이런……. 이 사람은 문학이 뭔지 전혀 모르는군! 토니오 크뢰거는 생각했다. 그러자 얼마 전에 읽은 글이 머리에 떠올랐다. 프랑스의 유명한 작가가 우주론적이고 심리학적인 세계관에 대해 집필한 글이었다. 그야말로 우아한 잡담이었다.

토니오 크뢰거는 그 젊은 남자의 깊은 체험에서 우러나온 말에 답변 비슷한 걸 말했다. 그에 이어 두 사람은 난간에 기대서서 불안할 정도로 밝게 요동치는 저녁을 바라보며 대화를 나누었다. 동승객은 함부르크에서 온 젊은 상인으로 휴가를 이용해 배를 타고 여행하는 중이었다…….

"저는 배를 타고 코펜하겐에 가봐야겠다고 생각했어요."젊은 남자는 말했다."그래서 지금 여기 있는 겁니다. 여기까지는 아주 멋졌어요. 하지만 바닷가재 오믈렛, 그건 좋은 생각이 아니었어요. 선생님도 아시게 될 겁니다. 밤에 폭풍이 불 거라고 선장이 직접 말했거든요. 그러면 위장 속에서 소화하기 어려운 음식이 말썽을 빚을 겁니다⋯⋯."

토니오 크뢰거는 소탈하면서도 아둔한 이런 말들을 은근히 호의적인 마음으로 들었다.

"그래요. 여기 위쪽 지방에서는 위에 너무 부담되는 음식을 먹어요." 그는 말했다. "그게 사람을 게으르고 우수에 젖게 만든다니까요."

"우수에 젖게 만든다고요?" 젊은 남자가 따라 말하며 어리둥절한 표정으로 토니오 크뢰거를 훑어보았다⋯⋯. "선생님은 이곳 사람이 아닙니까?" 문득 그가 물었다⋯⋯.

"네, 아주 멀리에서 왔어요!" 토니오 크뢰거는 애매하게 방어하듯 팔을 흔들며 대답했다.

"선생님 말이 맞습니다." 젊은 남자가 말했다. "우수에 젖게 만든다는 말이 딱 맞아요! 저는 항상 우수에 젖어 있죠. 오늘처럼 하늘에 별이 총총한 밤이면 특별히 더 그렇답니다." 젊은이는 다시 엄지손가락과 집게손가락으로 턱을 받쳤다.

이 사람은 틀림없이 시를 쓸 거야. 토니오 크뢰거는 생각했다. 깊고 진솔하게 느낀 상인의 시⋯⋯.

밤이 깊어갈수록 바람이 거세게 불어 대화를 나누기가 쉽지 않았다. 그래서 두 사람은 조금 눈을 붙이기로 결정하고 서로 잘 자라는 인사를 나누었다.

토니오 크뢰거는 선실의 비좁은 침대에 몸을 쭉 뻗고 누웠다. 하지만 잠이 오지 않았다. 세찬 바람과 바람이 싣고 오는 쌉싸래한 냄새에 기이하게도 흥분되었다. 심장이 뭔가 감미로운 걸 기대하듯 소심하고 불안하게 두근거렸다. 배가 가파른 물마루를 미끄러져 내려갈 때마다 스크루가 물 밖에서 경련하듯 회전하면서 생기는 충격에 속이 심하게 울렁거렸다. 토니오 크뢰거는 다시 옷을 챙겨 입고 갑판으로 올라갔다.

구름들이 질주하듯 빠르게 달을 스쳐 지나갔다. 바다가 춤을 추었다. 파도들이 둥글둥글하게 박자 맞춰 일렁이는 게 아니라 가물거리는 흐릿한 불 속에서 바다가 이리저리 찢기고 내몰리고 뒤집히며 사납게 물보라 쳤다. 뾰족한 불꽃 같은 거대한 혀를 높이 날름거리고, 이 세상 어디에도 있을 것 같지 않은 뾰족뾰족한 형상들을 물거품으로 가득 찬 골짜기에 내동댕이치고, 무시무시한 팔을 신나게 장난치듯 힘껏 휘둘러 물거품을 사방으로 내던지는 것만 같았다. 배가 힘겹게 앞으로 나아갔다. 위아래로 쿵쿵 흔들리고 좌우로 요동치고 신음을 하며 소용돌이치는 바다를 뚫고 나갔다. 북극곰과 호랑이가 너울거리는 파도에 괴로워하며 배 안에서 울부짖는 소리가 이따금 들려왔다. 방수 코트를 입고 모자를 쓰고 등불을 몸에 단단히 붙들어 맨 남자가 다리를 넓게 벌린 채 애써 몸의 균형을 잡으며 상갑판 위를 왔다 갔다 했다. 그런데 함부르크에서 온 젊은 남자가 거기 뒤편에서 뱃전 너머로 깊이 몸을 숙이고 있었다. 상태가 별로 안 좋아 보였다. "이런, 자연이 날뛰는 것 좀 보십시오!" 젊은 남자는 토니오 크뢰거를 보고 낮게 떨리는 목소리로 말했다. 그러더니 말을 멈추고 황급히 몸을 돌렸다.

토니오 크뢰거는 팽팽한 닻줄에 몸을 의지하고서 제멋대로 사납게 날뛰는 오만한 바다를 바라보았다. 마음속에서 환호성이 솟구쳐 올랐다. 그 환호성이 폭풍과 성난 파도를 압도할 수 있을 만큼 우렁찰 것만 같았다. 사랑에 취해 바다에 바치는 노래가 마음속에서 울려 퍼졌다. 그대, 내 젊음의 격동적인 친구여, 우리 또다시 하나가 되었구나…… 하지만 시는 여기서 끝났다. 끝까지 완성되지 못했고, 완벽한 형식을 갖추지 못했으며, 침착하게 전체로 다듬어지지 못했다. 그의 심장이 살아 있었다…….

토니오 크뢰거는 오랫동안 그렇게 서 있었다. 그러다 맨 위층 선실 옆의 벤치에 몸을 쭉 펴고 앉아서 별들이 아른거리는 하늘을 올려다보았다. 그러다 설핏 잠이 들기도 했다. 차가운 물거품이 얼굴을 때리면, 비몽사몽간에 어루만지는 손길처럼 느껴졌다.

수직으로 우뚝 솟은 백악암 절벽이 달빛 속에서 유령처럼 모습을 드러내더니 점점 가까워졌다. 뮌 섬●이었다. 그사이

───────

● 발트해에 위치한 덴마크 섬.

토니오 크뢰거는 다시 잠이 들었고, 소금기 어린 물세례에 간간이 정신이 들곤 했다. 물세례는 얼굴을 예리하게 강타해서 근육을 경직시켰다……. 그러다 마침내 정신이 완전히 들었을 때는 이미 날이 밝아 있었다. 밝은 회색의 상쾌한 날이었다. 초록색 바다는 차츰 잔잔해졌다. 아침 식사를 하는 자리에서 토니오 크뢰거는 젊은 상인을 다시 만났다. 그 젊은 이는 어둠 속에서 유치한 시구들을 읊조린 게 부끄러웠는지 얼굴이 새빨개졌다. 불그스름한 빛이 도는 작은 콧수염을 다섯 손가락으로 쓸어 올리며 군인처럼 목청 높여 아침 인사를 외쳤다. 그 후로는 소심하게 토니오 크뢰거를 피하는 기색이 역력했다.

토니오 크뢰거는 덴마크에 발을 디뎠다. 코펜하겐에 도착해서 팁을 요구하는 듯한 표정을 짓는 모든 이에게 팁을 주었다. 호텔에 짐을 푼 후, 여행 안내서를 펼쳐 들고 사흘 동안 시내를 돌아다녔다. 그러면서 지식이 풍성해지길 바라는 점잖은 외지인처럼 행동했다. 왕의 광장과 그 중앙에 있는 '말'●을 살펴보았으며, 경의에 찬 눈빛으로 성모 마리아 교회의 기둥을 올려다보았다. 토르발센●●의 고상하고 정겨운 조각품들을

● '왕의 광장'은 코펜하겐 시내의 가장 크고 중요한 광장이다. 광장 중앙에 말을 탄 크리스티안 5세의 동상이 있는데, 코펜하겐 시민들은 흔히 '말'이라고 부른다.

●● 베르텔 토르발센(1770~1844). 19세기 전반 유럽의 신고전주의 예술을 대표하는 덴마크의 유명 조각가.

오래 감상하고, 라운드 타워•에 올라가고, 성들을 관람하고, 티볼리••에서 다채로운 이틀 밤을 보냈다. 하지만 토니오 크 뢰거가 본 것은 이게 전부가 아니었다.

고향 도시의 유서 깊은 집들처럼 종종 곡선으로 휘어지고 투조된 문양이 있는 박공지붕 집들에서 예전부터 알고 있었 던 이름들을 보았다. 그런 이름들은 정겹고 소중한 걸 표현하 는 듯 보였지만 잃어버린 것에 대한 비난과 한탄, 그리움 같 은 것도 품고 있었다. 생각에 잠겨 천천히 걸음을 옮기며 축 축한 바다 공기를 들이마시는 곳 어디에서나 고향 도시에서 보낸 밤에 기이하게도 슬프고 후회스러운 꿈속에서 보았던 푸른 눈, 금발, 예절 바르고 교양 있는 얼굴들이 보였다. 길거 리에서 마주치는 눈길, 여운을 남기는 말, 까르르 웃는 소리 가 폐부 깊숙이 파고들었다…….

토니오 크뢰거는 그 활기찬 도시에서 더는 머무를 수 없었 다. 추억과 기대가 반반 섞인, 달콤하면서도 어리석은 불안이 마음을 휘저었다. 그와 동시에 여기저기 바쁘게 돌아다니는 관광객인 체할 필요 없이 어딘가 해변에서 조용히 누워 있고 싶다는 욕구가 솟구쳤다. 그래서 그는 다시 배에 올라탔으며 어느 흐린 날(바다가 검게 출렁였다) 셸란섬 해안을 따라 북쪽

• 1642년 크리스티안 4세의 명령으로 코펜하겐 시내에 건축된 일종의 천문대.

•• 코펜하겐 시내의 유명한 테마파크로, 1843년 개장했다.

의 헬싱외르로 향했다. 그곳에서 곧장 마차를 타고 국도로 여행을 계속했다. 바다 조금 위쪽으로 사십오 분을 더 가다보니 마침내 원래의 최종 목적지인 작은 해변 호텔에 이르렀다. 초록색 덧창이 달린 흰색 호텔은 나지막한 집들이 모여 있는 마을 한가운데 위치해 있었다. 널빤지를 덧댄 탑에서 외레순 해협과 스웨덴 해안이 보였다. 토니오 크뢰거는 그 호텔에 묵었다. 호텔 측에서 제공한 밝은 방에 짐을 풀었으며 가져온 물건들로 선반과 옷장을 채웠다. 그리고 그곳에서 한동안 지내기 시작했다.

8

어느새 9월이 성큼 다가왔다. 이제 올스고르는 많이 한산해졌다. 천장에 횡목을 덧댄 1층의 커다란 식당의 높직한 창문으로 유리 베란다와 바다가 보였다. 식당에서 식사할 때면, 호텔 여주인이 자리를 지키며 중심 역할을 했다. 여주인은 머리가 희고 눈에 광채가 없고 뺨이 살짝 발그레하고 목소리가 힘없이 지저귀는 듯한 노처녀였다. 그녀는 불그스름한 두 손을 항상 식탁보 위에 조금이라도 보기 좋게 놓으려고 애썼다. 허연 수염이 한쪽 관자놀이에서 다른 쪽 관자놀이까지 가늘게 얼굴을 감싸고 목이 짧고 얼굴이 검푸른 노신사가 함께 식사했다. 덴마크의 수도 코펜하겐에서 온 생선 장수로, 독일어를 능숙하게 구사했다. 노신사는 심한 변비에 시달리거나 뇌졸중 증세가 있는 듯했다. 숨을 헉헉 몰아쉬었고, 반지 낀 집게손가락으로 이따금 한쪽 콧구멍을 누르고 나머지 콧구멍을 세게 킁킁거려 조금 공기를 통하게 하려고 했다. 그런데도 아침 식사 때뿐만 아니라 점심 식사와 저녁 식사 때에도 항상 앞에 놓인 위스키를 즐겨 마셨다. 그리고 키가 큰 미국 소년 세 명이 감독관인지 가정교사인지 모를 남자와 같이 있었다. 그 남자는 말없이 안경을 고쳐 쓰곤 했으며, 낮에는 소년들과 축구를 했다. 소년들은 주황색 머리카락에 가운데 가르마를 탔고, 시큰둥하고 무표정한 얼굴을 하고 있었다. "저기 소시지 좀 이리 줘!" 한 소년이 말했다. "저건 소시지가 아니야. 햄이라고!" 다른 소년이 말했다. 소년들과 가정교사가 나누는 대화는 이 정도가 전부였다. 그 밖에는 말없이 앉아서 뜨거운 물을 마셨다.

토니오 크뢰거에게 이보다 더 좋은 식사 자리는 없었을 것이다. 그는 자신만의 평온을 즐겼으며, 간혹 생선 장수와 호텔 주인이 대화를 나눌 때면 덴마크어의 목구멍 소리, 맑으면서도 분명하지 않은 모음에 귀를 기울였다. 그리고 간간이 기상 상황에 대해 생선 장수와 간단한 대화를 나누고는 베란다를 통해 이미 오랫동안 아침 시간을 보낸 바닷가로 다시 내려가곤 했다.

해변은 이따금 적막한 여름 같은 분위기가 감돌았다. 바다는 푸른색과 짙은 초록색과 불그스름한 색의 띠를 그리며 한가로이 잔잔하게 쉬고 있었다. 바닷물이 햇빛에 반사되어 은빛으로 반짝였다. 해초가 햇볕 속에서 건초처럼 메말랐고, 해파리들이 물기를 잃고서 여기저기 널려 있었다. 조금 부패한 듯한 냄새에 고깃배의 타르 냄새가 살짝 섞여 있었다. 토니오 크뢰거는 고깃배에 등을 기댄 채 스웨덴 해안이 아니라 탁 트인 수평선이 보이도록 모래사장에 앉아 있었다. 하지만 바다의 그윽한 숨결은 순수하고 상큼하게 모든 것을 어루만졌다.

그러다 우중충하고 폭풍우 치는 날들이 이어졌다. 파도들이 뿔을 세우고 공격하는 황소들처럼 고개를 숙이고서 맹렬하게 해변으로 돌진했다. 해변은 높은 곳까지 물에 씻기면서 물에 젖어 빛나는 해초와 조개와 떠내려온 나뭇조각으로 온통 뒤덮였다. 구름이 낮게 깔린 하늘 아래서 옅은 초록색 거품을 뿜어내는 골짜기들이 길게 뻗은 파도 언덕 사이로 펼쳐졌다. 하지만 구름 너머 햇살이 비치는 곳에서는 바닷물이 희끄무레한 벨벳처럼 반짝였다.

토니오 크뢰거는 거세게 밀려오는 파도 소리와 바람에 감싸여 있었다. 그토록 사랑하는 굉음, 감각을 마비시키는 맹렬하고 영원한 굉음에 깊이 잠겨 있었다. 몸을 돌려 걸음을 옮기면, 별안간 주변이 아주 조용하고 따뜻하게 느껴졌다. 하지만 그는 등 뒤에 바다가 있다는 걸 알고 있었다. 바다는 부르고 유혹하고 인사했다. 토니오 크뢰거는 미소 지었다.

그는 육지 쪽으로 걸었다. 풀밭 사이로 난 길을 따라 외로움을 가르며 걸었다. 곧 너도밤나무 숲이 그를 맞이했다. 너도밤나무 숲은 언덕을 이루며 그 지역에 넓게 펼쳐져 있었다. 토니오 크뢰거는 이끼 위에 앉아 나무에 몸을 기댔다. 바다가 나무줄기 사이로 가느다란 띠처럼 보이도록 자리를 잡았다. 거세게 부서지는 파도 소리가 이따금 바람에 실려 왔다. 마치 멀리에서 나무판자들이 우르르 떨어지는 소리 같았다. 목이 쉰 듯한 까마귀 울음소리가 나무우듬지 위에서 황량하고 적막하게 울려 퍼졌다……. 토니오 크뢰거는 책을 무릎 위에 올려놓았지만 단 한 줄도 읽지 않았다. 깊은 망각을 즐기고, 공간과 시간 위를 자유로이 떠도는 듯한 기분을 즐겼다. 다만 심장이 간혹 슬픔으로 움찔하는 듯했다. 그리움인지 후회인지 모를 감정이 콕콕 찌르는 듯했지만, 그는 너무 나른하게 깊이 생각에 빠져 있어서 그 감정이 어디서 오는지 이름이 무엇인지 캐묻지 않았다.

그렇게 여러 날이 지났다. 토니오 크뢰거는 그렇게 며칠이나 지났는지 알지 못했으며 알고 싶은 욕구도 느끼지 못했다. 그러던 어느 날 뭔가 중요한 일이 일어났다. 해가 하늘 높이 떠 있고 사람들이 있는 데서 일어났다. 그렇다고 토니오 크뢰거가 특별히 크게 놀라지는 않았다.

그날 아침은 황홀한 축제 분위기로 시작되었다. 토니오 크뢰거는 아침 일찍 눈을 떴다. 이유는 모르지만 뭔가에 흠칫 놀라 잠에서 벌떡 깨어났다. 그런데 불가사의하고 마법적인 빛, 기적을 보는 듯한 기분이 들었다. 그가 묵는 방은 유리문과 발코니가 해협 쪽을 향해 있었고, 흰색의 얇은 망사 커튼을 통해 거실 공간과 침실 공간으로 나뉘어 있었다. 벽지는 부드러운 색상이고 엷은 색의 가벼운 가구들이 놓여 있어서 항상 밝고 친근한 인상을 주었다. 그런데 잠에 취한 눈에 비친 방은 마치 이 세상이 아닌 듯 더없이 환하고 화사하게 빛났다. 벽과 가구를 황금빛으로 물들이고 망사 커튼을 은은한 붉은빛으로 타오르게 하는, 이루 말할 수 없이 사랑스럽고 향긋한 장밋빛으로 방 전체가 푹 감싸여 있었다……. 토니오 크뢰거는 도대체 무슨 일이 벌어졌는지 이해가 가지 않았다. 하지만 유리문 앞에 서서 밖을 내다보는 순간, 그 모든 것이 떠오르는 해가 빚어내는 현상이라는 걸 깨달았다.

며칠 동안 줄곧 흐리고 비가 왔다. 그런데 이제 연파랑 비단을 팽팽하게 펼쳐놓은 듯 하늘이 바다와 육지 위로 청명하게 어른어른 빛났다. 둥근 태양이 살며시 일렁이며 반짝이는 바다 위로 장엄하게 떠올랐다. 붉은색과 황금색으로 빛나는 구름이 태양을 에워싼 채 가로질러 갔다. 바다가 태양 아래에서 전율하며 붉게 타오르는 듯 보였다……. 그렇게 하루가 시작되었다. 토니오 크뢰거는 어리둥절하면서도 행복한 마음으로 옷을 입었으며, 누구보다도 먼저 아래층 베란다에서 아침 식사를 했다. 그러고는 해변의 작은 오두막집에서 해협 쪽으로 한동안 수영을 하고는 바닷가에서 몇 시간 산책을 했다. 호텔로 돌아오자 합승마차 여러 대가 호텔 앞에 서 있었다. 식당에서 보니 피아노가 있는 연회실뿐만 아니라 그 앞의 베란다와 테라스에도 소시민적인 옷차림의 사람들이 둥근 테이블에 웅성웅성 둘러앉아 있었다. 그들은 활발하게 대화를 나누며 버터 바른 빵과 맥주를 즐기고 있었다. 여러 가족이 함께 왔는지 나이 든 사람들과 젊은 사람들이 뒤섞여 있었고, 아이들도 몇 명 보였다.

두 번째 아침 식사를 하는 자리에서(차가운 음식, 훈제하거나 소금에 절이거나 구운 요리가 식탁에 푸짐하게 차려져 있었다) 토니오 크뢰거는 무슨 일이냐고 물었다.

"손님들이죠!" 생선 장수가 말했다. "헬싱외르에서 나들이 왔는데 무도회를 연답니다! 이런, 어떡하죠. 오늘 밤에 잠자기는 어렵겠어요! 춤판이 벌어질 거예요. 춤과 음악 말입니다. 틀림없이 밤늦게까지 계속되지 않겠어요. 겸사겸사 바람도 쐬고 춤도 추러 온 가족들 모임인가봐요. 간단히 말해서 단체 예약 손님, 뭐 그런 비슷한 거죠. 저 사람들 화창한 날씨를 즐기겠군요. 보트와 마차를 타고 왔는데, 지금 아침 식사 중이랍니다. 식사가 끝나면 마차를 타고 나갔다가 저녁에나 다시 돌아올 거예요. 그리고 이곳 연회실에서 춤을 즐길 예정이지요. 그래요. 젠장, 잠자기는 틀렸어요……."

"기분 전환 하기에는 괜찮겠는데요." 토니오 크뢰거가 말했다.

그 뒤로 꽤 오랫동안 침묵이 흘렀다. 호텔 주인은 붉은 손가락을 가지런히 모았고, 생선 장수는 공기가 조금 통하도록 오른쪽 콧구멍에 콩콩 바람을 불어넣었다. 미국인들은 뜨거운 물을 마시며 시큰둥한 표정을 지었다.

그때 별안간 뜻밖의 일이 일어났다. **한스 한젠과 잉게보르크 홀름이 홀을 가로질러 갔다.**

토니오 크뢰거는 수영을 하고 빠른 걸음으로 산책을 한 터라 나른한 피곤함을 즐기며 의자 깊숙이 기대앉아 있었다. 베란다와 바다를 향해 앉아서 훈제 연어를 얹은 토스트를 먹고 있었다. 그런데 갑자기 문이 열리더니 두 사람이 손을 맞잡고 들어왔다. 전혀 서두르지 않고 여유 있게 걸어 들어왔다. 잉게보르크, 금발의 잉게는 크나크 씨의 무용 교습 시간에 그랬던 것처럼 밝은색 옷을 입고 있었다. 살랑거리는 꽃무늬 원피스가 발목까지 닿았다. 어깨를 넓게 에워싼 하얀 망사 장식의 목 부분이 브이 자로 깊게 패어 있어 부드럽고 유연한 목이 보였다. 모자에 달린 끈을 팔에 묶어 모자가 대롱거렸다. 예전보다 조금 더 성숙해 보였으며, 멋지게 땋은 머리카락이 머리를 휘감고 있었다. 하지만 한스 한젠은 예전 모습 그대로였다. 금빛 단추가 달린 선원용 재킷을 입고 있었고, 푸른색의 넓은 칼리기 이깨와 등 위로 늘어졌나. 아래로 내려뜨린 손에 짧은 리본이 달린 선원 모자를 들고 있었는데, 아무 생각 없이 이리저리 마구 모자를 흔들었다. 잉게보르크는 길쭉한 눈으로 다른 곳을 바라보았다. 식사를 하는 사람들의 시선이 자신에게 향하자 조금 쑥스러운 모양이었다. 하지만 한스 한젠은 세상 사람들 그 누구도 개의하지 않는 듯 아침 식사 중인 식탁을 향해 똑바로 고개를 돌렸다. 그리고 강철색 눈으로 한 사람씩 차례로 훑어보았다. 도전적이면서도 약간 경멸하는 듯한 눈빛이었다. 게다가 잉게보르크의 손을 놓고서 자신이 어떤 남자인지 보여주려고 모자를 더욱 맹렬하게 흔들었다. 잔잔한 푸른색 바다를 배경으로 두 사람은 그렇게 토니오 크뢰거의 눈앞을 지나갔다. 홀을 가로질러 맞은편 문을 지나 피아노가 있는 방으로 사라졌다.

이것은 오전 11시 반에 있었던 일이었다. 휴양객들이 아직 아침 식사를 들고 있는 동안 옆방과 베란다에 있던 일행은 출발했다. 모두들 식당을 거치지 않고 옆문으로 호텔을 떠났다. 바깥에서 서로 농담을 주고받으며 웃음을 터뜨렸고, 마차에 올라타는 소리가 들렸다. 마차가 하나씩 차례로 덜커덩거리며 움직이기 시작했다…….

"그러니까 저 사람들이 호텔로 다시 돌아오나요?" 토니오 크뢰거가 물었다.

"그렇다니까요!" 생선 장수가 말했다. "큰일이라고요. 저 사람들이 음악을 주문했다니까요. 그런데 내 방이 바로 이 홀 위에 있다고요."

"기분 전환 하기에는 괜찮겠는데요." 토니오 크뢰거가 다시 말했다. 그러고는 자리에서 일어나 식당을 나왔다.

그리고 평소처럼 해변과 숲에서 하루를 보냈다. 책을 무릎에 올려놓고 태양을 향해 눈을 껌벅였다. 토니오 크뢰거의 머릿속에는 오로지 한 가지 생각밖에 없었다. 생선 장수가 예측한 대로 그들이 호텔로 돌아와 홀에서 흥겨운 무도회를 즐길 거라는 생각만 했다. 그는 오로지 설레는 마음으로 무도회를 기다렸을 뿐 그 밖에는 아무것도 하지 않았다. 죽어지낸 듯한 오랜 세월 동안 더 이상 맛보려 하지 않았던 두렵고 달콤한 기쁨만을 즐겼다. 이런저런 생각을 더듬어나가다가 문득 멀리 있는 지인, 단편소설 작가 아달베르트를 기억에 떠올렸다. 아달베르트는 자신이 무얼 원하는지 알고 있었으며, 봄의 공기를 피하려고 카페에 들어갔었다. 토니오 크뢰거는 그를 생각하고는 어깨를 으쓱했다…….

점심 식사가 평소보다 일찍 제공되었고, 저녁 식사도 마찬가지로 여느 때보다 이른 시각에 먹었다. 그것도 홀에 이미 무도회 준비가 되어 있었던 탓에 피아노가 있는 방에서 먹었다. 축제 분위기로 모든 게 어수선했다. 그러다 날이 벌써 저물고 토니오 크뢰거가 방에 앉아 있는데, 큰길 쪽과 호텔 안이 다시 활기를 띠었다. 소풍 갔던 사람들이 돌아왔다. 게다가 새로운 손님들이 헬싱외르 쪽에서 자전거와 마차를 타고 도착했다. 아래층에서는 벌써 바이올린을 조율하고 코맹맹이 소리를 내는 클라리넷을 시험해보는 소리가 들렸다……. 모든 것으로 보아 성대한 무도회가 열릴 게 분명했다.

이제 소규모 오케스트라가 행진곡을 연주하기 시작했다. 정확하게 박자를 맞춘 선율이 낮게 울려 퍼졌다. 폴로네즈*로 무도회가 시작되었다. 토니오 크뢰거는 한동안 가만히 앉아서 귀를 기울였다. 하지만 행진곡의 템포가 왈츠 박자로 바뀐 걸 알아채고는 몸을 일으켜 소리 없이 방을 나왔다.

방문 앞의 복도에서 호텔 옆문으로 이어지는 옆 계단을 내려가면, 다른 방을 지나지 않고서 곧장 유리 베란다에 이를 수 있었다. 토니오 크뢰거는 사람들 눈에 띄지 않게 살그머니 이 길을 택했다. 흥겹게 넘실거리는 유치한 음악 소리에 자신도 모르게 이끌려 금지된 길에 들어선 사람처럼 조심스럽게 어둠 속을 더듬어 나갔다. 벌써 음악 소리가 또렷이 크게 들려왔다.

베란다에는 아무도 없고 불이 꺼져 있었다. 하지만 베란다에서 홀로 통하는 유리문은 활짝 열려 있었다. 반짝이는 갓이 달린 커다란 석유등 두 개가 홀을 밝게 비추었다. 토니오 크뢰거는 발소리를 죽여 살금살금 그곳으로 다가갔다. 도둑처럼 거기 어둠 속에 몸을 숨기고 불빛 속에서 춤추는 사람들을 엿보는 즐거움이 짜릿한 쾌감을 안겨주었다. 그는 두 사람

---

* 폴란드의 민속 춤곡.

을 찾아 조급하고 초조한 시선으로 홀 안을 둘러보았다…….

무도회를 시작한 지 삼십 분이 채 지나지 않았는데도 벌써 흥겨운 축제 분위기가 한껏 달아오른 듯 보였다. 하지만 사람들은 근심 걱정 없이 행복하게 온종일을 함께 보내고 이곳에 돌아왔을 때부터 이미 들뜨고 흥분해 있었다. 토니오 크뢰거가 좀 더 과감하게 앞으로 나가자 피아노가 있는 방 안이 환히 보였다. 나이 지긋한 신사 몇 명이 담배를 피우고 술을 마시며 카드 게임을 즐기고 있었다. 하지만 다른 사람들은 부인과 함께 홀 앞쪽의 벽 앞에 놓인 플러시 의자에 앉아 춤추는 광경을 지켜보았다. 그들은 다리를 벌리고 앉아 손으로 무릎을 짚은 채 흐뭇한 표정으로 양 볼을 부풀렸다. 끈 달린 작은 모자를 쓴 어머니들은 고개를 갸웃 숙인 채 두 손을 가슴 아래로 모으고 젊은 사람들이 신나게 즐기는 광경을 바라보았다. 홀의 세로 벽을 따라 마련된 무대에서 음악가들이 최선을 다해 음악을 연주했다. 심지어는 트럼펫도 있었다. 트럼펫이 제 소리를 두려워하듯 조심스럽게 머뭇머뭇 소리를 내었다. 그런데도 트럼펫 소리는 끊임없이 방향이 바뀌고 음역이 돌변했다……. 남녀가 짝을 이루어 물결치듯 빙글빙글 맴돌았다. 그런가 하면 팔짱을 끼고서 홀 안을 거니는 짝들도 있었다. 다들 무도회에 맞게 옷을 차려입은 것은 아니었고, 여름철 일요일에 야외로 놀러 가는 듯한 옷차림이었다. 신사들은 소도시풍의 양복을 입고 있었는데, 일주일 내내 고이 보관한 티가 묻어났다. 가볍고 밝은 원피스 차림의 아가씨들은 윗옷에 들꽃 다발을 꽂고 있었다. 아이들도 몇 명 있었는데 자기들끼리 어울려 춤을 추었다. 심지어는 음악이 잠깐 그쳤을 때도 계속 춤을 추었다. 다리가 길고 연미복 모양의 상의를 입은 남자가 축제를 주최하고 무도회를 통솔하는 듯 보였다. 안경을 쓰고 머리카락을 곱슬하게 지졌는데, 지방에서 인기 있는 인물로 우체국 직원 아니면 그런 비슷한 위치에 있는 사람 같았다. 마치 덴마크 소설의 희극적인 인물이 현실에 등장한 듯했다. 그는 땀을 뻘뻘 흘리며 이리저리 분주하게 움직이고 최선을 다해 일에 열중했다. 동에 번쩍 서에 번쩍 하며 경쾌하게 홀을 날아다녔다. 발끝으로 걸어 맵시 있게 살포시 나타나 반질반질하고 뾰족한 군화를 신은 두 발을 십자형으로 엇갈려 딛고서 허공을 향해 두 팔을 휘저어 지시를 내렸고, 음악을 요청하며 손뼉을 쳤다. 그럴 때마다 권위의 표시로 어깨에 두른 넓적하고 화려한 리본 끈이 휘날렸다. 그는 등 뒤에서 펄럭이는 리본을 향해 이따금 애교스럽게 고개를 돌렸다.

그래, 그들이 거기 있었다. 오늘 햇살을 받으며 토니오 크뢰거의 옆을 지나갔던 두 사람이 거기 있었다. 토니오 크뢰거는 그들을 다시 보았다. 두 사람을 거의 동시에 알아보고는 너무 기뻐 소스라치게 놀랐다. 한스 한젠이 거기 있었다. 토니오 크뢰거 바로 옆의 문 가까이에서 두 다리를 넓게 벌리고 몸을 약간 앞으로 숙인 채 조심스레 커다란 케이크 조각을 먹고 있었다. 떨어지는 케이크 부스러기를 받으려고 손바닥을 오므려 턱 아래에 대고 있었다. 그리고 거기 벽 앞에 잉게보르크 홀름, 금발의 잉게가 앉아 있었다. 때마침 우체국 직원이 잉게에게 사뿐히 다가와 한 손은 등 뒤에 대고 다른 한 손은 우아하게 가슴 위에 올린 채 아주 정중하게 절하며 춤을 청했다. 하지만 잉게보르크 홀름은 너무 숨이 차서 조금 쉬어야 한다고 몸짓으로 알렸다. 그러자 우체국 직원이 잉게 옆에 앉았다.

토니오 크뢰거는 그들을 바라보았다. 예전에 그 둘을 사랑하고 얼마나 괴로워했던가. 한스와 잉게보르크, 그건 두 사람의 개인적인 특징이나 비슷한 옷차림 때문이 아니라 두 사람의 종족과 유형이 같기 때문이었다. 강철색 눈과 금발을 지닌 밝은 유형의 사람들은 순수하고 맑고 명랑하고 당당하면서도 소박하고 냉정해서 다가가기 어렵다는 인상을 불러일으켰다…… 토니오 크뢰거는 두 사람을 바라보았다. 한스 한젠은 예전처럼 의젓하고 늠름한 몸매에 세일러복을 입고 있었다. 어깨가 넓게 벌어지고 허리가 잘록했다. 잉게보르크가 까르르 웃음을 터뜨리며 고개를 옆으로 돌렸다. 그러면서 독특하게 한 손으로 뒷머리를 매만졌다. 특별히 날씬하지도, 특별히 섬세하지도 않은 소녀의 손이었다. 그러자 가벼운 옷소매가 팔꿈치에서 스르르 아래로 미끄러졌다. 별안간 향수가 토니오 크뢰거의 가슴을 고통스럽게 뒤흔들었다. 그래서 파르르 떨리는 얼굴이 사람들 눈에 띌까 두려워 자신도 모르게 어둠 속으로 깊이 물러났다.

내가 너희들을 잊었을까? 토니오 크뢰거는 물었다. 아니, 결코 잊지 않았어! 한스 너도 잊지 않았고, 금발의 잉게 너도 잊지 않았어! 내가 작품을 쓴 건 너희들 때문이었어. 그리고 박수갈채를 받을 때마다 혹시 너희들이 그 자리에 있지 않을까 하고 남몰래 두리번거렸지⋯⋯. 한스 한젠, 너는 그때 정원 문에서 약속한 대로 《돈 카를로스》를 읽었니? 아니, 읽지마! 이제는 네가 그 책을 읽는 걸 원하지 않아. 외로워서 눈물을 흘리는 왕이 너하고 무슨 상관이 있겠니? 시를 읽고 우울하게 경직되어서 네 푸른 눈을 어리석은 몽상으로 흐리게 하지 마⋯⋯. 내가 너처럼 될 수 있다면! 처음부터 다시 시작해서 너처럼 올바르고 쾌활하고 소박하고 규칙을 존중하고 질서를 준수하고 신과 세상과 한마음이 되어 소박하고 행복한 사람들의 사랑을 받을 수 있다면, 잉게보르크 홀름, 너를 아내로 맞이해서 한스 한젠 너 같은 아들을 둘 수 있다면, 인식의 저주와 창작의 고통에서 벗어나 행복한 평범함 속에서 살고 사랑하고 칭송할 수 있다면! ⋯⋯다시 한번 새로 시작할 수 있을까? 하지만 그래봤자 아무 소용 없을 거야. 다시 지금처럼 될 거야. 모든 게 또 지금처럼 이렇게 될 거야. 어떤 사람들에게는 올바른 길이라는 게 아예 존재하지 않아서 어쩔 수 없이 헤매게 되어 있거든.

음악이 침묵을 지켰다. 휴식 시간이었고, 기운을 돋우도록 음식이 제공되었다. 우체국 직원이 직접 청어샐러드가 가득한 쟁반을 들고 돌아다니며 숙녀들을 접대했다. 하지만 잉게 보르크 홀름에게는 한쪽 무릎을 꿇고 접시를 건넸다. 잉게는 너무 기뻐서인지 얼굴이 빨개졌다.

그런데 이제 홀 안에서도 유리문 아래의 구경꾼에게 주의를 기울이기 시작했다. 잘생기고 붉게 상기된 얼굴들이 의아해하며 캐묻는 듯한 표정으로 토니오 크뢰거를 응시했다. 그런데도 토니오 크뢰거는 그곳을 떠나지 않았다. 잉게보르크와 한스 한젠도 완전히 무관심하고 경멸에 가까운 눈빛으로 거의 동시에 그를 훑어보았다. 그때 문득 토니오 크뢰거는 어디선가 자신을 뚫어져라 바라보는 눈길을 느꼈다……. 그는 고개를 돌렸다. 그러자 그의 눈과 그가 느낀 눈이 즉시 마주쳤다. 멀지 않은 곳에 한 소녀가 서 있었다. 얼굴이 해쓱하고 갸름하고 섬세한 소녀로, 이미 그전에 토니오 크뢰거의 시선을 끌었었다. 그 소녀는 춤을 그다지 많이 추지 못했다. 소녀에게 춤을 신청한 신사들이 많지 않았기 때문이었다. 토니오 크뢰거는 소녀가 시무룩하게 입을 꼭 다물고 벽 앞에 혼자 외롭게 앉아 있는 걸 보았었다. 지금도 소녀는 혼자 서 있었다. 다른 소녀들처럼 밝은색의 하늘하늘한 옷을 입고 있었지만, 속이 비치는 원피스 아래서 마르고 빈약한 어깨가 어슴푸레 어른거렸다. 앙상한 어깨에 목이 너무 깊이 박혀 있어서 그 말없는 소녀의 몸은 좀 기형인 듯 보였다. 얇은 반장갑을 낀 두 손을 손가락이 살짝 맞닿도록 밋밋한 가슴에 대고 있었다. 소녀는 고개를 숙인 채 검고 몽롱한 눈으로 토니오 크뢰거를 올려다보았다. 그는 시선을 돌렸다……

거기 아주 가까운 곳에 한스와 잉게보르크가 앉아 있었다. 한스가 잉게보르크 옆에 앉았는데, 어쩌면 둘은 남매일지도 몰랐다. 그들은 볼이 발갛게 달아오른 사람들에 둘러싸여 먹고 마셨으며, 떠들썩하게 이야기를 나누며 즐거워했다. 낭랑한 목소리로 크게 농담을 외치고 까르르 웃음을 터뜨렸다. 저 둘에게 조금 가까이 다가갈 수 있지 않을까? 한스나 잉게보르크에게 생각나는 대로 아무 농담이나 건넬 수 있지 않을까? 그러면 적어도 내게 미소로 답하지 않을까? 그러면 행복할 것이었다. 토니오 크뢰거는 그렇게 되길 간절히 원했다. 그러면 두 사람과 마음이 조금 통했다는 생각에 흐뭇한 마음으로 방에 돌아갈 텐데. 토니오 크뢰거는 무슨 말을 할까 생각해보았다. 하지만 입 밖에 내어 말할 용기가 나지 않았다. 언제나 그런 식이었다. 어차피 그들은 토니오 크뢰거를 이해하지 못할 것이고, 그가 용기를 내어 말하면 뜨악한 표정을 지을 것이었다. 그들의 언어는 토니오 크뢰거의 언어와 달랐기 때문이었다.

이제 다시 춤을 추려는 분위기였다. 우체국 직원이 이런저런 활동을 개시했다. 서둘러 여기저기 돌아다니며 모두에게 춤출 상대를 고르라고 권하고, 종업원의 도움을 받아 의자와 잔들을 치웠고, 오케스트라에게 음악을 연주하라는 지시를 내렸으며, 어디로 갈지 몰라 우왕좌왕하는 몇몇 굼뜬 사람들의 어깨를 잡아 앞으로 밀었다. 이제 무얼 하려는 걸까? 각기 네 쌍이 한 조를 이루었다. 끔찍한 기억이 떠오르면서 토니오 크뢰거의 얼굴이 붉어졌다. 카드리유를 출 모양이었다.

음악이 시작되고, 짝을 이룬 남녀가 인사를 하며 한데 어우러졌다. 우체국 직원이 춤을 지휘했다. 그는 실제로 프랑스어로 춤을 지휘했으며, 비할 데 없이 멋지게 비음을 발음했다. 잉게보르크 홀름이 토니오 크뢰거의 바로 앞에서, 유리문 바로 앞의 조에서 춤을 추었다. 좌우로 앞뒤로 몸을 움직이며 스텝을 밟고는 빙그르르 돌았다. 머리카락 아니면 보드라운 옷감의 원피스에서 흩날리는 향긋한 냄새가 이따금 코끝을 스쳤다. 토니오 크뢰거는 예전부터 잘 아는 감정에 취해 눈을 감았다. 지난 며칠 동안 그 감정의 향기와 쌉싸래한 자극을 은은히 느꼈는데, 이제 그 감정이 감미롭게 가슴을 그득 채우며 압박했다. 이게 뭘까? 그리움? 애정? 질투? 자기 경멸? ……풍차 대형! 금발의 잉게, 너는 웃었지? 내가 풍차 대형을 추어서 비참하게 웃음거리가 되었을 때, 너는 비웃었지? 그리고 내가 상당히 유명해진 지금도 비웃을 거지? 그래, 너는 비웃을 것이고, 네가 비웃는 게 너무 낭연해! 내가 그 누구의 도움도 없이 혼자 힘만으로 교향곡 아홉 곡●과《의지와 표상으로서의 세계》●●2와 〈최후의 심판〉●●●을 완성해도 너한테는 영원히 비웃을 권리가 있어⋯⋯. 토니오 크뢰거는 잉게보르크 홀름을 바라보았다. 그러자 아주 친숙하고 친밀한데도 오랫동안 잊고 있었던 시구가 뇌리에 떠올랐다. "나는 잠자고 싶은데, 너는 춤추어야 하는구나." 토니오 크뢰거는 그 시를 너무나 잘 알았다. 그 시에서 드러나는 감정, 우울하게 북방적이고 내적으로 서투르고 어색한 감정을 잘 알았다. 잠을 자는 것⋯⋯. 행동하거나 춤추어야 한다는 의무 없이 자신 안에 감미롭고 느긋하게 깃들어 있는 감정에 전적으로 충실하기를 갈망하는 것. 그런데도 춤을 추어야 하는 것. 사랑하는 동안 춤을 추어야 한다는 것에 담겨 있는 굴욕적인 저항을 잊지 않고서 힘들고, 그야말로 힘들고 위험한 예술의 칼춤을 날렵하고 침착하게 추어야 한다는 것⋯⋯.

별안간 모두들 미친 듯이 제멋대로 움직이기 시작했다. 카드리유 대형이 해체되고, 다들 폴짝 뛰어오르며 미끄러지듯 사방으로 흩어졌다. 갤럽●●●●으로 카드리유를 끝낼 모양이

● 베토벤의 교향곡을 일컫는다.
●● 독일의 철학자인 아르투어 쇼펜하우어(1788~1860)의 저서.
●●● 이탈리아의 화가이자 조각가인 부오나로티 미켈란젤로(1475~1564)의 대작 그림.
●●●● 18~19세기 유럽 전역에서 성행했던 춤으로, 장단이 빠르고 경쾌하고 활기차다.

었다. 남녀 쌍쌍이 미친 듯이 빠른 음악의 리듬에 맞춰 토니오 크뢰거의 옆을 스쳐 지나갔다. 위아래로 몸을 흔들며 서둘러 서로 앞서거니 뒤서거니 달리고 숨 가쁘게 깔깔 웃음을 터뜨렸다. 다 함께 질주하는 흐름에 휩쓸려 남녀 한 쌍이 빙그르르 돌며 빠르게 앞으로 다가왔다. 소녀의 얼굴은 해쓱하고 섬세했으며 마른 어깨가 너무 높이 솟아 있었다. 그런데 갑자기 토니오 크뢰거의 바로 앞에서 비틀거리더니 미끄러져 쓰러지는 일이 발생했다……. 얼굴이 해쓱한 소녀가 넘어진 것이다. 소녀가 너무 심하게 꽈당 넘어지는 바람에 아슬아슬해 보일 정도였다. 소녀와 함께 파트너도 덩달아 넘어졌다. 파트너는 자신이 너무 아픈 바람에 함께 춤추던 소녀를 완전히 잊어버린 듯했다. 간신히 반쯤 몸을 일으키더니 인상을 쓰며 손으로 무릎을 문질렀다. 소녀는 넘어져서 꼼짝할 수 없는 듯 여전히 바닥에 쓰러져 있었다. 그때 토니오 크뢰거가 앞으로 나서서 소녀의 팔을 살며시 잡고 일으켜 세웠다. 소녀는 당황해서 어쩔 줄 모르고 토니오 크뢰거를 올려다보았다. 그러더니 가녀린 얼굴이 갑자기 살짝 붉게 물들었다.

"감사합니다! 아, 정말 감사해요!" 소녀가 덴마크어로 말하고는 검고 몽롱한 눈으로 토니오 크뢰거를 올려다보았다.

"아가씨, 이제 춤 그만 추셔야겠어요." 토니오 크뢰거가 부드럽게 말했다. 그리고 **그들**, 한스 한젠과 잉게보르크를 한 번 더 돌아보고는 그곳을 나와서 베란다와 무도회를 떠나 방으로 올라갔다.

토니오 크뢰거는 자신과 무관한 무도회에 도취되어 있었고 질투심으로 피곤했다. 예전하고, 예전하고 똑같았어! 나는 뜨겁게 상기된 얼굴로 어두운 곳에 서서 행복하고 활기에 넘치는 금발의 너희들 때문에 괴로워하다가 쓸쓸히 그곳을 나왔지. 누군가가 와야 했어! 잉게보르크가 와야 했고, 내가 없어졌다는 걸 알아채야 했어. 몰래 내 뒤를 따라와서 내 어깨에 손을 올리고 말해야 했어. 우리랑 함께 안에 들어가자! 신나게 즐기자! 난 너를 사랑해! ……하지만 잉게보르크는 결코 오지 않았어. 그런 일은 일어나지 않았어. 그래, 그때와 똑같았어. 그런데도 나는 그때처럼 행복했어. 내 심장이 살아 있었거든. 그런데 지금의 내가 되기까지 그 오랜 세월 동안 무슨 일이 있었지? 경직되고 삭막해지고 얼음장처럼 차가워졌어. 그리고 정신이 있었지! 예술이 있었지!

토니오 크뢰거는 옷을 벗고서 침대에 누워 자려고 불을 껐다. 그리고 베개에 대고 두 사람의 이름을 속삭였다. 그에게는 그 순수하고 북방적인 몇 마디 음절이 원래의 참된 사랑과 고뇌와 행복, 삶, 단순하고 내밀한 감정, 고향을 표현했다. 토니오 크뢰거는 그때부터 지금까지의 세월을 되돌아보았다. 그동안 겪은 관능과 신경과 사유의 황량한 모험을 회상했다. 반어와 정신에 갉아 먹히고, 인식에 의해 황폐해져서 무감각해지고, 창작의 열기와 냉기로 반쯤 소진된 자신을 보았다.

대립되는 양극 사이에서, 신성과 욕정 사이에서 양심의 갈등에 시달리며 정처 없이 이리저리 내동댕이쳐지고, 차갑게 인위적으로 조성된 과도한 흥분 상태로 인해 정교해지고 빈한해지고 녹초가 되어서 방황하고 삭막해지고 병들어 번민하는 자신을 보았다. 그는 회한과 향수에 젖어 흐느꼈다.

주변은 적막하고 어두웠다. 하지만 아래층에서는 삶의 감미롭고 진부한 3박자 음악이 그윽이 파도치듯 울려 퍼졌다.

9

토니오 크뢰거는 북쪽 나라에 앉아서 약속대로 여자친구인 리자베타 이바노브나에게 편지를 썼다.

내가 곧 돌아갈 아랫녘 아르카디아●에 있는 사랑하는 리자베타, 편지는 이렇게 시작되었다. 이곳에서 편지 비슷한 걸 쓰게 되었지만, 당신이 실망하지 않을까 싶습니다. 내가 조금 일반적인 내용의 편지를 쓸 생각이기 때문이죠. 그렇다고 얘깃거리가 전혀 없거나 나 나름대로 이런저런 일을 체험하지 못한 것은 아닙니다. 심지어는 고향에서, 내가 태어나고 자란

● 원래는 그리스 펠로폰네소스반도에 위치한 지역이지만, 전원문학에서는 문화의 영향을 받지 않고 목가적인 삶을 영위할 수 있는 이상향을 의미한다.

도시에서 하마터면 체포당할 뻔한 일도 있었죠……. 하지만 그 일은 직접 만나서 들려주기로 하죠. 요즘은 이야기를 들려주는 대신 뭔가 일반적인 내용을 근사하게 말하고 싶은 날들이 이따금 있답니다.

리자베타, 언젠가 당신이 나를 시민, 길 잃은 시민이라고 불렀던 걸 아마 아직 기억하고 있겠죠? 내가 무심코 이런저런 속내를 털어놓다가 나 스스로 삶이라고 부르는 것에 대한 사랑을 고백했을 때 당신은 나를 그렇게 불렀습니다. 그 말이 얼마나 진실을 꿰뚫었는지, 내 시민 정신과 '삶'에 대한 내 사랑이 얼마나 일치하는지 당신이 정확하게 간파했을까 궁금한 생각이 드는군요. 이번 여행은 이 문제에 대해 깊이 생각할 기회를 마련해주었답니다…….

당신도 알고 있겠지만, 우리 아버지는 북쪽 기질의 소유자였지요. 청교도적으로 꼼꼼하고 사색을 즐기고 철저하고 우수에 잠기곤 했습니다. 어딘지 모르게 이국적인 혈통을 타고 난 우리 어머니는 아름답고 감각적이고 소박하고, 무심하면서도 정열적이고 충동적으로 경박한 분이었어요. 이것이 특별한 가능성, 특별한 위험을 내포하는 조합이라는 사실은 의심의 여지가 없습니다. 그 산물이 바로 예기치 못하게 예술의 길로 잘못 들어선 시민, 훌륭한 가정교육에 대한 향수를 지닌 보헤미안, 양심의 가책에 시달리는 예술가입니다. 내가 모든 예술성, 모든 특별한 것, 모든 천재성에서 극히 모호한 것,

극히 수상쩍은 것, 극히 의심스러운 것을 보게 만드는 건 바로 내 시민적인 양심이기 때문입니다. 또한 단순하고 성실하고 편안하게 평범한 것, 천재적이 아닌 예절 바른 것으로 나를 채우는 것도 내 시민적인 양심입니다.

나는 두 세계 사이에서 그 어느 쪽에도 안주하지 못하고, 그 때문에 조금 힘겨운 삶을 살고 있지요. 당신네 예술가들은 나를 시민이라 부르고, 시민들은 나를 체포하려 듭니다……. 둘 중의 어느 쪽이 더 가혹하게 나를 괴롭히는지는 모르겠습니다. 시민들은 어리석고, 아름다움을 숭배하는 당신들은 내게 감성과 갈망이 부족하다고 말하지요. 하지만 평범한 환희에 대한 갈망을 이 세상의 그 어떤 갈망보다 더 감미롭고 가치 있게 여기는 예술성이 처음부터 운명적으로 뿌리 깊이 존재한다는 걸 고려해야 할 것입니다.

나는 위대한 아름다움, 마적인 아름다움을 좇는 모험을 하며 '인간'을 경멸하는 당당하고 차가운 사람들을 보면 감탄하지 않을 수 없습니다. 하지만 그런 사람들을 부러워하지는 않아요. 글쟁이를 시인으로 만드는 뭔가가 있다면, 그건 바로 인간적인 것, 살아 있는 것, 평범한 것에 대한 나의 이 시민적인 사랑입니다. 모든 따뜻한 것, 모든 선한 것, 모든 유머는 이 시민적인 사랑에서 비롯되지요. 인간의 여러 언어와 천사의 언어로 말한다 해도 사랑이 없으면 요란한 징이나 소란한 꽹과리에 지나지 않다고 쓰여 있는데,• 나의 시민적인 사랑이야말로 바로 이런 사랑인 듯 생각되기까지 합니다.

내가 지금까지 한 것은 아무것도 아닙니다. 별로 이룬 것이 없어서 아무것도 아니라고 말할 수 있어요. 리자베타, 나는 앞으로 더 나은 걸 할 생각입니다. 이건 약속입니다. 편지를 쓰고 있는 지금, 찰랑이는 바닷소리가 이곳까지 들려오고 있어요. 나는 눈을 감습니다. 아직 태어나지 않은 흐릿한 세상, 정돈되고 형성되고 싶어 하는 세상을 들여다봅니다. 인간의 형상을 한 그림자들이 우글거리는 게 보입니다. 그 형상들은 자신들을 불러내어 구해달라고 손짓합니다. 비극적인 형상들, 우스꽝스러운 형상들, 비극적인 동시에 우스꽝스러운 형상들, 나는 이 형상들에 무척 마음이 끌립니다. 하지만 나의 가장 절절하고 은밀한 사랑은 금발과 푸른 눈의 사람들, 활기에 넘치는 밝은 사람들, 행복하고 사랑스럽고 평범한 사람들을 향합니다.

리자베타, 나의 이 사랑을 나무라지 말아요. 이건 유익하고 풍요로운 사랑입니다. 이 사랑 속에는 갈망과 우울한 질투심, 약간의 경멸과 오롯이 순수한 환희가 담겨 있습니다.

● 〈고린도전서〉 13장 1절 참조.

이루지 못한 것을 향한 갈망

1

20세기 독일 문학의 거장이라 일컬어지는 토마스 만(1875
~1955)은 스스로 체험하거나 직면한 문제를 시적으로 정교
하게 형상화해서 인간의 보편적인 차원으로 끌어올렸다. 따
라서 토마스 만의 문학에는 자전적 요소가 많이 투영되어 있
다. 무엇보다도 양친에게 물려받은 상반된 성향과 기질은 토
마스 만의 문학 세계 깊숙이 지속적으로 많은 영향을 미쳤다.
북독일 뤼베크의 유서 깊고 부유한 사업가 집안 출신의 아버
지는 시내의 유력 인사로서 유능하고 근면하고 건실했던 반
면에, 브라질계 출신의 어머니는 바이올린을 연주하고 예술
을 사랑하는 감성적이고 열정적인 사람이었다. 토마스 만은
아버지에게서 성실한 시민 정신을, 어머니에게서 예술적인

감성을 물려받았으며, 대립된 성향의 공존은 해소하기 어려운 내적 갈등을 야기했다. 예술가로서 토마스 만은 내적 분열을 극복하고 조화와 완성에 이르려는 갈망과 동경을 느꼈으며, 예술가의 존재 양식 및 예술성과 시민성의 상호 관계에 대해 치열하게 고민하고 성찰했다. 그의 문학은 이러한 성찰과 노력의 과정인 동시에 결실이기도 하다.

토마스 만의 내적 갈등은 예술가의 삶과 평범한 시민의 삶, 지성과 감성, 이성과 감각, 정신과 자연 등의 대립으로 여러 작품에서 다양하고 다채롭게 표출된다. 작품의 주인공들은 이러한 내적 갈등과 분열을 의식하고 해소하기 위해 노력한다. 특히 〈토니오 크뢰거〉(1903)와 〈베네치아에서의 죽음〉(1912)에서 예술성과 시민성, 지성과 감성의 문제는 중심 테마로서 작품의 근간을 이룬다. 주인공들은 정신에 헌신하는 예술가로서 소박하고 편안하고 평범한 시민사회에서 유리되어 자신에게 결여된 삶의 반쪽을 동경하고 갈망한다. 두 소설은 이룰 수 없는 것에 대한 동경과 사랑이라는 점에서 공통되지만, 각기 다른 방향에서 다른 양상으로 전개된다.

2

토마스 만은 〈토니오 크뢰거〉를 자신과 관련해 '일종의 자화상'이라고 표현했다. 무엇보다도 이 소설은 시민성과 예술성 사이의 중재될 수 없는 대립을 의식한 토마스 만의 자전적 작품이다. 주인공 토니오 크뢰거는 작가 토마스 만처럼 부모에게서 상호 대치되는 기질을 물려받는다. 커다란 곡물 회사를 운영하는 아버지는 청교도적으로 꼼꼼하고 철저하고 사색을 즐기는 북독일 특유의 기질을 소유한 반면에, 이국적인 혈통을 타고난 어머니는 아름답고 감각적이고 무심하면서도 정열적이고 충동적이다. 그 사이에서 태어난 토니오 크뢰거는 바이올린을 연주하고 시를 쓰는 예술적 성향의 소유자로서 본의 아니게 시민 세계의 아웃사이더이다. 아웃사이더로서의 상황은 검은 머리와 검은 눈동자의 이국적인 외모로도 표현된다.

그러나 토니오 크뢰거는 예술성에 대립되는 삶, 단순하고 명랑하고 활기에 넘치는 시민적인 삶을 동경한다. 이러한 동경은 소년 시절에 한스 한젠과 잉게보르크 홀름에 대한 사랑으로 표출된다. 활발하고 운동을 좋아하고 모두에게 인기 있는 한스 한젠은 홀로 해변에 누워 몽상을 즐기는 토니오와 모든 점에서 반대된다. 토니오가 한스 한젠을 사랑한 이유는 바로 이처럼 자신과 다르기 때문이다. 한스 한젠은 시민사회의 모범생으로서 모든 이들에게 사랑받지만, 토니오는 학우들과도 잘 어울리지 못하고 교사들에게도 좋은 인상을 주지 못한다.

토니오 크뢰거가 열여섯 살에 사랑한 잉게보르크 홀름 역시 쾌활하고 명랑하고 평범한 소녀로 예술에는 아무런 관심이 없다. 삶의 반대편에 있는 잉게보르크 홀름을 향한 갈망과 영원히 낯선 사이일 수밖에 없다는 쓰라린 고통이 토니오의 가슴을 짓누르며 불타오른다. 토니오의 애틋하고 정열적인 사랑의 불꽃은 말 한마디 걸어보지 못한 채 조용히 소리 없이 사그라진다.

한스 한젠과 잉게보르크 홀름은 소박하고 건실한 시민적인 삶, 시민사회를 대변한다. 그들의 시민성은 푸른 눈과 금발로 상징된다. 토니오 크뢰거는 평범한 시민사회의 삶을 동경하지만, 결코 한스 한젠처럼 되려 하지도 않고 잉게보르크 홀름의 사랑을 얻으려 접근하지도 않는다. 다시 말해 자신의 예술적 성향과 기질을 인정하고 받아들인다. 두 사람은 끝까지 낯선 존재로 남고, 토니오 크뢰거는 아버지의 죽음 후 고향을 떠나 남쪽으로 향한다.

많은 세월이 흐른 후, 어느덧 서른 살이 넘은 토니오 크뢰거는 문학과 언어의 힘에 매진하여 시인으로서 능력을 인정받고 명성을 얻는다. 그러나 소박하고 평범한 삶에 대한 동경을 떨쳐버리지 못해 두 세계 사이에서 방황하고 괴로워한다. 그는 인간적인 것에 동참하지 못하면서 인간적인 것을 표현하는 예술가의 고뇌와 고충에 대해 토로한다. 그리고 오랜 세월 자신을 괴롭힌 문제, 예술가는 어떤 존재이고 삶과 예술은 어떤 관계인가 하는 문제에 대한 해답을 알아내고자 북독일의 고향을 거쳐 멀리 덴마크로 여행을 떠난다.

　토니오 크뢰거는 낯선 이국땅에서 푸른 눈과 금발의 소년 소녀, 한스 한젠과 잉게보르크 홀름을 다시 만난다. 덴마크의 섬에서 만난 소년 소녀는 예전에 실제로 사랑하고 그리워했던 사람들이 아니라 소년 시절의 애틋하고 우울한 추억을 상기시키는 도플갱어다. 그들은 당당하면서도 소박하고 경쾌하고 명랑하고 건실하고 평범한 유형의 사람들을 대표한다.

　밤의 테라스에서 토니오 크뢰거는 흥겹게 춤을 추는 한스 한젠과 잉게보르크 홀름을 바라보며, 예전 소년 시절의 무용 교습 시간처럼 행복감을 느낀다. 그 순간만큼은 심장이 살아 고동쳤기 때문이다. 토니오 크뢰거는 사랑스럽고 활기에 넘치는 평범한 사람들을 가슴 깊이 은밀히 사랑한다고 고백한다. 그 사랑에는 갈망과 그리움, 우울한 질투심과 순수한 환희가 담겨 있다.

　그러나 토니오 크뢰거는 인식과 창작의 고통을 저주로 느끼고 행복한 평범함 속에서 살기를 갈망하지만, 처음부터 다시 시작한다 해도 자신은 결코 한스 한젠처럼 되지 않을 것을 안다. 지금처럼 또다시 예술가의 길을 걷게 될 것을 안다. 토니오 크뢰거는 스스로를 예술성과 시민성 사이에서 어느 한쪽에도 안주하지 못하고 서성이는 '길 잃은 시민'이라고 지칭한다. 삭막하고 고된 창작에 몰두하는 예술가로서 자신의 운명에 순응하는 동시에, 단순하고 성실하고 편안하고 평범한 삶에 대한 사랑을 인정한다. 그리고 그 사랑이 자신의 삶을 유익하고 풍요롭게 해준다고 말한다.

이처럼 예술의 세계와 시민의 삶 사이에서 방황하며 고뇌하던 토니오 크뢰거는 머나먼 타지 덴마크에서 소년 시절 가슴 깊이 사랑했던 사람들의 도플갱어를 만난 후 자신의 삶을 정돈하고 미래를 위한 긍정적인 결론을 도출해낸다. 낯선 타국에서의 사랑의 체험은 〈토니오 크뢰거〉에서 주인공의 정체성을 확인시켜주고 앞으로의 삶의 방향을 정립해주는 확실한 이정표로서의 기능을 수행한다.

3

〈베네치아에서의 죽음〉 역시 토마스 만의 개인적인 체험이 녹아 있는 자전적인 작품이다. 한편으로는 1911년 가족과의 베네치아 여행을 바탕으로 하고 있으며, 다른 한편으로는 정신의 작업에 헌신하는 작가로서 토마스 만의 고뇌와 사색이 소설의 요체를 이룬다. 특히 주인공 구스타프 폰 아셴바흐는 토마스 만과 토니오 크뢰거처럼 양친에게서 상반된 성향을 물려받은 인물이다. 조상 대대로 장교, 판사, 행정 관료를 지낸 아버지로부터는 엄격하고 예의 바르고 검소하고 충직한 기질을, 악단 지휘자의 딸인 어머니로부터는 예술적이고 감각적인 기질을 물려받았다. 아셴바흐 안에는 객관적으로 냉철하게 직분에 충실한 성실성과 모호하고 감성적이고 열정적인 충동이 공존한다. 그러나 내면의 충동적인 격정을 억누르고 자제력과 인내심을 발휘해 정신과 예술에 평생을 바친 결과, 품위 있는 작가로서의 명성을 굳히고 귀족의 작위까지 받는다.

어느덧 50대에 접어든 아셴바흐는 오래전에 아내와 사별하고 오로지 작가로서의 명성과 품위를 지키고자 다른 모든 삶의 기쁨을 멀리한다. 날이면 날마다 예술적인 업적을 쌓기 위해 편안하고 평범한 시민적인 행복과는 동떨어진, 금욕적이고 고독한 작가로서의 고된 삶을 살아간다.

그러던 어느 날 우연히 산책길에서 마주친 낯선 방랑객의 모습에 자극을 받아 불현듯 어디론가 멀리 떠나고 싶은 여행에의 욕구를 느낀다. 그래서 모든 일과 계획을 그대로 접어둔 채 짐을 꾸려 남쪽 지중해로 휴가 여행을 떠난다. 아셴바흐는 아드리아해의 섬을 거쳐 이탈리아의 아름다운 수상도시 베네치아에 이른다. 산책길에서 마주친 이방인이 일깨운 여행에의 욕구는 바로 '정신의 노예'로서의 삶으로부터 도피하고 싶은 욕망, 차갑고 삭막하고 경직된 작가의 삶으로부터 해방되고 싶은 욕망의 분출이다.

베네치아에서 아셴바흐는 그리스 조각상처럼 완벽하게 아름다운 미소년 타지오에게 매혹된다. 그는 소년의 아름다움을 '진실로 신적인 아름다움'이라고 탄복하며 그 아름다움에 열광하고 도취한다. 평소 누구보다도 자제심이 강하고 냉철하고 객관적인 아셴바흐는 감정을 억누르며 소년과 거리를 유지하고 품위를 잃지 않으려 애쓴다. 그러나 정열은 감당하기 어려운 정신적인 혼란을 야기하고, 결국 아셴바흐는 열정에 굴복해 사랑의 노예가 된다. 많은 이들의 존경을 받는 초로의 작가는 모든 자존심을 상실하고 오로지 소년의 마음에 들기 위해 머리를 염색하고 화장을 한다. 날마다 소년을 지켜보며 조금이라도 더 가까이 있으려고 베네치아의 골목골목까지 소년의 뒤를 쫓는다. 콜레라가 창궐한 탓에 많은 휴가객들이 베네치아를 떠나는데도, 아셴바흐는 위험을 무릅쓰고 끝까지 소년 가까이 머무르다 결국 타지에서 죽음을 맞이한다.

아셴바흐에게 미소년 타지오는 흠잡을 데 없는 완전한 예술품, 완벽하고 유이힌 미의 화신이다. 미소년에 대한 사랑은 생기 넘치는 평범한 삶을 외면하고 따뜻한 인간관계를 맺지 못한 채 오로지 문학의 정신 활동에 금욕적으로 일생을 바친 예술가의 억제된 정열과 열정의 무절제한 분출, 억눌린 감성과 감각의 복수이고 반란이다. 아셴바흐는 지성의 경고를 무시하고 감각적인 사랑에 돌이킬 수 없이 깊이 빠져든다.

토마스 만의 문학을 관통하는 중심 테마 가운데 하나인 예술성과 시민성, 정신과 감정, 지성과 감각의 대립 관계는 〈베네치아에서의 죽음〉에서 차가운 지성과 관능적인 아름다움의 대립으로 변용되어 나타난다. 오랫동안 경직된 정신성에

간혀 금욕적인 삶을 살아온 시인의 자제력과 끈기는 감각적
으로 완벽한 아름다움 앞에서 무방비 상태로 무너져 내린다.
초로의 시인은 정신의 인식을 거부하고 눈에 보이는 감각적
인 아름다움을 찬미한다. 오로지 아름다움만이 신적이고 사
랑할 가치가 있으며, 감각적으로 받아들이고 견딜 수 있는 정
신적인 것의 유일한 형식이라고 말한다. 〈베네치아에서의 죽
음〉에서 지성적인 예술가는 '방종한 감정의 모험가'로 변모
하고, 이러한 변화는 비극으로 끝을 맺는다.

4

우리 모두는 어쩌면 이루지 못한 꿈, 실현하지 못한 자아에
대한 목마름을 안고 살아갈 수 있다. 그러나 평소에는 습관적
이고 익숙한 삶에 얽매여, 그런 목마름과 갈망을 무의식적으
로 애써 외면하거나 마음속 깊은 곳에 보이지 않게 묻어둔다.
그러다 뜻하지 않게 낯선 타지에서 숨겨둔 꿈과 자아를 상기
시키는 것과 마주치게 되면, 우리의 갈망은 더욱 정열적으로
타오를 수 있다. 낯선 타향은 우리의 일상적인 삶을 제어하는
모든 관계와 규율에서 벗어나는 까닭에, 오랫동안 억눌린 욕
구와 갈망이 분출할 수 있는 기회를 제공하기 때문이다.
　특히 〈토니오 크뢰거〉와 〈베네치아에서의 죽음〉의 주인공

들은 모두 바다로 여행을 떠난다. 토마스 만에게 바다는 일상에 구속받지 않는 것, 정돈되지 않은 것, 무절제한 것, 영원한 것, 무(無), 비현실적인 꿈을 대변한다. 그러므로 바다로의 여행은 규제된 친밀한 삶과는 다른 세계, 갈망하는 세계로의 여행이다. 토니오 크뢰거는 북쪽의 발트해로, 구스타프 폰 아셴바흐는 남쪽의 지중해로 향하는데, 전자는 전형적인 게르만 정신, 근면하고 성실하고 도덕적인 시민 세계로의 여행이고 후자는 그리스·로마의 감각적인 아름다움의 세계로의 여행이다. 즉 각기 갈망하고 동경하는 세계로의 여행이라고 볼 수 있다. 그러나 토니오 크뢰거는 예술성과 시민성 사이에서 자신의 이중적인 정체성을 확인하고 긍정적인 결론에 이르는 반면에, 아셴바흐는 현실의 영역을 떠나 거대하고 단순한 바다의 품에 영원히 안긴다.

토니오 크뢰거와 구스타프 폰 아셴바흐는 이루지 못한 꿈을 갈망하고 지금과는 다른 삶을 동경하는 우리 자신의 모습이기도 하다. 그들의 절망적이면서도 열정적인 갈망과 사랑은 우리 안에 잠재하지만 이루지 못한 것에 대한 동경, 갈망하면서도 실제로 시도하지 못한 모든 것에 대한 사랑의 상징이다. 그리고 그 사랑과 갈망을 어떻게 대하느냐에 따라서 전혀 다른 결과에 이를 수 있음을 알려준다.

김인순

휴머니스트 세계문학 006

베네치아에서의 죽음·토니오 크뢰거

1판 1쇄 발행일 2022년 6월 20일

지은이 토마스 만
옮긴이 김인순

발행인 김학원
발행처 (주)휴머니스트출판그룹
출판등록 제313-2007-000007호(2007년 1월 5일)
주소 (03991) 서울시 마포구 동교로23길 76(연남동)
전화 02-335-4422 **팩스** 02-334-3427
저자·독자 서비스 humanist@humanistbooks.com
홈페이지 www.humanistbooks.com
유튜브 youtube.com/user/humanistma **포스트** post.naver.com/hmcv
페이스북 facebook.com/hmcv2001 **인스타그램** @boooook.h

편집주간 황서현 **편집** 이성근 이은서 김선경 **디자인** 김태형
조판 이회수com. **용지** 화인페이퍼 **인쇄** 청아디앤피 **제본** 민성사

ISBN 979-11-6080-413-3 04850
      979-11-6080-785-1 (세트)